CB040986

DARKLOVE.

Blanche on the Lam
Copyright © 1992, 2014 by Barbara Neely
Todos os direitos reservados

Ilustrações de miolo © Vitor Willemann

Tradução para a língua portuguesa
© Dandara Palankof, 2022

Diretor Editorial
Christiano Menezes

Diretor Comercial
Chico de Assis

Gerente Comercial
Giselle Leitão

Gerente de Marketing Digital
Mike Ribera

Gerentes Editoriais
Bruno Dorigatti
Marcia Heloisa

Editora
Nilsen Silva

Capa e Projeto Gráfico
Retina 78

Coord. de Arte
Arthur Moraes

Coord. de Diagramação
Sergio Chaves

Finalização
Sandro Tagliamento

Preparação
Flávia Yacubian

Revisão
Laís Curvão
Retina Conteúdo

Impressão e Acabamento
Ipsis Gráfica

DADOS INTERNACIONAIS DE CATALOGAÇÃO NA PUBLICAÇÃO (CIP)
Angélica Ilacqua CRB-8/7057

Neely, Barbara
   Blanche em apuros / Barbara Neely ; tradução de Dandara Palankof.
   — Rio de Janeiro : DarkSide Books, 2022.
   224 p.

   ISBN: 978-65-5598-094-3
   Título original: Blanche on the Lam

   1. Ficção norte-americana 2. Mulheres detetives - Ficção
   I. Título II. Palankof, Dandara

21-1163   CDD 813

           Índices para catálogo sistemático:
              1. Ficção norte-americana

[2022]
Todos os direitos desta edição reservados à
DarkSide® Entretenimento LTDA.
Rua General Roca, 935/504 — Tijuca
20521-071 — Rio de Janeiro — RJ — Brasil
www.darksidebooks.com

BARBARA NEELY

Blanche *Em Apuros*

TRADUÇÃO
DANDARA PALANKOF

DARKSIDE

Para Vanessa, minha irmã.

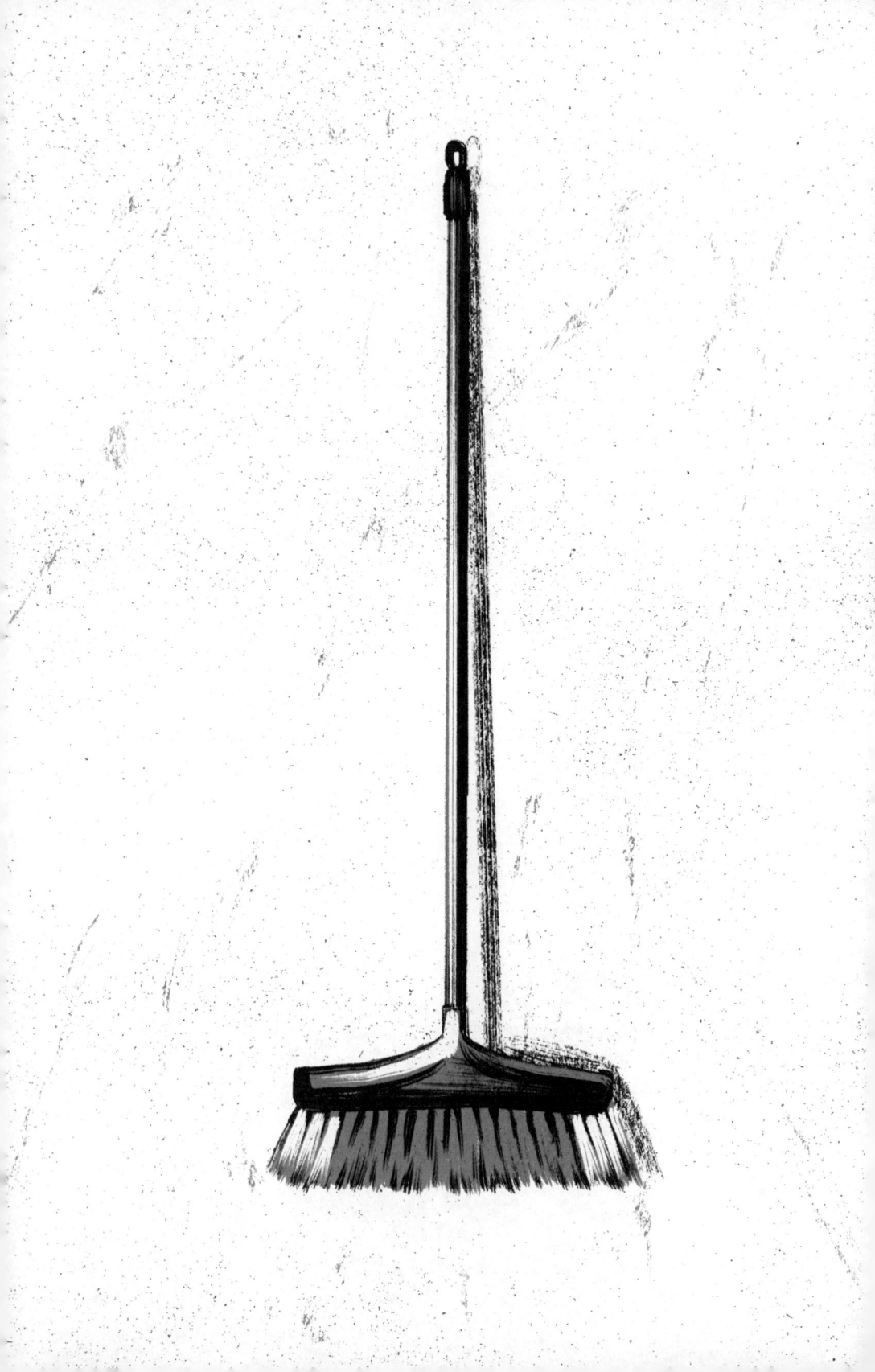

PREFÁCIO

Em 1930, quando Agatha Christie publicou *O Assassinato na Casa do Pastor*, os leitores de ficção detetivesca foram apresentados a Miss Jane Marple, uma velhinha simpática e bisbilhoteira que logo assumiu um papel de destaque na obra de Christie por inovar o processo de investigação, levando-o para o âmbito da vida cotidiana. Não sendo uma detetive profissional, contratada para resolver casos, sua participação neles normalmente se inicia sob a forma da mais pura bisbilhotice, e o processo de investigação se desenrola em meio a passeios pelas redondezas, conversas com os vizinhos, encontros para o chá da tarde e, principalmente, a costumeira vigilância da vida alheia. Nesse contexto, uma velhinha solteirona como Miss Marple tem a camuflagem perfeita para o seu trabalho de investigação: é considerada invisível aos olhos da sociedade hegemônica, condição que lhe confere mobilidade para transitar em diferentes espaços sociais sem levantar suspeitas.

Ao longo do século XX, Miss Marple fez várias herdeiras entre as protagonistas de romances detetivescos produzidos fora do centro hegemônico, que também são "invisíveis" em meio à sociedade dominante. Entre essas herdeiras, encontramos Blanche White, protagonista da coleção originalmente intitulada *Blanche White Mysteries*, de Barbara Neely, cujo primeiro volume, *Blanche em Apuros*, você tem agora em mãos. Ao ser publicado pela primeira vez, em 1992, nos Estados Unidos, o romance apresentou ao público leitor a faxineira afro-americana dublê de detetive batizada, de forma deliciosamente irônica, como Blanche White. O nome da protagonista, que significa "branco" duas vezes, provoca reações nos demais personagens, que variam de leves constrangimentos a sonoras gargalhadas. Ao escolher esse nome para a sua protagonista negra, Barbara Neely atrai a atenção do leitor para as questões de cor e raça entremeadas no enredo da série, deixando claro que esta não é uma série descompromissada, e tem, sim, a intenção política de abordar a situação de pessoas negras na sociedade dos Estados Unidos.

Blanche é uma mulher solteira, aproximando-se da meia-idade, acima do peso, que ganha a vida como faxineira diarista por escolha, para não estar submetida a patrões, e por estar farta do racismo dos brancos, que pagam uma miséria para que ela esfregue seus banheiros e limpe suas lixeiras. Como Miss Marple, Blanche também é decididamente curiosa e bisbilhoteira, e atribui a si mesma a tarefa de resolver os mistérios que parecem povoar sua vida com uma frequência fora do normal. Um olhar mais atento, entretanto, aponta que, ao contrário de Miss Marple, Blanche é uma mulher que ganha o próprio sustento com seu trabalho e que permaneceu solteira por opção. Ela reafirma sua liberdade de escolha ao manter um longo relacionamento afetivo com Leo, considerado o homem perfeito para ela por sua família e amigas, mas com quem ela se recusa a casar; além disso, com a morte de sua irmã, Blanche cria um vínculo de responsabilidade familiar distinto das tradicionais representações burguesas de detetives solteiras ao assumir a criação dos sobrinhos como seus próprios filhos.

Como empregada doméstica, Blanche considera que a rotina de esfregar o chão e arrumar as camas é apenas uma parte do seu trabalho, e que decifrar pessoas e sinais, além de avaliar situações, são habilidades igualmente importantes. Nunca tendo trabalhado como detetive previamente, ela se vê compelida a iniciar seu trabalho de investigação quando está prestes a ser considerada suspeita de um assassinato; assim, busca desvendar o mistério por meio de sua inteligência, seu conhecimento da natureza humana e seu bom senso. Ela conta também com uma extensa rede de informações formada por amigas e conhecidas que trabalham em outras casas; essa rede funciona como uma proteção à detetive e à sua família ao longo do seu trabalho investigativo. O acúmulo de papéis exercidos por Blanche — que, além de diarista e detetive, é amiga, mãe e namorada — torna necessário que ela esteja sempre atenta aos riscos em que pode envolver aqueles de quem gosta ao investigar o crime. Muitas vezes o seu papel de detetive entra em conflito com o papel protetor que a mulher tradicionalmente desempenha na família, que, de acordo com a tradição burguesa, seria sua obrigação primordial.

Nesse cenário, portanto, manter a invisibilidade se torna uma tática de sobrevivência, especialmente se aliada a uma aparência de submissão e docilidade. Em vez de se disfarçar como uma personagem completamente diferente de si própria, Blanche mergulha no estereótipo da empregada negra, familiar aos seus patrões brancos, no qual ela pode se esconder da polícia com segurança. Ela se engaja em um jogo entre os estereótipos que seus patrões brancos têm a seu respeito e sua própria consciência do poder e da proteção oferecidos por essa lacuna entre a aparência percebida por eles e o verdadeiro significado, do qual apenas ela está ciente. Ao se disfarçar como a imagem estereotipada do seu ofício, que muitos presumem ser a epítome da domesticidade dos negros, Blanche tira vantagem da cegueira cultural da comunidade para investigar e por fim resolver os mistérios em sua cidade natal.

Embora, como detetive, ela teoricamente personifique um elemento de "agente da ordem", cabe lembrar que a ordem que ela representa não é necessariamente a ordem vigente, instaurada pela sociedade branca, pois as noções de lei e justiça, que costumam ser consideradas sinônimas pelo centro hegemônico, podem não ser coincidentes para a comunidade periférica. Além disso, por não ser uma detetive institucional, Blanche não está comprometida com o sistema policial ou qualquer outra forma de manutenção da lei. Em uma entrevista ao jornal *The Boston Globe*, em 2004, Barbara Neely disse que Blanche é apenas "uma mulher negra e pobre, da classe operária, que tem que lidar com o que quer que a vida ponha em seu caminho, inclusive alguns cadáveres".[1] Nos moldes de Miss Marple, na maior parte dos casos Blanche é levada a investigar pela força da curiosidade e da bisbilhotice, embora às vezes tenha que fazê-lo para salvar a própria pele. Seu objetivo, contudo, não é leviano — suas investigações são tratadas como uma forma de reparar o desequilíbrio de poder entre ela própria e seus patrões.

Barbara Neely convida o leitor a fazer reflexões importantes acerca da sociedade desigual em que vivemos, sem perder de vista, no entanto, o papel fundamental da literatura de entretenimento: divertir o público com histórias envolventes. Assim, gostaria apenas de recomendar que você pegue um café, se acomode em uma poltrona confortável e faça uma deliciosa viagem ao mundo de aventuras dessa detetive tão peculiar!

Carla Portilho
Doutora em Literatura Comparada e
professora do Programa de Pós-graduação em Estudos
de Literatura da Universidade Federal Fluminense

[1] CARY, Alice. *Grandma Just Liked to Boogie. The Boston Globe*, MA. 9 de maio de 2004.

BARBARA NEELY

Blanche
Em Apuros

UM

"A senhora tem algo a dizer em sua defesa?"

O juiz lançou um olhar a Blanche que fez com que ela erguesse a bolsa até o peito feito um escudo.

"Meritíssimo... lamento muito... eu..."

"Lamenta? Pois com toda certeza é lamentável! Esta é a quarta, repito, a quarta vez que a senhora é trazida diante deste tribunal, acusada de emitir cheques sem fundo. Talvez algum tempo na cela de uma cadeia possa convencê-la a ganhar dinheiro antes de gastá-lo, como todos nós. Trinta dias, mais restituição!"

"Mas Meritíssimo..."

As pernas de Blanche de repente enfraqueceram. Suas mãos estavam congelando. Gotas de suor brotaram em seu nariz. Ela queria dizer ao juiz que a cela da cadeia era um castigo bárbaro para uma pessoa que já entrava em pânico em um elevador mais lento. Também gostaria de perguntar a ele como tinha a audácia de mentir sobre ela daquele jeito! Aquela era sua segunda acusação, não a quarta. Além disso, assim como da última vez, ela teria pagado os cheques mesmo que não tivesse sido levada ao tribunal. Já não tinha resgatado três dos cinco que havia passado? E bem ali, na sua bolsa, tinha os 4.250 dólares que ainda devia, mais 50 dólares de multa (o mesmo valor que o juiz a havia feito pagar da última vez). Mas, na última, Blanche encontrara um juiz desinteressado, que já estava com a cabeça no campo de golfe. Ele nem sequer se dera o trabalho de olhar para ela. Daquela vez, não houve nem menção à cadeia.

"Meritíssimo", começou outra vez.

O estampido do malhete foi como um tiro disparado na sala.

"Próximo caso!"

"Queira me acompanhar."

A mão da carcereira era pálida feito gesso, contrastando com a intensa negritude do braço de Blanche. Ela olhou ao redor da sala de audiências, mas ninguém estava interessado o bastante para retribuir o olhar. Já estava sendo substituída diante do juiz por um homem branco, curvado e de expressão triste, de sapatos gastos e com mãos vermelhas feito carne crua.

Ela foi levada a uma antessala com mesas e cadeiras de metal parecidas com as de todos os filmes de prisão aos quais já tinha assistido. Um garoto de cabelo loiro-escuro e cabeça pontuda, de calça jeans e botas de caubói, estava sentado em um longo banco perto da parede mais ao fundo. O xerife Stillwell estava de pé ao lado dele, as pernas curtas e arqueadas dobrando-se sob o peso da barriga. Sua mão direita repousava sobre o revólver, e o olhar perfurava a parede oposta. Blanche tentou encontrar o olhar do garoto, a fim de cruzar olhares com alguém antes que ambos sumissem dentro da... Ela pôs a mão no ventre e virou-se de lado, para a carcereira.

"Tenho que ir ao banheiro!"

A carcereira respondeu com uma careta aborrecida, olhou para o relógio e puxou Blanche por outra entrada, que levava a um corredor nos fundos. Na diagonal, do outro lado, entre as escadas e o banheiro masculino, havia uma porta com a inscrição FEMININO.

A claraboia encardida lançava uma luz turva sobre o chão de mármore rachado. Uma pia de granilite e uma cabine com a privada se apinhavam em um espaço cujo tamanho mal era suficiente para as duas mulheres. Blanche entrou na cabine e recobriu o assento com papel higiênico antes de se acomodar para se aliviar com o menor barulho possível.

"Vou esperar ali no corredor", murmurou a carcereira em um tom enojado.

Exasperada, Blanche pôs os cotovelos nos joelhos. As ideias entravam e saíam em debandada de sua cabeça, como ratos em uma cozinha abandonada. Disse a si mesma que devia ter tido mais juízo. Ela se balançava para a frente e para trás na privada. Devia ter tido. Abraçou o próprio corpo, bem apertado, consolando-se do mesmo modo que fazia com suas crianças. Ela fechou os olhos e viu o juiz, acusando-a de ser mais baixa que barriga de cobra. Abriu-os tão somente para ver onde estava e para onde estava indo.

Ela sabia que deveria estar fazendo uma lista mental de tudo que precisaria na cadeia e que o Condado de Durham com certeza não providenciaria. Deveria estar planejando o que gostaria que sua mãe dissesse às crianças. Deveria estar se convencendo de que podia e iria sobreviver aos próximos trinta dias. Em vez disso, Blanche se enfureceu com o juiz, por ser um safado injusto, e com ela mesma, por ignorar todos os sinais de que se meteria em encrenca: a mão coçando e latejando quando ela, de pé na cozinha, leu a intimação; o copo no qual estava bebendo logo antes de sair para o tribunal que havia subitamente criado uma rachadura enquanto o levava aos lábios. Ela ignorou os dois acontecimentos, apesar de viver dizendo que interpretar as pessoas e os sinais, mensurar as situações, era parte de seu trabalho tanto quanto esfregar o chão e fazer as camas. Ela jogou a cabeça para trás, de modo a impedir que as lágrimas caíssem, e teve o mais vão de todos os desejos — a chance de reorganizar sua vida para que não acabasse naquela situação.

Disse a si mesma que deveria ter ficado em Nova York; pelo menos ganhava o bastante para cobrir os cheques. E ainda se daria muito melhor lá agora que a grana das empresas pontocom estava acrescentando nomes à lista dos nova-iorquinos com mais dinheiro do que alguém deveria ter. Mas no dia em que Taifa e Malik chegaram em casa da escola e lhe contaram sobre o homem que tentou atraí-los para dentro de sua van com a promessa de uma fita do Run-DMC, Blanche soube que precisavam deixar Nova York. Ela juntou as crianças, seus pertences e partiu para a relativamente segura Farleigh, na Carolina do Norte, onde ela e as crianças haviam nascido.

E olha onde ela foi parar.

Por que diabos não pegou dinheiro emprestado e pagou as contas e as lojas em vez de fazer aqueles malditos cheques? Orgulhosa demais, desaprovou a si mesma. Ainda sonhando. Ainda esperando achar um patrão disposto a pagar por uma empregada de serviço integral, em vez do bando de mulheres brancas sulistas supostamente refinadas para quem atualmente trabalhava como diarista. A maioria parecia pensar que ela deveria ficar encantada por esfregar as privadas e as latas de lixo por uma ninharia. Farleigh não era Nova York, nem mesmo Raleigh ou Durham, e com certeza não era Chapel Hill, cheia de um pessoal acadêmico com bons empregos, ávido por boas empregadas. Farleigh ainda era uma cidade interiorana, a despeito de todas as pretensões. O pessoal que vivia lá e tinha dinheiro, mesmo os mais abastados, achavam que ainda viviam nos tempos da escravidão, quando uma mulher preta ficava grata pela chance de trabalhar entre quatro paredes. Mesmo pelos preços atuais de Farleigh, ela não encontrou nenhuma pessoa preta na cidade que pudesse pagá-la — não que trabalhar para pessoas pretas garantisse um bom tratamento, lamentavelmente.

Orgulhosa demais. Esse sempre tinha sido seu problema. A primeira vez em que foi intimada ao tribunal por causa de seus cheques, ela não sabia o que esperar e não havia perguntado a ninguém. Não queria admitir que trabalhava seis dias por semana e ainda assim não conseguia ganhar dinheiro suficiente para manter a si mesma e as crianças. O salário baixo não era culpa sua, mas ainda fazia com que se sentisse uma tola, como se tivesse caído em algum óbvio conto do vigário.

"Anda logo aí, mulher!"

A voz roufenha da carcereira rasgou qualquer pretexto de que o tempo havia parado. Blanche se pôs a procurar algo em que se apoiar, algo que pudesse ajudá-la a atravessar aquilo que a aguardava logo adiante. Fosse ela a mulher que sua mãe havia criado para ser, teria rezado. Em vez disso, decidiu procurar um advogado. Devia ter arrumado um advogado desde o começo, ralhou consigo mesma; não ter feito isso parecia agora uma grande idiotice. Afinal, não tivera a intenção do crime. Se quatro de seus empregadores não tivessem deixado a cidade sem pagá-la, teria tido dinheiro suficiente no banco para cobrir os cheques. Ela estava alisando a saia do vestido e ainda combatendo o desejo de gritar, implorar e se chafurdar no próprio medo quando uma explosão de vozes irrompeu no corredor.

O som de homens aos berros e de passos se aproximando foi ouvido claramente pelo basculante sobre a porta. Blanche pegou a bolsa e saiu da cabine sem dar descarga. Ela ficou escutando enquanto o barulho no corredor ficava ainda mais alto. Então abriu apenas uma fresta da porta do banheiro.

A carcereira estava à esquerda da porta, quase em frente ao banheiro masculino. Olhava para o fim do corredor, para longe de Blanche, na direção de um grupo de homens com câmeras, cadernetas e microfones. Rodeavam alguém que Blanche não conseguia ver, mas que ela sabia que era o comissário do condado, recentemente acusado de aceitar propina.

Estava convicta de que ele não pegaria trinta dias. Um pouco de propaganda negativa e muita compaixão de pessoas que poderiam facilmente estar na mesma posição, era isso o que ele receberia. Blanche virou a cabeça e olhou para as escadas do outro lado do banheiro — escadas que davam lá para fora, de acordo com a plaqueta sobre os degraus, onde estava escrito SAÍDA.

Blanche abriu a porta do banheiro apenas o suficiente para poder se esgueirar pelo corredor. Andou de lado até as escadas de serviço. A parte dela que tinha sido criada para acreditar na lei e obedecê-la a exortava a voltar antes que fosse tarde demais. Porém, voltar se tornou impossível diante da ideia de passar trinta dias sendo espremida pelas paredes, de viver atrás de uma porta que não conseguiria abrir. O pensamento de que o comissário se safaria totalmente a encorajou.

Blanche correu escada abaixo na ponta dos pés. Se estirou contra a parede verde e úmida o máximo possível para a mulher corpulenta que era e desejou poder se camuflar. Um lance. Dois lances. Ainda conseguia ouvir os repórteres lá em cima, gritando perguntas em vozes esganiçadas. Ela se concentrou na porta com a sinalização de SAÍDA, pedindo para que estivesse destrancada, para que não fosse cercada pelos auxiliares do xerife no outro lado.

Um grande soluço veio à tona em seu peito ante a visão do estacionamento subterrâneo às escuras que ela encontrou ao abrir a porta pesada. Não viu ninguém, mas sabia que o mais esperto era não correr. Uma pessoa negra correndo ainda era alvo de suspeitas na cidade, mesmo que ela fosse uma mulher. Blanche se agachou bem rente ao chão, a despeito dos seus 40 anos, e atravessou o estacionamento em zigue--zague em direção à abertura, iluminada pela luz externa.

Estava nos fundos do tribunal. Saiu para a calçada, esticou o vestido e caminhou rapidamente para longe dali e dos poucos quarteirões de lojas no centro. Avançava com o ar de uma mulher com sérios negócios a tratar — o olhar firme para a frente e uma séria determinação nos lábios. Seus ouvidos buscavam o som de sirenes ou de alguém chamando seu nome de um modo que significava "Parada!". Ela lutou contra a gana de olhar para trás ou de procurar por ruas que pudessem levá-la ao seu bairro. Todo mundo que assiste à TV sabe que é burrice tentar se esconder em casa. Uma jovem branca com uma criança pequena lhe dirigiu um olhar curioso. Blanche se apressou e virou na esquina seguinte. Ela sabia que seria menos notada se desacelerasse, mas suas pernas não deixavam. Seu cérebro havia transmitido a elas a mensagem de "Corram!", e elas estavam bem inclinadas a seguir essa ordem.

Sua passada era naturalmente longa, e ela costumava andar tão rápido que sua amiga Ardell se recusava a ir caminhando para qualquer lugar com ela. Agora Blanche chispava dobrando esquinas e seguindo por ruas desconhecidas até seu coração disparar em seu peito como se fosse um prisioneiro exigindo soltura. A calçada se precipitava em pancadas nas solas de seus pés — duras e trepidantes, ainda mais letais por conta do seu tamanho. Embora não se considerasse gorda, admitia, sim, ter ossos e quadris largos. E quando parava para analisar, via que os seios e antebraços combinavam com eles. Apenas suas pernas se encontravam na esfera da pequenez. Porém, elas a levavam sem dificuldade para onde quisesse ir. Pela primeira vez em sua vida, Blanche desejou o tipo de dia cinzento e chuvoso em que as pessoas pareciam se fechar dentro de si mesmas, com má vontade em olhar para fora e ver o mundo, ver outras pessoas. E vê-la. Blanche caminhou em velocidade máxima até ficar tão sem fôlego que foi forçada a parar. Recostou-se em uma árvore próxima. Precisava pensar, elaborar um plano.

Ao seu redor, se estendiam os gramados podados e aparados dos mundos sem calçadas onde ela esfregava o chão e arrumava as camas para mulheres cujo maior objetivo na vida incluía tentar supervisioná-la enquanto fazia o serviço doméstico delas, gabando-se para os amigos que a haviam treinado bem. Dos bairros onde atualmente trabalhava, esse era o mais sofisticado. Nenhuma construção se via da pista, mas era possível sentir no ar a presença das casas antigas e resistentes, com mais de um empregado doméstico. Ela desejou ter alguma criancinha branca para empurrar em um carrinho ou um poodle em uma coleira, para poder dar a impressão de que pertencia àquele local.

Caminhou ao longo da rua que ia se estreitando até chegar a uma placa: Estrada da Graça com a Via Arandeira. Onde foi que tinha visto uma Via Arandeira antes? Deu mais alguns passos antes que a lembrança lhe voltasse. Blanche parou para remexer sua robusta bolsa preta, companheira de todas as horas. Puxou um caderninho cheio de orelhas, umedeceu a ponta do dedo e o folheou rapidamente até encontrar a página com a anotação. Ela havia rabiscado o nome da família de tal modo que agora não conseguia decifrá-lo, exceto que começava com um "C" e terminava com um "S". O endereço era claro: Via Arandeira, nº 1, 8h30. O trabalho de uma semana que ela havia cancelado naquela manhã estava por ali em algum lugar.

Era um trabalho pela Garotas K-Pricho. Ela não gostava de trabalhar para agências de empregadas domésticas, essa em particular. Os ordenados eram ainda menores do que aqueles que ela conseguia por conta própria, e as pessoas que a gerenciavam eram desagradáveis feito óleo de rícino. Mas era uma fonte de renda fixa enquanto construía sua clientela particular. Ela sabia há um bom tempo que não iria aceitar o trabalho da K-Pricho. Já havia alinhado trabalhos mais lucrativos para aquela semana. Pretendia ter ligado dias antes para a agência, mas havia lhe fugido à memória, até aquela manhã. Eles cuspiram fogo por ela ter cancelado em cima da hora. Era bem improvável que encontrassem uma substituta para ela sem aviso prévio. Com sorte, esse poderia ser o lugar perfeito para se esconder até que pudesse sair da cidade em segurança. Se a K-Pricho já tivesse mandado alguém para o serviço, Blanche poderia alegar que sua aparição era algum tipo de confusão e sair de fininho. Agora só faltava achar o lugar.

Ela disparou pela Via Arandeira, torcendo para estar indo na direção certa. Uma curva acentuada se mostrou o fim da rua. Ela deu de cara com uma cerca de ferro forjado, com pontas em formato de flechas ao longo do topo.

Blanche se virou e encarou a rua que havia acabado de percorrer. A enormidade do que havia feito se assentou sobre ela como uma daquelas nuvens cinzentas pela qual estivera desejando mais cedo. Em vez de procurar um esconderijo, desejou simplesmente sair da cidade. Achar a estrada mais próxima e ir para o mais longe de Farleigh que pudesse, era isso o que queria fazer. Mas havia mais a ser levado em consideração além de seu querer; também havia Mama e as crianças.

Senhor! Ela já estava vendo e ouvindo tudo: o xerife batendo na porta de Mama, a Mama armando um barraco enquanto o xerife a interrogava sobre o paradeiro de Blanche, abrindo as portas do guarda-roupa, deixando pegadas em seu piso de linóleo. Mama com certeza ia ficar fora de si! Ela conseguiria impedir as crianças de saberem o que estava acontecendo? Blanche balançou a cabeça para expulsar a imagem de um policial musculoso arrancando Taifa e Malik dos braços estendidos da Mama. Disse a si mesma que o fato de ela ser uma fugitiva não era razão suficiente para o condado tirar a guarda de duas crianças pretas de uma avó mais do que disposta a ficar com elas. Sabia que estava só assustando a si mesma, como se sua situação já não fosse assustadora o suficiente. Ainda assim, a imagem de suas crianças soluçando não a abandonava.

Ela havia relutado em assumir o papel de tutora dos dois filhos de sua falecida irmã, mesmo tendo prometido a ela que o faria. Passou um ano na Califórnia feito uma adulta fugida de casa, até finalmente encarar a missão. Quando voltou da Califórnia — do que sua amiga Ardell chamou de "primeira chance de Blanche" —, ela se responsabilizou pelas crianças, embora sua mãe, que havia ficado com elas enquanto Blanche estava fora, não tivesse ficado nada feliz por abrir mão delas.

"Primeiro você foge, esperneando que não quer essas crianças ditando o rumo da sua vida. Agora volta e parte meu coração, arrastando meus netinhos pra Nova York! E Nova York lá é lugar de criança?", protestara a mãe de Blanche quando ela foi buscá-las. Foram suas palavras seguintes sobre a questão que agora preocupavam Blanche. "É bom não haver uma próxima vez. Eu posso não deixar elas irem." A voz de sua mãe era tão clara que era como se estivessem cara a cara. A "próxima vez" sobre a qual sua mãe a havia alertado estava igualmente presente. Blanche esfregou os braços e estremeceu. Em algum lugar ali perto, uma rola-carpideira endossou seu crescente desespero.

DOIS

"Aí está você!"

Blanche se virou. A metade do rosto de uma mulher, com um olho azul acinzentado, a perscrutava por uma abertura na cerca.

"Poderia ter ao menos telefonado para avisar que se atrasaria! Estou há horas tentando ligar para a agência. Mas eu sabia que se você viesse mesmo, viria por este portão! Eu sabia!" A voz da mulher escondia triunfo e rabugice. "Essa agência sempre manda o pessoal para este portão, mesmo eu tendo dito várias vezes que não era o certo." Ela ergueu os braços acima da cabeça e deu um puxão no portão alto. A barra da blusa cor de maçã-verde se arrastou para fora do cós da saia. Um pedacinho de seda bege pendia por baixo da bainha. "Bem, não fique aí parada! Queremos sair imediatamente após o almoço." A mulher ficou detrás do portão e gesticulou para que Blanche entrasse. "Cadê a sua mala?"

Os olhos escuros de Blanche fizeram contato com os olhos claros da mulher por meio segundo. O rosto dela era mais velho do que sua voz suave e rouca. Rugas já não muito pequenas se ramificavam de seus olhos, descendo pela face. Linhas onduladas faziam vincos na testa, e a pele ao redor da boca estava começando a franzir. Seu rosto de feições acentuadas, com um par de olhos afastados, a testa alta e angulosa, faziam Blanche se lembrar do furão de estimação que seu Tio Willie criava para caçar coelhos. Os cabelos loiros e bem curtos acentuavam a ponta do queixo e o pescoço um tanto longo. Ela era alguns centímetros mais baixa do que o um metro e setenta de Blanche e parecia ter entre 35 e 50 anos. Seja lá qual fosse sua idade, estava em melhor forma do que Blanche, com a barriga reta e rija. Ela estava bem ereta, mas relaxada, como faziam as mulheres que haviam tido aulas de postura.

"Deixe para lá", completou ela, poupando Blanche de ter que pensar em uma desculpa para não ter uma mala. "Pode cuidar disso amanhã. Você tem mais ou menos o tamanho de Bernice. Ela sempre deixa um uniforme reserva na casa de campo. Só terá que usar sua roupa normal até chegarmos lá." Ela deu a Blanche um olhar um tanto incomodado antes de prosseguir pela trilha de paralelepípedos.

Blanche se lembrou da velha sra. Ivy, em Long Island. Ela também não suportava ver os empregados em roupas comuns. Poderia confundi-los com seres humanos. Blanche podou seu passo costumeiramente largo para se adequar ao ritmo da mulher à sua frente. Até uma pedra andaria mais rápido, pensou.

"A cozinheira deixou uma refeição fria", disse a mulher, virando na direção de Blanche. "Só precisa organizar o bufê na sala de jantar e nós mesmos nos servimos. Vamos almoçar mais cedo. Quero ir para o campo assim que possível." Ela inspirou profundamente. "A louça precisa ser lavada, é claro. Droga!"

A mulher deu um solavanco para a frente como se tivesse tropeçado. Ela se recuperou e continuou caminhando e falando como se nada tivesse acontecido.

Blanche pensou em sua Tia Sarah. Já tinha visto Tia Sarah continuar a explanar sobre a melhor forma de defumar um peru sentada em um mar de laranjas que havia derrubado de uma bancada no supermercado, após topar com algo que ninguém mais conseguia ver. Tia Sarah havia continuado suas instruções de defumação do peru enquanto Blanche e um dos empacotadores a erguiam do chão.

"Não há nenhum outro empregado na casa, no momento." A mulher ergueu a mão de unhas rosadas, como se para repelir qualquer protesto ou questionamento de Blanche. "No campo, você vai fazer as refeições e cuidar da casa", continuou.

Blanche se perguntou se as meninas ricas tinham aulas de como abusar de seus funcionários, fazendo uma carga de trabalho impossível parecer uma moleza.

"De todo modo, ela já está arejada, esperando por nós. E somos muito informais por lá, sem grandes jantares, poucos convidados. Embora sempre mantendo o alto padrão."

Um sorriso sardônico surgiu nos cantos da boca de Blanche. A vida às vezes parecia estar tirando um sarro dela. Mesmo em fuga, tinha que limpar a casa dos outros.

"Sempre damos folga aos empregados fixos quando vamos para o campo. É por isso que está aqui." A mulher virou a cabeça e deu a Blanche um sorriso que tinha mais amplitude do que cordialidade.

E porque você está tentando cortar os gastos com apenas uma pessoa para trabalhar, Blanche completou para si mesma. Qual é o mistério do dinheiro, que faz as pessoas que o possuem não quererem gastá-lo? Blanche deu à mulher seu sorriso de dentes de tubarão, acompanhado de um recatado "Sim, senhora". Ela ficou aliviada ao saber que os empregados fixos não estavam e ficou se perguntando se a mulher era tão direta e falastrona com quem não era seu empregado.

A mulher parou e se virou tão repentinamente que Blanche quase esbarrou nela. Ela examinou o rosto de Blanche.

"Você *já trabalhou* para nós, não trabalhou?", perguntou ela, e uma careta vincou o meio de sua testa. "Eu pedi especificamente à agência que mandasse alguém que conhecesse nossa... rotina. Minha tia está... Não creio que me recorde do seu rosto..." Ela estreitou um pouco os olhos.

Blanche forçou um riso cheio de dentes e piscou rapidamente para a mulher.

"Ah, sim, senhora!" A voz de Blanche ficou duas oitavas mais aguda que de costume. "A senhora se lembra de mim, sim! Trabalhei aqui há uns seis meses. Acho que um dos empregados de sempre estava de atestado médico, não? Ou talvez tenha morrido alguém na família dele?" Ela lançou à mulher um olhar de expectativa.

O rosto da mulher permaneceu inexpressivo por um instante.

"Ah, sim, é claro", respondeu e logo se virou para continuar a caminhar pela passagem. "Minha memória tem estado terrível ultimamente", falou por sobre o ombro. "É tanta coisa para pensar, para lembrar... tanta coisa na minha..."

Blanche sorriu e assentiu. Ela não faz a menor ideia do que acontece na própria casa. Blanche já havia imaginado. A mulher nem tinha se dado o trabalho de perguntar o nome dela. E tudo bem. A última coisa de que precisava naquele momento era uma patroa verdadeiramente interessada. Mas tinha pena dos empregados fixos. Ela era o tipo de patroa que reagia à sua necessidade de realizar uma cirurgia com um saco de roupas fora de moda para doação.

A casa da qual elas se aproximaram era grande, com várias alas, graciosa e com o peculiar tijolo rosado que Blanche só se lembrava de ter visto naquela parte do país. Blanche acreditava no poder das casas. Já havia trabalhado em muitas residências diferentes e sabia, ao contrário da maioria das pessoas, que uma casa nunca era só uma construção. Geralmente sabia dizer como seria uma casa pelo modo como ela se encaixava na paisagem, ou como se impunha nela.

A casa se erguia de um leito de flores e arbustos que revelavam os serviços de um empreiteiro, e também de um jardineiro semanal, ambos com olho para mesclar natureza e arquitetura. Mas a casa não tinha nada para dizer a ela, particularmente. Da mesma forma que a mulher que nela vivia, a casa a reconhecia apenas como função. Felizmente, Blanche não passaria tempo suficiente ali para que isso importasse.

Ela seguiu a mulher por três degraus até um pátio de lajotas, passando por portas francesas até o interior de um cômodo que cheirava a couro, abarrotado de tantos livros que bem poderia ser um recanto na Biblioteca Pública de Nova York. A mulher abriu a porta no lado oposto do cômodo. Blanche a seguiu por um longo corredor, virando ao final, passando por outras quatro ou cinco portas e por um corredor escuro, estreito e sem carpete, até uma cozinha ampla e clara.

Ela era tão vistosa, bem-projetada e bem-equipada quanto qualquer uma das cozinhas que tinha visto em Nova York. E era maior do que a maioria — um micro-ondas, dois fornos embutidos que ficavam na altura dos olhos, um forninho elétrico, uma geladeira de porta dupla e um freezer embutidos na parede, um fogão de oito bocas, panelas de fundo de cobre penduradas em ganchos do teto, uma profusão de armários de cozinha e, no meio do cômodo, uma ilha com bancada completa de madeira para corte, com pia e triturador de lixo. Era uma cozinha tão diferente do fogão bambo e da pia pingando na casa onde Blanche morava que ela achava que esses compartimentos da casa não deveriam ser chamados pelo mesmo nome.

"Tenho certeza de que vai conseguir achar tudo de que precisa", disse a mulher, olhando ao redor da cozinha como um funcionário de hotel conferindo as toalhas. "Seremos três à mesa para o almoço. Queremos almoçar às 11h45. Pode usar o quarto subindo aquelas escadas, primeira porta à esquerda, para se organizar. Você não vai mais voltar para cá, então não deixe nada aqui." A mulher olhou para Blanche com expectativa.

"Sim, senhora", disse Blanche. "Entendido."

Blanche pensava que a mulher estava prestes a acrescentar mais alguma coisa quando o telefone tocou. Ela se virou abruptamente e empurrou uma porta vaivém, que Blanche presumiu que separava a cozinha do restante da casa. O telefone silenciou no meio de um toque.

Blanche se reclinou contra a bancada da ilha e deixou o fôlego escapar em um suspiro lento e contínuo. Se a agência havia encontrado uma substituta para ela, essa pessoa devia estar prestes a aparecer. E aí? A Dona Senhora com certeza chamaria o xerife. Para limpar sua barra após ter deixado uma estranha entrar em casa, ela poderia até afirmar que Blanche tinha forçado a entrada sem ser convidada ou tentado roubar alguma coisa. Se eu tivesse alguma noção, pensou Blanche, iria embora imediatamente. Mas para que lado era a saída? Uma espiada pela janela da cozinha mostrou a ela um pátio interno que não devia ter uma trilha arborizada como aquela que haviam tomado até ali. Se fosse até a frente da casa, poderia topar com a mulher e ela com certeza não conseguiria encontrar o caminho de volta para a casa por onde havia entrado.

Ela ouviu um barulho no outro lado da porta vaivém e rapidamente recobrou a expressão bem-disposta, porém inexpressiva, atrás da qual vinha se escondendo da mulher. Blanche há muito tempo havia aprendido que sinais de uma agradável estupidez nos empregados domésticos ajudam a deixar alguns patrões mais confortáveis, como se com isso seus pertences e as ideias que faziam de si mesmos ficassem todas a salvo. Bancar o bobo era algo que muitas pessoas pretas consideravam inaceitável, mas ela às vezes via nesse fingimento um esconderijo útil. Também tinha um grande prazer secreto em enganar aqueles que presumiam ser mais inteligentes que ela em razão de sua aparência ou do modo de ganhar a vida.

"Era da agência", disse a mulher enquanto entrava na cozinha. "Ligaram para dizer que você não conseguiria chegar antes de amanhã! Dá para imaginar? Dei um belo sermão pela falta de eficiência deles."

A mulher parecia tão satisfeita consigo mesma que Blanche se perguntou se a curtição dela era desancar as pessoas — ou talvez essa novidade a tivesse deixado entusiasmada.

"Querem que você ligue para eles. Talvez depois do almoço." Ela virou a cabeça para dar outro daqueles sorrisos discretos e esbarrou em uma cadeira. "Ai!" Empurrou a cadeira para longe como se tivesse sido atacada e então se virou energicamente e saiu da cozinha como se todo o cômodo estivesse mancomunado com a cadeira.

Foi a segunda vez que Blanche a viu tropeçar. Havia algo no jeito estabanado da mulher que fazia Blanche se lembrar de Deke Williams, o dublê para quem um dia havia trabalhado. Ela adorava ouvir Deke explicando as coisas: qual era a forma de cair de um jeito menos doloroso e como Charlie Chaplin havia alçado o ato da queda a uma forma de arte. Com certeza não havia nada de artístico nessa pessoa tropicando por aí.

Blanche olhou para seu relógio — 10h45. Como tanta coisa podia ter acontecido a ela em tão poucas horas? Ela abriu a geladeira. Três espaçosas prateleiras continham pratos artisticamente decorados e organizados com carnes e saladas frias, bem como duas bandejas de brioches caseiros prontas para entrar no forno. Ótimo. Ela teria bastante tempo para fazer suas ligações. Havia notado que a mulher tinha ido até a frente da casa para atender o telefone, em vez de usar o aparelho pendurado na parede da cozinha. Ela se perguntou se aquele era o telefone exclusivo das pessoas de cor — ela estava em Dixie[1], afinal de contas. Mas pensou que era mais provável que a mulher estivesse esperando uma ligação que não gostaria que alguém entreouvisse. Blanche foi até a porta vaivém e empurrou-a gentilmente para ver se sua patroa estava por perto. Blanche também não queria que ninguém ouvisse suas ligações. Para além da porta, uma despensa com prateleiras e um balcão estreito de cada lado. Havia outra porta vaivém do outro lado da despensa que levava à sala de jantar. Blanche deu uma olhadela. Ninguém ali. Se pôs a escutar. Nada. Decidiu se arriscar enquanto podia e voltou para a cozinha para fazer suas ligações.

"Sou eu, Mama."

"Estava me perguntando por onde você andava. Quero que passe na..."

"Escuta, Mama. Só tenho um segundo." Blanche baixou a voz e manteve os olhos na porta. A urgência em seu tom impediu sua mãe de retrucar por ter sido interrompida no meio de uma ordem. "Quero dizer que estou segura. Eu..."

"Como assim 'segura'?", perguntou a mãe. "Não sabia que podia não estar segura!"

"Não posso explicar agora, Mama. Só confia em mim e toma conta das crianças até eu poder... Se o xerife ou qualquer um perguntar, a senhora não falou comigo. Diz que imagina que eu fugi pra Nova Orleans, como andei dizendo que faria, mas, por favor, não deixa as crianças ouvirem a senhora dizer isso... Elas tão bem, não tão? Sim, Mama, eu sei que a senhora não é mulher de mentir, então já sabe que deve ser importante, ou eu não pediria. Eu ligo de novo assim que puder. Diz pra Taifa e pro Malik que eu amo eles e desculpa por não ter ligado quando eles estavam em casa, e diz que vou..."

"Não se preocupe com as crianças", interrompeu Dona Cora. "Meus netos tão ótimos aqui comigo, tão ótimos."

---

1 Forma de se referir ao sudeste dos Estados Unidos, principalmente os Estados Confederados, durante a Guerra Civil Americana, que ainda hoje é usada como símbolo de ideologias segregacionistas. (As notas são da tradutora.)

Por alguns segundos após a mãe desligar, Blanche manteve o fone junto ao ouvido, encarando a parede à frente. As palavras da mãe pairavam em sua mente como uma nuvem carregada. O tom era inconfundível. Blanche sentiu-se um soldado sendo advertido a respeito de uma guerra vindoura.

Parecia irônico, depois do que houve na Califórnia e de toda a resistência e a raiva pelo fardo de cuidar de Taifa e Malik ter sobrado para ela, que tivesse medo de deixar a cidade sem eles — embora isso claramente fizesse sentido. Ela não queria ter que enfrentar a mãe para tê-los de volta. Pensar naquilo fazia seu estômago se apertar. Blanche havia levado muito tempo até sentir-se dona do próprio nariz, longe do pulso firme de Dona Cora. A mãe tinha desaprovado sua recusa a pertencer à igreja, sua partida de Farleigh para Nova York, sua decisão de continuar a prestar serviços domésticos em vez de ser enfermeira, como a irmã, ou qualquer outra profissão que desse orgulho a uma mãe. Elas brigavam há quase vinte anos por causa do cabelo que Blanche não alisava. Nos últimos anos, a relação de Blanche com Dona Cora havia se tornado menos belicosa, depois de Blanche ter provado que era tanto virtuosa quanto ímpia, que Nova York não faria dela automaticamente uma viciada em drogas e que ela não seria presa feito uma revolucionária por conta do penteado. Porém, na casa da mãe, onde o vigor de Dona Cora parecia ser o principal ingrediente a manter tudo no lugar, Blanche às vezes sentia que estava de novo de meias soquetes e tranças. Ela não tinha a intenção de que Taifa e Malik precisassem lutar tão duramente pela própria liberdade. Discou outro número no telefone. Ardell atendeu ao primeiro toque.

"E aí, amiga? Tava pensando em você agorinha. Como foi hoje de ma... O que foi?"

A percepção de Ardell de que algo estava errado antes mesmo que Blanche contasse a ela era uma das razões pela qual a amizade entre as duas tinha praticamente a mesma idade que elas. Durante todos os anos que Blanche passou em Nova York, durante o ano em que morou na Califórnia como adulta fugida de casa, durante o casamento maluco e a conversão (e desconversão) religiosa de Ardell, elas apoiaram e encorajaram uma à outra com uma intensidade e uma constância que, com frequência, despertava ciúmes e suspeitas em seus homens. Nem Blanche nem Ardell davam a menor importância. Elas acreditavam que sua relação não era da conta de ninguém e ambas tinham isso sempre na ponta da língua.

"Ai, mulher! Você não vai acreditar na merda que aconteceu!", exclamou Blanche e começou a atualizar Ardell da situação, pedindo a ela que telefonasse às mulheres cujas casas Blanche havia concordado em limpar pelos próximos dias.

"Vou dizer que você tá gripada. E vou passar na sua mãe pra ver se ela precisa de alguma coisa."

"É disso que preciso. Eu me sinto tão mal por despejar toda essa preocupação na Mama e nas crianças também."

"Eu ficaria feliz em ficar com os dois, mas você sabe que a Dona Cora rasgaria minha jugular se eu me atrevesse a sugerir deixá-la longe de seus netinhos! Quanto à preocupação, Dona Cora já viveu coisa muito pior! Não fique caçando coisas pra se apoquentar. Você já tem o bastante." Ardell fez uma pausa e então acrescentou: "Acho que o que realmente preciso fazer é pegar um carro emprestado e ir aí rebocar esse teu rabo!".

"Não. Estamos saindo pra casa de campo deles em algumas horas. Vou estar mais segura lá. Preciso é sair desse telefone e botar o almoço desse povo na mesa." Ela falava rápido e com urgência, tentando cortar Ardell do raciocínio que certamente estava seguindo com aquele comentário sobre pegar um carro. Blanche sabia exatamente de quem era o carro que Ardell tinha em mente. Mas seu esforço para solapar a amiga foi em vão, como sempre.

"E quanto ao Leo?", perguntou Ardell, fingindo indiferença na voz de um jeito que não enganou Blanche por um segundo sequer. "Quer que eu ligue pra ele? Ele..."

"Nem vem, Ardell. Você sabe como me sinto quanto ao Leo. Já falei que eu..."

"Tá bom, tá bom", interrompeu Ardell. "Só vai me dizendo como eu posso ajudar."

"Obrigada, meu bem. Eu dou notícias."

Blanche pôs o telefone no gancho e tamborilou os dedos no balcão. Por um lado, estava grata pela amiga ter mencionado Leo. Precisava de algo que alterasse nervos que ainda lhe sobravam, que a impedisse de ter pena de si mesma ou de ficar paralisada de tanto medo. E não havia nada como a menção de Leo para esquentar sua cabeça.

Eles não eram mais um casal desde o ensino médio. Mas algumas pessoas da cidade, incluindo Ardell, pareciam achar que o amor deles estava escrito nas estrelas. E ela não tinha muita certeza de que Leo não pensava o mesmo, sempre levando brinquedos e jogos para as crianças e ajudando-os com o dever de casa. Se o caminho ao coração de um homem é pelo estômago, com certeza o caminho para o coração de uma mãe é através de seus filhos. Infelizmente, ele também dava conselhos não solicitados sobre tudo, da criação das crianças até o modo de se vestir. E como se fizessem para irritá-la ainda mais, Taifa e Malik, sem o incentivo de ninguém, passaram a chamá-lo de Tio Leo. Se Blanche ganhasse 10 dólares a cada vez que havia dito a ele para cuidar da porcaria da própria vida, já teria dinheiro para comprar um carro e deixar a cidade naquele exato momento. Mas não importava o quanto gritasse com ele, ou quão sarcástica havia se tornado, ele estava sempre disposto a ajudá-la em tudo que precisasse, mesmo que desse sermões sobre a falta de praticidade e a maluquice de tudo. Talvez fosse isso que mais a irritasse. Era como se ele tivesse decidido vencê-la pelo cansaço com gentileza e decência. Bom, ela com certeza não queria que ele se metesse em tudo, criticando-a por não recorrer a ele para pedir o dinheiro de que precisava e tratando-a como se ela precisasse de um tutor! Fortalecida pela indignação contra Leo, virou-se para encarar sua situação atual com um pouquinho mais de confiança.

Sim, isso vai ter fim, disse a si mesma. Já passei por situações tão ruins quanto essas. O incêndio no prédio onde morava no ápice do inverno, tendo duas crianças para cuidar, com certeza era tão terrível quanto passar trinta dias na cadeia. Roubarem tudo que era portátil em seu apartamento e depois ser assaltada na rua, não uma, não duas, mas três vezes, nesse mesmo número de semanas, com certeza estava no mesmo patamar que fugir de um xerife. Só preciso estar disposta a seja lá o que tiver que fazer, ela disse a si mesma.

Blanche foi percorrendo a cozinha, abrindo armários em busca de pratos. A primeira porta que abriu revelou prateleiras cheias de vinagre de framboesa, coentro, azeite virgem, açafrão, coisas que usava com regularidade nas cozinhas dos elegantes apartamentos e lofts de Manhattan e das aprazíveis casas de tijolos aparentes e suas famílias, onde havia prestado seus serviços de cozinheira, governanta, acompanhante, faxineira, garçonete, lavadeira, costureira — seja quais fossem os serviços, ou conjunto de serviços, que um patrão precisasse contratar e pudesse pagar. As cozinhas pelas quais passava agora que se atinha ao trabalho diurno em Farleigh eram mais propensas a estarem fornidas de Crisco[2] do que de caviar. Ricos e bem alimentados, pensou, se perguntando quem seriam as pessoas que ocupariam os outros dois lugares à mesa no almoço. Provou um pedaço de pimentão italiano e algumas alcaparras francesas. Em outras cozinhas, algumas vezes tinha segurado as comidas estrangeiras e se imaginado comprando-as em seus países de origem. Às vezes, essa fantasia levara à percepção do quanto havia a ser visto e feito no mundo e quão pouco disso era provável que vivesse. Hoje, ela teria trocado uma chance de viajar pelo mundo pela capacidade de simplesmente voltar para casa.

Sua atenção foi desviada dos feijões fermentados pela certeza de que estava prestes a receber uma visita que, ela sabia, não era a mulher loira. Blanche se voltou para a porta dos fundos, que foi aberta lentamente por um homem jovem, baixo e rechonchudo, com olhos amendoados. Usava um terno azul-escuro que poderia ser um uniforme, embora usasse as calças com o gancho bem alto e presas firmemente com um cinto acima do abdômen. O cinto não estava posto nos passadores. Embora não fosse muito corpulento, ele fazia com que Blanche se lembrasse dos lutadores de sumô japoneses que tinha visto na TV, tarde da noite, certa vez que não conseguia dormir, preocupada com as contas de gás e de luz, que precisavam ser pagas com os mesmos 65 dólares. Ele tinha o corpo todo roliço, da cúpula da cabeça calva (embora não parecesse ter mais que 25 anos), passando pelos ombros arredondados, a pança de bebê e

2   Famosa marca de produtos de gordura vegetal.

sapatos de Chiquinho[3] com pontas arredondadas. Uma tira preta segurava em seu rosto um par de óculos, com armação de plástico transparente. Agarrou a maçaneta com uma das mãos grandes e rechonchudas. Havia nele um ar inofensivo, intrigante em um homem branco.

"Olá", disse ele, com uma voz mais gentil do que Blanche havia esperado. Ela acenou com a cabeça. "Mumsfield", continuou, dando uma leve batidinha no peito. Ele fechou a porta e ofereceu a ela um sorriso tímido e de dentes separados. Era uma coisa com a qual Blanche simpatizava, tendo ela própria um espaço significativo entre os dentes da frente.

"Blanche." Lentamente rosqueou de volta a tampa do pote que estava segurando, mas sua atenção estava no rapaz. Ela soube que alguém estava prestes a entrar pela porta dos fundos e havia sido ele.

"Eu dirijo o carro", explicou Mumsfield, puxando as calças ainda mais para cima. Pelos loiros avermelhados se enrolavam em seus pulsos, sob as mangas do paletó. Chofer, pensou Blanche, e continuou abrindo os armários. "Sou muito bom com automóveis", disse a última palavra bem devagar, libertando cada sílaba separadamente, como se odiasse deixá-las escapar. "Muito bom com automóveis", repetiu.

Chofer convencido, pensou Blanche, e meio caipira ou alguma coisa assim. Ela se perguntou por que a mulher não tinha dado folga a ele como fez com os demais empregados fixos, então se lembrou de que iriam para o campo após o almoço. Ela torcia para que essa não fosse uma daquelas famílias que precisavam que os empregados fizessem tudo, exceto limpar seus traseiros.

"Hoje de tarde, eu que vou dirigir até a casa de campo", disse Mumsfield, parecendo repetir seu pensamento. "A casa de campo é o lugar favorito da Tia Emmeline." Ele fez uma pausa por um instante. Quando falou novamente, sua voz ficou ainda mais suave do que antes, e também mais triste. "Talvez Tia Emmeline volte ao normal na casa de campo. Mumsfield... Digo, eu espero que sim. O que você acha, Blanche?"

Blanche dirigiu a ele um olhar cético e perguntou-se do que era que ele estava falando.

---

3   Referência ao personagem das tirinhas criadas pelo cartunista Richard F. Outcault. Em 1904, Buster Brown virou mascote da Brown Shoe Company. No Brasil, uma cópia não autorizada ficou conhecida como Chiquinho.

"Vamos todos ficar bem na casa de campo se você mantiver os olhos na estrada e obedecer ao limite de velocidade", respondeu.

"Ah, Blanche! Você é engraçada, Blanche!" Ele tinha uma risadinha infantil que a fez sorrir.

Ela queria perguntar a ele quem, além da mulher loira, estaria no almoço, bem como o nome da mulher, mas conteve as perguntas. Supostamente já havia trabalhado para aquelas pessoas. Tentou abrir uma porta que poderia ser de um armário grande, do porão ou de outro cômodo. Estava trancada.

"O que tem aqui?"

"Porão", respondeu ele. "O freezer e a máquina de lavar ficam lá embaixo."

Provavelmente, o vinho também, pensou. Por que trancar a área de serviço? Ela abriu outros armários, mas não encontrou nenhum prato. Bom, pelo menos os pratos ele pode me dizer onde ficam; não dá para esperar que eu me lembre disso. Ela estava tentando decidir o que mais poderia perguntar quando encontrou o armário embutido das louças. Retirou três pratos.

"A cozinheira me deixou pôr a mesa antes de sair, Blanche", disse ele. "Mumsfield... Digo, eu fiquei muito triste de ver a cozinheira ir embora." Sua enorme cabeça pendeu, com a franja de cabelos loiro-avermelhados, lisos e brilhantes. Blanche tinha quase certeza de ter visto o queixo dele tremer.

"Bom, logo mais ela está de volta." Ela começou a retirar da geladeira os pratos do almoço. Perguntou-se se a cozinheira seria caso dele. Ainda assim, era um pouco fora do comum ter o motorista ajudando a pôr a mesa. E por que ele falava de si mesmo como se fosse outra pessoa? Esse povo sulista de cidade pequena era estranho, muitos casavam-se com os próprios primos e sabe-se lá o que mais. E ele era esquisito também. Lembrava alguém, mas não sabia quem. "Onde fica a casa de campo?", perguntou tão indiferentemente quanto possível.

"Perto de Hokeysville, Blanche."

Blanche assentiu. Não conhecia a região, só sabia que não era longe do litoral. Também não era perto de alguma cidade onde fosse provável que um ônibus interestadual parasse para pegar passageiros.

"Mumsfield, meu bem, com licença." Blanche passou pela porta vai-vém carregando um prato de peru fatiado, rosbife cru e presunto, rumo à sala de jantar. Estava ciente de que a expressão "meu bem" havia se atado ao nome dele.

Blanche não havia prestado nenhuma atenção à sala de jantar ao dar sua espiada mais cedo. Era um cômodo de pé-direito alto, com papel de parede rosa-escuro de folhagens douradas. Uma mesa de jacarandá, longa e brilhosa, rodeada de cadeiras com o espaldar mais alto do que Blanche. As imponentes cadeiras, o aparador alto e reluzente e os enormes quadros de fazendas e campos abertos eram todos tão agigantados que Blanche aventou a possibilidade de a mobília pertencer a um gigante. Ela sabia, por outros lugares onde havia trabalhado, que gente rica gostava de ter coisas feitas por pessoas de tipos diferentes — africanos, esquimós, povos indígenas. Parecia que não importava a aparência do objeto ou com que propósito sórdido vinha sendo usado, contanto que tivesse pertencido antes a outra pessoa e que fosse o mais antigo possível. Então por que não coisas de gigantes também? Ela sorriu enquanto empurrava um carrinho com chá gelado, água e café para a sala de jantar. Estava inventando uma história para contar à sobrinha de Ardell, de 5 anos, sobre a fábrica de mobília para gigantes.

Mas ela não ia voltar para seu bairro. Não veria a sobrinha de Ardell nem os seus próprios sobrinhos por algum tempo. A crescente sensação de ter sido arrebatada de sua própria vida e jogada no meio da vida de outra pessoa foi interrompida por um som tênue vindo do outro lado da porta fechada, no lado oposto da sala de jantar. Ela se virou. A porta estava se movendo lentamente para dentro. Um homem falava e empurrava a porta. Blanche entrou depressa na despensa, deixando a porta vaivém voltar cuidadosamente até estar quase fechada. Ela não se preocupou com a possibilidade de Mumsfield flagrá-la ouvindo a conversa. Sabia que ele tinha deixado a cozinha enquanto ela estava na sala de jantar. O fato de que não o tinha ouvido sair não lhe passou despercebido, mas Blanche sabia que ele não estava mais ali. Ela colou o olho na fresta da porta.

As feições acentuadas do homem e o cabelo queimado de sol faziam o tipo associado à caça de grandes presas no Quênia, ou à pesca de espadins em uma lancha cabinada sob o escaldante sol do Caribe. Blanche presumia que o sorriso dele fosse deslumbrante. Tinha uma aversão pessoal a homens bonitos e, sendo assim, ficou se perguntando se ele tinha algo mais a oferecer além de um lindo rosto. Certamente o preço das calças, da camisa e do paletó, um tanto casuais, poderiam alimentar uma família de quatro pessoas por cerca de seis meses.

"Estou dizendo, Grace, não vai levar mais do que dez minutos", falou ele à mulher loira, que o havia seguido até a sala. Ela contorcia as mãos como se as estivesse lavando. Ele se dirigia a ela com aquele tom de voz carinhoso, "pronto, pronto", que fazia o sangue de Blanche ferver. Ele fez uma pausa para se ver no enorme espelho de moldura dourada do outro lado da sala. Pelo sorriso que deu ao reflexo, parecia não ter querela alguma consigo mesmo. "Você sabe como ele é", continuou o homem. "Assim que dissermos que ela está gripada há algum tempo, com uma tosse feia, ele vai embora em dois tempos!" Ele riu e se virou na direção da mulher. Disse algo sobre a vista de alguém que Blanche não conseguiu discernir muito bem.

"Mas, Everett, e se ela não cooperar? Ela foi terrível comigo agora mesmo! Ela é incontrolável!"

O homem riu, tomou as mãos trêmulas da mulher e as segurou entre as suas como se acomodasse um filhote de passarinho. Ele tinha mãos grandes e de dedos longos. Mae, tia de Blanche, sempre dizia que aquilo era sinal de um homem generosamente bem-dotado também em outro lugar.

"Não se preocupe, querida, ela vai cooperar. Eu prometo", falou com suavidade, mas alguma insinuação em sua voz deixou Blanche feliz por não ser a pessoa de quem estavam falando. Porém, ao mesmo tempo em que a voz dele a tranquilizava, ela foi impactada pelo modo quase maternal com que ele inclinou o corpo na direção de Grace. Havia algo em sua postura que denotava tanto proteção quanto pavoneio, como se estivesse não só concedendo sua força e sua segurança a essa mulher nervosa e preocupada, mas se vangloriando de sua habilidade em fazê-lo. Grace ergueu o olhar para ele, com olhos arregalados e compenetrados.

"Grace e Everett", balbuciou Blanche enquanto o casal saía de vista, indo na direção do bufê. Ela não se importava muito com sobrenomes.

Mentalmente, sempre chamava seus patrões pelos primeiros nomes. Isso a ajudava a se lembrar de que ter dinheiro para contratar um empregado doméstico não tornava essa pessoa melhor do que seu empregado, apenas mais rica. Ela também chamava os patrões de senhor e senhora na frente deles, independente do quanto insistissem em algum outro título ou nome. Ela um dia havia tido dois gatos chamados Senhora e Senhor.

"Ela que se dane, de todo modo!" O retinir dos talheres sublinhou as palavras dele. "Se sua querida tia decidiu estupidamente deixar o grosso de sua herança para o idiota do seu pri..."

A atenção de Blanche foi desviada por um sentimento que a surpreendeu. Mumsfield, pensou. Naquele momento, ele abriu a mesma porta que Grace e Everett haviam usado. O que estava fazendo ali? Seu cabelo estava brilhoso e recém-penteado. Usava o mesmo terno azul e camisa branca, mas havia adicionado um par de largos suspensórios de um tom claro de laranja.

"Olá, Primo Everett. Olá, Prima Grace", disse Mumsfield, juntando-se a eles no bufê.

"Gente, tô passada", balbuciou Blanche para si mesma.

"Olá, querido."

"Olá, meu garoto!" A voz de Everett estava mais alta do que aquela que ele havia usado com Grace, como se pensasse que Mumsfield tivesse problemas de audição.

Se eram primos, então a Tia Emmeline que Mumsfield havia mencionado também devia ser membro da família, não uma funcionária de longa data com um título honorário, como Blanche havia imaginado. Talvez Tia Emmeline fosse aquela que Grace havia afirmado ser incontrolável. Era por isso que não estava almoçando com o restante da família? E por que Mumsfield estava fingindo ser motorista? Ela se lembrou de que ele não havia realmente dito que era o motorista, apenas que dirigia o carro. E lá se foi sua preocupação quanto a serem uma família que não levantava um dedo para nada. Pelo menos um dos membros parecia mais do que disposto.

Os três se acomodaram à mesa: Everett na cabeceira, Grace à sua esquerda, de costas para Blanche, e Mumsfield à direita dele, encarando a despensa. Blanche o analisou. Notou os vincos nos cantos de seus olhos, a grossura de seus dedos. É claro, pensou. Agora sabia quem ele lembrava mais cedo. Joe Bebezão, filho da Dona Harriet. Mas Joe Bebezão tinha sérios transtornos mentais por causa da síndrome de Down. Seria possível ter síndrome de Down e manifestá-la apenas ligeiramente? Ela se lembrou de que Mumsfield havia se referido a si mesmo na terceira pessoa e de que pronunciava algumas palavras com cuidado, prolongando os sons da mesma forma que as crianças costumam fazer.

Em seu interesse por Mumsfield, Blanche se recostou na porta com um peso um pouco excessivo. Ela abriu-se para a sala de jantar. Blanche rapidamente empurrou a porta com ainda mais força e enfiou a cabeça para fora, como se tudo tivesse sido planejado.

"Tudo certo, senhora?"

"Ah! Ah, sim." Grace gesticulou para que Blanche entrasse.

Everett deu um bote e apanhou o copo que Grace quase derrubou. Dois grandes bocados d'água se derramaram no rosbife malpassado dela. Everett fez um estardalhaço por causa do prato e insistiu em servi-la novamente. Blanche levou embora o rosbife aguado e retornou com um prato limpo. Everett serviu-o e levou-o até Grace.

"Everett, Mumsfield, esta é... hã... esta é... a moça que a agência mandou. Ela já trabalhou para nós antes." Grace evitou fazer contato visual com Everett.

Mumsfield dirigiu um olhar perplexo a Blanche e abriu a boca como se fosse falar, então fechou-a novamente.

"Sim, senhor", disse Blanche, depressa. "Fico feliz em estar de serviço com os senhores outra vez." Ela deu uma olhadela nele, que abriu um sorriso de Gato de Cheshire.

"O primeiro nome dela é Blanche, Prima Grace", disse ele. "Não me lembro do sobrenome." Ele piscou para Blanche antes de voltar sua atenção ao monte de salada de batata em seu prato.

"Meu sobrenome é White", acrescentou Blanche, com clareza e assertividade. "Blanche White."

O momento se perdeu e ela teve vontade de dar um chute em si mesma por não ter inventado um nome. Era culpa de sua família ter lhe dado um nome que a deixava tão na defensiva que nem mesmo passara por sua cabeça mentir para essas pessoas. Ela viu a surpresa se transformar em um riso mal disfarçado no rosto de Everett. Grace parecia sobressaltada. Blanche podia dizer, pelos movimentos de seus braços, que ela retorcia o guardanapo sobre o colo. Mumsfield parou de comer para olhar de Grace para Everett, como se os rostos deles pudessem lhe dizer o que havia acontecido que ele não tinha entendido.

Blanche estava acostumada ao fato de que algumas pessoas achavam graça quando ouviam seu nome. Ela achava que ter um nome que significava "branco" duas vezes era tão engraçado quanto uma mulher desastrada ter um nome que significava "graça". Blanche fez um breve aceno de cabeça e voltou para a cozinha.

Ela já esperava por Mumsfield quando ele abriu a porta dos fundos.

"Eu conheço todo mundo que já trabalhou na nossa cozinha", falou com orgulho óbvio. "Primeiro foi a Evie, depois a Clara, aí a Bea e depois...", prosseguiu ele com os nomes de várias cozinheiras e ajudantes de cozinha que haviam passado pela casa. Quando terminou, olhou para ela com expectativa.

"Obrigada por não me dedurar", disse Blanche. "Não vão me deixar ficar se souberem que nunca trabalhei aqui, e preciso muito desse trabalho." Ela lutou contra a ânsia de contar sobre suas crianças e de inventar um pai ou uma mãe doente para acompanhar.

"Eu sei guardar segredo, Blanche", anunciou ele, como se reconhecesse que guardar segredo fosse uma habilidade rara. Fez um aceno lépido e deu um sorriso que comprimiu todas as suas feições no meio do rosto. Já tinha saído pela porta dos fundos antes que ela pudesse agradecê-lo novamente. Ela se surpreendeu com sua própria certeza de que ele era confiável, ao menos nessa questão.

Mumsfield havia saído fazia cerca de dez minutos quando o visitante seguinte apareceu. Grace meteu a cabeça na cozinha enquanto Blanche guardava as sobras do almoço.

"Está pronta, é... hã... Blanche?"

"Sim, senhora."

A mulher tropeçou no meu nome feito um sapato nas escadas, Blanche bufou consigo mesma. Mas ao menos Grace não havia relembrado a ela de ligar para a agência. Blanche pendurou o pano de prato no escorredor e apanhou sua bolsa da cadeira. Ela seguiu Grace pela sala de jantar e ao longo de um corredor comprido, até a frente da casa. O som oco de seus passos no piso de mármore preto e branco parecia sair em debandada para explorar os cantos distantes do espaço amplo e frio. Estava ciente de que cada lugar onde já havia morado poderia caber nesse único depósito de mármore. Mas quem não iria querer uma sala em que as cadeiras de assento duro estivessem tão distantes que gritos para se fazer ouvir seriam necessários, não é? Ela imaginou o conjunto para sala de veludo amassado, verde-floresta, com a *chaise* redonda e tachas acobreadas descendo pelos braços do sofá, pelo qual ela babava na vitrine da Lassiter Móveis Finos. Ela nunca deixava de se maravilhar com as maneiras que os ricos encontravam para gastar dinheiro.

Blanche estava encarando os cupidos pintados no teto quando os pelos de sua nuca se arrepiaram. Ela se virou e viu Everett se aproximando. Ele empurrava uma cadeira de rodas. A mulher sentada nela estava dormindo. Seus cachos de rolinhos de um branco encardido balançavam gentilmente, como aqueles cachorrinhos que balançavam a cabeça no banco traseiro do carro de Buddy, primo de Blanche.

A velha parece até que inventou as rugas, pensou Blanche. Ela usava um vestido florido de mangas curtas, rosa e verde, simples mas muito caro. Um xale angorá descansava em seus ombros, e uma manta cobria a parte inferior do tronco. Tinha quase meio quilo de pó de arroz no rosto.

"Você se lembra de Tia Emmeline", sussurrou Grace para Blanche, que fez que sim com a cabeça.

Everett empurrou a cadeira à frente deles até a porta da frente.

"Receio que ela esteja se sentindo mal outra vez", Grace continuou a sussurrar. Blanche dirigiu a Grace o que esperava ser um olhar de empatia e compreensão e a seguiu até lá fora.

Uma limusine preta, ainda mais escura por causa das janelas de vidro fumê, esperava ao pé da ampla escada da entrada. À esquerda, havia uma rampa de madeira recém-pintada. Mumsfield estava junto ao carro, cuja porta de trás tinha sido aberta. Ele quicava ansioso na ponta dos pés. Havia trocado os suspensórios laranjas por outros, de um amarelo cor de junquilho, e parecia não saber o que fazer com as mãos, que se alternavam entre acenar para Emmeline e mergulhar nos bolsos do paletó. Everett conduziu Emmeline pelo pórtico em direção à rampa. Mumsfield caminhou depressa na direção da velha senhora. Seu rosto exibia um largo sorriso, os braços abertos em posição de pré-abraço. Grace se adiantou apressadamente e pousou uma mão refreadora no braço de Mumsfield.

"Vamos, querido, você não quer passar mais daqueles germes horríveis para a Tia Em, quer?"

Blanche teve que se controlar para não dar um muxoxo de descontentamento. Que besteirada! O garoto nem resfriado estava. Ela lançou a Emmeline um olhar perfurante. Seria uma daquelas pessoas ignorantes e supersticiosas nascidas e criadas para acreditar que qualquer diferença é repulsiva? Isso com certeza era comum na geração de Emmeline, tanto no Sul dos Estados Unidos quanto mais acima.

Como se sentisse em seu sono que era o centro das atenções, Tia Emmeline se agitou na cadeira. Ela ergueu a cabeça e virou-a lentamente de um lado a outro.

"Olá a todos! Olá!", bradou em uma voz rouca e trêmula através de lábios cobertos com um batom vermelho vivo mal-aplicado. Acenou com a cabeça e com as mãos. Como se fosse a rainha do desfile do Dia da Independência, riu Blanche. Não admira Mumsfield sentir falta da companhia dela. É a mais animada do grupo.

Everett se inclinou para a frente e sussurrou algo no ouvido da senhora. Ela lançou a ele um olhar insondável e se recostou na cadeira. Grace tomou o braço de Mumsfield e levou-o lentamente de volta para o carro.

"Vamos indo, Blanche."

Grace entrou no banco de trás do carro e fechou a porta com firmeza. Enquanto Blanche colocava o cinto de segurança, ouviu-se um suave zumbido vindo de trás. Ela se virou e viu uma divisória de vidro se erguer entre os bancos da frente e os de trás.

Mumsfield manobrava o carro como um pai amoroso guiando o filho favorito. O carro avançou como se estivesse sobre nuvens. Nossa! Se aquela arrogante da Helen Robinson me visse agora! Blanche riu consigo mesma e afundou os pés um pouco mais no carpete felpudo. Ela correu a mão pelo couro macio do assento. Dinheiro, pensou. Nem mesmo é de verdade, não como poeira ou grama. Mas se você não tiver... Ela virou a cabeça de leve e deu uma espiada nas três pessoas no banco de trás, pessoas tão diferentes dela que poderiam até ter duas cabeças ou serem feitas de vidro, pessoas que nunca, em toda a sua vida, tiveram que se preocupar com o gasto do mercado, com o pagamento do aluguel nem se teriam dinheiro suficiente para comprar remédio para um filho doente. Ela se perguntou qual devia ser a sensação.

A passagem de uma viatura do gabinete do xerife do condado lembrou-a de que tinha outras preocupações além de dinheiro. Ela começou a escorregar no banco, então se deu conta de que a lei não a procuraria em um carro desse, tanto quanto não esperariam encontrá-la em um convento. Um ardente raio do sol de verão, no céu que de resto estava nublado, cintilou pelas árvores e refletiu em uma placa da rodovia. E ela decidiu que era um bom sinal.

TRÊS

A casa de campo ficava em uma elevação com vista para uma lagoa com patos. Um canteiro enorme com flores rosas, brancas e amarelas se estendia pelo lado oposto da lagoa, entre ela e uma floresta de pinheiros que parecia rodear a propriedade inteira. A estrada era totalmente invisível. Nem mesmo se ouvia o barulho de carros ou caminhões passando. O cheiro salgado do mar no ar dizia a ela que haviam cruzado aquela fronteira invisível entre o interior e o litoral. A floresta de pinheiros sussurrava sobre a chegada deles.

O tamanho da casa não chegava nem perto daquela da cidade. Essa era uma casa de madeira, pintada com um tom lavanda acinzentado que parecia ainda mais delicado pelo verde-escuro da grama e dos pinheiros ao redor. Um alpendre de tela se estendia em volta de três dos lados da casa. Cadeiras de vime branco e pequenas mesas estavam posicionadas casualmente pelo alpendre e complementavam os toques de branco que emolduravam as portas e as janelas e cintilavam na rampa para a cadeira de rodas. O teto com gabletes e o cenário da mata faziam Blanche pensar em contos de fada. Mas a casa não tinha um ar de contos de fada. A casa era ansiosa, como se algo que ela não aprovasse houvesse se dado em suas dependências, ou estivesse prestes a tal. Blanche se perguntou se seria a sua chegada. Ela torcia para que fosse outra coisa. Não haveria tarefa mais difícil do que trabalhar em uma casa que não gostava de você. Enquanto estivesse ali, precisaria ser bastante discreta. Esperava que a casa cooperasse.

Blanche se pôs atrás dos membros da família enquanto marchavam em fila pela curta rampa acima até o alpendre. Grace mais uma vez tinha o cuidado de manter Mumsfield longe da velha senhora na cadeira de rodas.

O interior da casa era mais aconchegante que o da casa na cidade: sofás com assentos profundos e grandes cadeiras antigas de ratã com capas e almofadas de chita rosa, pufes de couro gasto para os pés, tapetes trançados verde-escuros e grandes fotografias de pessoas em vestes antigas nas paredes caiadas.

Grace subiu com Blanche por uma escada nos fundos até um quartinho, mobiliado com uma cama de solteiro, uma cômoda de quatro gavetas, uma mesinha de cabeceira, um abajur e uma cadeira de encosto reto. O piso era coberto por um linóleo marrom fosco, o mesmo linóleo que havia encontrado em tantos outros quartos. Sem dúvida havia uma loja, em algum lugar, especializada em linóleo marrom fosco e lençóis ásperos para empregados.

"É um quartinho até agradável, não acha?", Grace teve a audácia de dizer.

"Bom, mal-acostumada não vou ficar, com certeza", respondeu Blanche. Tinha que dormir naquela toca de rato, mas jamais demonstraria gratidão.

Grace decidiu não abordar essa questão.

"Estarei esperando na cozinha depois que se trocar." Ela fechou a porta com firmeza ao sair.

O quarto tinha vista para o jardim dos fundos, o barracão à beira dele e a mata de pinheiros mais além. Havia um homem preto mais velho, de boné, trabalhando na horta. Validando a previsão de Grace, no guarda-roupa pouco profundo havia dois uniformes cinza, lavados e engomados, com colarinhos e punhos, e dois pequenos aventais brancos para combinar. Blanche ficou encantada ao ver que eram tamanho 50. Usar roupas um número maior sempre fazia com que se sentisse esguia.

Após colocar um dos uniformes, foi até a cozinha. Grace estava à espera. Não exatamente de cara feia, mas seu rosto estava tenso. Parecia estar contendo a expectativa por um barulho alto ou uma má notícia. Quando viu Blanche, imediatamente começou a discutir as refeições.

"Uma pequena bisteca para o jantar de minha tia. Talvez umas batatas ou...", Grace fez uma pausa, como se sua linha de raciocínio tivesse sido interrompida por uma mensagem mais imprescindível na mente. Blanche esperou e se perguntou se seria recomendável um bife de bisteca para uma senhora idosa e adoentada. "Teremos um convidado no jantar, só um", continuou Grace, por fim. Ela brincou com a pequena caneta e a caderneta com capa de couro sobre a mesa em frente. "Ele gosta de comida simples. Frango assado, acho. Jantamos pontualmente às 19h30. Pontualmente. Não quero que faça o sr. Everett, meu marido, ficar esperando."

Grace disse as palavras "meu marido" como uma recém-casada ainda deslumbrada com a ideia. Blanche sentiu uma onda de antipatia pelo homem. Rico demais para esperar, pensou, rico demais, branco demais, macho demais. E mimado demais por sua esposa.

"Titia quer jantar por volta das 17h. Eu mesmo levo para ela quando estiver pronto. Ela prefere que eu leve suas refeições", explicou. Não soava tão satisfeita em servir a comida da tia quanto a do marido. "Então agora..." Grace abriu a caderneta e repassou os cardápios dos cinco dias seguintes, então deu a Blanche o número do telefone da mercearia em Hokeysville.

Uma hora após o telefonema de Blanche, um garoto suado e de rosto vermelho entregou as quatro sacolas de mantimentos que ela havia pedido. Deu a Blanche o insolente cumprimento de "E aí, menina" que os adolescentes brancos dão a mulheres pretas adultas no Sul. Blanche sibilou algumas frases em swahili e iorubá mal falados, que ela havia assimilado na Biblioteca da Liberdade, no Harlem, e disse ao garoto que era uma maldição que deixaria o pênis dele tão fino e pegajoso quanto a língua de um lagarto. O olhar e a forma como ele agarrou a virilha melhoraram seu humor consideravelmente. A versão de Nina Simone para "I Put a Spell on You" veio se desenrolando por sua boca em um grunhido grave e desafinado. Ela passou uma cenoura pelo processador de alimentos até transformá-la em uma pilha de finas moedas laranja. Lavou uma batata e mais uma vez se perguntou por que a velha senhora não tomava uma sopa ou comia ovos mexidos. Se estava apta a comer carne vermelha, por que não jantava com a família? Ela cozinhou as cenouras no vapor, pôs a carne na grelha e preparou a batata para ir ao micro-ondas. Quando a bandeja estava pronta, foi procurar por Grace.

Na porta para a sala de estar, Blanche hesitou, atingida pela percepção de que aquela era a primeira vez que via Grace parada. Ela estava com a cabeça apoiada no encosto de uma grande poltrona de ratã à moda antiga. Havia uma arrogância em seu perfil que não era perceptível quando ela estava em movimento. As mãos estavam frouxamente cruzadas sobre o colo. Ela parecia estar olhando pela janela, em direção à lagoa dos patos, mas Blanche tinha certeza de que, fosse lá o que Grace estivesse realmente vendo, não estava acontecendo lá fora. Sua imobilidade era tão profunda, tão imperturbável, que era como se ela estivesse em transe. Mas havia algo queimando por trás de seus olhos quando virou a cabeça e olhou para Blanche.

Se Grace fosse sua amiga, Blanche teria perguntado imediatamente o que a andava perturbando. Mas ela há muito havia aprendido o doloroso preço de confundir as habilidades que vendia por dinheiro com o tipo de cuidado que poderia ser pago apenas com reciprocidade.

"A senhora parece meio abatida. Quer que eu leve a bandeja lá em cima?" Ela deixou uma ponta de preocupação transparecer na voz. Era um tom que usava quando convidava seus patrões a oferecerem anedotas como evidência de que dinheiro, de fato, não era tudo.

"Sei que eu mesma devia levar, mas..."

"Cuidar de gente idosa pode ser difícil", solidarizou-se Blanche.

Grace olhou para ela por um longo momento, então baixou a cabeça.

"Ela mudou muito no último... desde a última vez em que a viu." Ela remexeu os próprios dedos. Blanche esperou que continuasse. "Foi por isso que pedi especialmente por alguém que já a conhecesse, alguém que se lembrasse da pessoa tão amável e querida que ela era antes de..." A voz enganchou em algo em sua garganta. Ela cobriu os olhos com a mão direita. "Vai ver o que quero dizer."

Blanche hesitou. Ela não queria flagrar a velha fazendo nada nojento. Ou perigoso.

"Ela não está violenta, não é, senhora?"

"Ah, não. Nada disso. É que..." Ela cobriu o rosto e soluçou gentilmente por alguns minutos. Por fim, ergueu a cabeça e olhou para Blanche.

Blanche não estava impressionada com as lágrimas nem com a cara de menor abandonada de Grace. Esse mesmo olhar com frequência espreitava Blanche, estampado no rosto de alguma mulher branca para quem trabalhava, e, ultimamente, na era do modelo de masculinidade sentimentaloide, por vezes no de um homem branco. Acontecia quando um patrão era acometido por uma tragédia familiar, sua compulsão por ter o que quisesse crescia demais, quando ficava muito irascível ou pura e simplesmente assustado com quem e o que era. Ela nunca deixava de se maravilhar com a quantidade de gente branca que ansiava por uma Tia Jemima.[1] Eles se acomodavam na cozinha e davam voltas e mais voltas contando alguma história pessoal sórdida. Ela escutava e fazia breves ruídos solidários. Raramente fazia perguntas, exceto para esclarecer as lições de vida que essas histórias transmitiam ou para extrair algum detalhe que tornaria a história deles mais divertida para os amigos dela. Aos patrões que lhe perguntavam o que ela faria no lugar deles, ou o que ela achava que deveriam fazer, respondia com um "Queria eu saber", acompanhado de um sorriso lento e triste, e sacudia a cabeça, cruzando os braços com firmeza sobre o peito.

Ali, Blanche sabia que caso se aproximasse de Grace, pusesse a mão no ombro da mulher e lhe dirigisse um olhar preocupado, era provável que Grace desnudasse a alma da família. Mas Blanche ainda não sabia se a mulher era do tipo de pessoa que ansiava por alguém com quem desabafar e ficava grata ao ouvinte ou se era do tipo que se ressentia do ouvinte por flagrá-la em um momento de fraqueza. Ela deu meio passo adiante, hesitou, então cruzou a sala até onde Grace estava sentada.

"Posso fazer alguma coisa pela senhora?" Mesmo que não estivesse se importando, havia certas formalidades a serem respeitadas.

---

[1] Aunt Jemima é uma famosa marca de produtos culinários. A personagem que dá nome ao produto é baseada no estereótipo da mãe-preta, a mulher negra escravizada responsável pelos cuidados com as crianças.

"Não, não." Grace continuou lamentando, mas não fez nenhuma tentativa de falar.

"Vou levar a bandeja agora pra senhora."

Blanche voltou para a cozinha para pegar a bandeja e levou-a escada acima. Estava curiosa e preocupada com o que encontraria no quarto da velha senhora. No topo da escada, se deu conta de que não havia perguntado a Grace qual era o quarto de Emmeline. Aquele mais distante da escada dos fundos e com vista para a frente da casa e da lagoa dos patos parecia ser o quarto certo para quem mandava no dinheiro da família. Blanche tinha certeza de que Emmeline se encaixava nessa descrição. Ela havia trabalhado em tantas casas abastadas que reconhecia a mistura de respeito, ódio e esperança que se insinuava nas vozes dos membros da família quando falavam sobre a pessoa endinheirada.

"Trouxe o jantar da senhora", anunciou Blanche do lado de fora quando não houve resposta às suas batidas. Ela equilibrou a bandeja no quadril e estendeu a mão para a maçaneta. "Estou entrando." E vou me sentir uma bela idiota se descobrir que estava falando com um quarto vazio, acrescentou para si mesma. Ela girou a maçaneta e abriu a porta.

Emmeline estava refestelada em uma poltrona com orelhas, de tecido brocado verde-claro. Uma otomana combinando amparava seus pés, calçados com meias de seda. Segurava frouxamente um copo alto com uma pequena quantidade de um líquido claro. Estava com o mesmo vestido usado na vinda da cidade. A diferença é que agora a frente dele estava emporcalhada por cinzas de cigarro. O vestido também estava dobrado, exibindo as pernas. Ligas cor-de-rosa criavam círculos apertados acima de rechonchudos joelhos vermelhos. As coxas pareciam estar derretendo e se espalhando pela poltrona em poças ao redor. Ela encarava uma grande TV em cores na qual uma mulher que parecia empolgada segurava uma lata da cera para pisos enquanto movia os lábios. O som estava tão baixo que era impossível saber o que ela dizia. Na mesinha redonda ao lado de Emmeline havia um cinzeiro de porcelana transbordando de cinzas e guimbas. A toalha de mesa estava manchada por anéis escuros. O ar no quarto estava espesso pela fumaça e pelo cheiro de álcool rançoso e pés sujos. Blanche ficou impressionada com a diferença entre Emmeline e seus arredores. Ela parecia uma Aninha, a Pequena Órfã, bêbada e com 80 anos, de cabelo arrepiado amarelo e esbranquiçado e olhos vazios lacrimejantes. O quarto, por outro lado, era gracioso e claro, o tipo de cômodo requintado que ela imaginava ser de uma mulher que lia romances de época e fazia bordado. A bebida realmente faz coisas engraçadas com as pessoas, pensou.

"Trouxe o jantar da senhora."

"Não me venha com essa palhaçada de 'trouxe o jantar', menina. Eu sei que mandaram você pra me espionar!"

Ela abriu a boca para dizer que seu nome era Blanche, e não menina, então pensou melhor. Pousou a bandeja na cama enquanto abria espaço na mesa ao lado da velha senhora. Quando olhou em volta à procura da lixeira, avistou uma mesa com rodinhas, do tipo que os hospitais usam para servir refeições aos pacientes acamados, só que com uma aparência melhor. Ela olhou para Emmeline como quem diz por-que-não-falou-nada. Os lábios de Emmeline se curvaram em um sorriso antipático. Blanche pôs a bandeja na mesa com rodinhas, baixou-a até a altura da poltrona e empurrou até que ficasse ao alcance dela.

"A senhora gostaria de mais alguma coisa?"

Emmeline esticou a mão e ergueu uma garrafa de gin Seagram de debaixo da toalha de mesa que se estendia até o chão, encheu o copo e colocou a garrafa no mesmo lugar. Blanche fechou a porta com cuidado quando deixou o quarto.

Agora ela entendia por que Mumsfield era mantido à distância de sua tia. Blanche se perguntava o que havia levado Emmeline a beber. Tédio, talvez. Ela havia trabalhado para uma série de senhoras ricas como ela — rios de dinheiro, nenhum amigo nem interesses dignos de nota. Perfeitas candidatas para problemas com álcool. Mas seriam Grace e Everett estúpidos o suficiente para achar que podiam mantê-la longe de Mumsfield por tempo indeterminado?

Na cozinha, conferiu os pãezinhos no forno antes de limpar as galinhas. Havia ficado feliz por Grace ter pedido frango assado, vagem à julienne, batatas com molho cremoso, pãezinhos e torta de maçã com sorvete para o jantar. Uma refeição mais elaborada exigiria mais concentração do que ela poderia reunir naquele dia.

Ela inspecionou as galinhas em busca de penas, espremeu algumas poucas frestas ignoradas e chamuscou a tênue penugem das asas antes de enfiar a mão na cavidade corporal fria e ensebada para arrancar as poucas partes repugnantes deixadas para trás por quem a limpou antes. Mas embora fosse meticulosa e seu trabalho fosse eficiente, não parava de pensar sobre quando e como rumar para Nova York.

A ideia de voltar com as crianças para Nova York fez seu estômago se revirar. Ao mesmo tempo, Nova York era o único lugar que sabia que poderia encontrar trabalho rapidamente entre pessoas que não se importariam em pagá-la em dinheiro nem reclamariam por usar um nome diferente. Tinha certeza de que o bom povo de Farleigh não ia gastar dinheiro dos impostos procurando por ela. A menos, é claro, que encarassem sua fuga como uma afronta pessoal a toda a gente branca decente e temente a Deus. Lembrou-se dos cartazes de "procurada" com Joanne Little, Angela Davis e Assata Shakur. Ela corou ao se colocar em companhias tão importantes, então se perguntou se o gabinete do xerife compreendia a distinção. Ela se desculpou silenciosamente com qualquer mulher preta corpulenta que os homens do xerife pudessem acossar por sua causa. Lavou, secou e temperou as galinhas, por dentro e por fora, e colocou-as viradas para cima sobre toalhas de papel.

"Preciso de dinheiro", disse baixinho.

Esse era seu primeiro problema. Ela lavou as mãos para tirar a gordura das galinhas. Os 92 dólares mais uns trocados que tinha levariam ela e as crianças até Nova York, mas não permitiriam muito mais. Ela provavelmente conseguiria mais um pouco emprestado, mas não o bastante. Naquelas circunstâncias, teria que pedir a sua amiga Yvonne que a abrigasse com as crianças até que pudesse se virar sozinha. Era pedir muito, mas já havia feito o mesmo por Yvonne e seus três filhos. Blanche subitamente tomou consciência de que, em algum lugar acima, havia um quarto onde a bolsa de Grace estava pendurada; no encosto de uma cadeira, ou em cima de uma cama ou de uma cômoda. A carteira de Everett também, talvez. Pensou em si mesma andando até aquele quarto na ponta dos pés, tirando notas de 20, 50, 100 dólares das carteiras de marca e as enfiando no sutiã. Viu-se descendo as escadas também na ponta dos pés de volta à cozinha. Em todos esses anos trabalhando nas casas das pessoas, nunca havia roubado dinheiro nenhum. Havia pegado emprestado um pouco de arroz ou algumas batatas vez por outra, por necessidade, mas sempre os repunha. Ela não era contrária a esse tipo de roubo. Muito do que possuíam na verdade pertencia a gente como ela, que era brutal e rotineiramente mal paga, que trabalhava em fábricas e usinas e fazia o dinheiro para os figurões. Ela só não acreditava em correr grandes riscos por ninharias. Também não queria ser tão implacável quanto as pessoas de quem reclamava. Mas supondo que pudesse se convencer a fazê-lo, e depois? O que aconteceria quando descobrissem que o dinheiro havia sumido? Chamariam a polícia em um piscar de olhos, principalmente se fugisse depois de roubar o dinheiro. E se eles a pegassem, estaria pior do que agora.

Mas mesmo que não estivesse preparada para roubá-lo, precisava de mais dinheiro. Havia o cheque do imposto de renda, é claro, mas a data de recebimento era incerta. Ardell já havia recebido sua restituição e elas haviam feito a declaração no mesmo dia. Talvez em alguns dias. Talvez até amanhã. Vou precisar pegá-lo, assiná-lo...

E quando ela tivesse o dinheiro, como diria a Taifa e Malik que, apesar da promessa feita a eles e a si mesma, estava deixando a cidade sem os dois? O que poderia dizer para consolá-los? E como impediria que a odiassem e se comportassem de forma prejudicial? Ela se vergou sobre a pia e olhou pela janela para os pinheiros dos arredores, como se pudessem lhe dizer o que deveria fazer. Se sabiam, não estavam contando. Só continuaram a sussurrar entre si. Blanche suspirou e pegou as batatas no balcão ao lado. Com a mão a um centímetro do escorredor laranja brilhoso, ela se deteve. Mumsfield, pensou. No segundo seguinte, ele abriu a porta dos fundos.

Era a segunda ou terceira vez que o menino estava na mesma frequência que ela. Essa coisa com ele estava além de seu sentido de Alerta de Aproximação de Patrão, que a avisava da chegada de um patrão ao menor murmúrio ou tilintar. Aquilo ali estava mais parecido com as vezes em que sabia que sua mãe estava por perto, ou Ardell, ou qual das crianças estava prestes a escancarar a porta e entrar quicando pela casa. Essa habilidade de pressentir a aproximação de Mumsfield era da mesma natureza, mas diferente. O que a tornava diferente era o fato de que ela não o conhecia e não gostava de vê-lo com frequência. E era sempre a presença daqueles mais íntimos e queridos que Blanche era capaz de detectar antes que estivessem sob suas vistas ou de poder escutá-los. Então o que é que isso significava? Bem que ela queria saber. Sympa. Era um termo que Marie Claire, sua amiga haitiana, usava para explicar relações entre pessoas que, aparentemente, não tinham razão para serem amigas. Mas mesmo assim, um menino branco desconhecido?

O "olá" de Mumsfield saiu tão suavemente que Blanche não teria percebido se não tivesse visto os lábios dele se moverem. Ele fechou a porta e começou a andar de um lado para o outro na cozinha, bufando e murmurando sozinho, até o ar do cômodo ficar tão denso quanto claras de ovo batidas em neve. Suas calças estavam mais uma vez presas por um cinto. Blanche quis perguntar a ele o que havia acontecido com o suspensório amarelo, e o cor de laranja que o havia precedido, mas ele estava chateado demais para discutir moda.

"Mumsfield, meu bem, você precisa achar um modo melhor de se expressar do que pesar o clima da cozinha quando estou aqui tentando cozinhar!"

"Sim, Blanche", murmurou ele e parou de andar, mas começou a se virar de um lado para o outro, como o tambor de uma máquina de lavar.

"Mumsfield, meu bem, por favor! Relaxe!" Blanche enxugou as mãos no avental e acenou para que ele se sentasse. Ela esfregou e massageou gentilmente os ombros e nuca dele, da forma como fazia com as crianças quando tinham pesadelos. Ela mentalizou a tensão deixando o corpo dele e pôde sentir os nós nos músculos relaxarem sob seus dedos. Mais uma vez, ela se surpreendeu com a familiaridade com a qual o tratava, mas sentiu-se confortável.

"Mumsfield tá muito aborrecido." As palavras tropeçavam umas nas outras.

"Com o quê, Mumsfield, meu bem?"

"Por que Mumsfield não podia falar com ela, Blanche?"

"Com quem, meu bem?"

"Por que não é igual antes, Blanche? Por que a Tia Em não tá igual?" Ele se virou para olhá-la no rosto. "Quando ela vai ficar igual de novo, Blanche?" Lágrimas reluziram nos olhos dele.

Blanche não sabia o que fazer. Ele fazia com que ela se lembrasse de Tio Benny, que tinha uma gagueira bem horrível. Como as pessoas o ignoravam ou então ficavam impacientes antes que ele pudesse dar sua opinião, Tio Benny usava o mínimo de palavras possível. Mas algo no modo de inclinar a cabeça, mexer as mãos ou torcer a boca atulhavam as poucas palavras de Tio Benny com significados e explicações nunca expressos diretamente.

"A Tia Grace diz que a Tia Emmeline não quer ver o Mumsfield... me ver até estar bem melhor. Quando ela vai tá melhor, Blanche? Eu não queria ter deixado ela doente." Ele se virou e lançou a Blanche outro olhar dolorido.

"Você não deixou ela doente, meu bem. O que ela tem não é culpa sua! Tenho certeza de que ela vai ficar bem em alguns dias e aí você pode fazer uma bela e longa visita." Blanche imaginou que Grace e Everett só estavam mantendo Mumsfield longe da velha até a bebedeira passar. Que seria a razão de Grace o ter enrolado com aquela história idiota dos germes. Por que não contavam a verdade? Qualquer um podia ver como o menino era sensível.

"Mas quando ela caiu e quebrou a perna, ela não tava diferente. Ela deixava Mumsfield carregar ela pro carro antes da rampa ficar pronta, e levar flores, e conversar com ela sobre quando era menina e tinha cavalos e charretes e não tinha carro, e sobre o Tio Elmo. Ele disse que logo ia ficar tudo bem, mas quando, Blanche? Quando?"

"Quem disse?", quis saber Blanche.

Mumsfield tapou a boca e balançou a cabeça com veemência. Antes que Blanche pudesse pressioná-lo, alguém bateu na porta dos fundos.

"Opa, Seu Mumsfield. Licença, senhora." Dessa vez, o entregador do mercado baixou os olhos ao se dirigir a ela e hesitou na porta antes de entrar. Ela ficou impressionada com a rapidez com que ele aprendera. Teria que se lembrar de usar o truque da maldição com mais frequência.

"É o Seu Mumsfield aqui que preciso ver." Ele se virou para Mumsfield. "A caminhonete deu um prego bem ali na estrada. Será que o senhor pode dar uma olhada?"

"Claro, Jimmy", respondeu Mumsfield, enxugando os olhos com as costas da mão e pulando da cadeira como se já tivesse esquecido do que estavam falando. "Eu volto já!" E correu pela escada dos fundos. Quando voltou, havia tirado o paletó e carregava uma caixa de ferramentas. Também havia adicionado um suspensório vermelho vivo ao seu traje. "Eu volto, Blanche. Eu confio em você, Blanche."

Blanche balançou a cabeça. Não estava interessada em ser confiável no momento. De algum modo, isso a tornava responsável, como quando as crianças começavam uma pergunta com "Agora me diga a verdade, Mama Blanche". Ela sabia no mesmo instante que estavam prestes a lhe perguntar algo que ela preferia não responder de jeito nenhum, mas que agora tinha o dever de responder da forma mais honesta possível. E sempre sentiu que devia ficar do lado das pessoas que confiavam nela. Não precisava ter lealdade a ninguém naquele momento, especialmente alguém como Mumsfield.

Blanche nunca havia sofrido do que chamava de Mal de Escurinho. Havia uma mulher entre as passageiras do ônibus que ela sempre pegava para ir do trabalho para casa que tinha um sério caso da doença. Blanche na verdade se encolhia de vergonha quando a mulher começava a falar muito alto sobre o velho sr. Stanley, que disse que ela era mais como uma filha do que a própria prole, e de como a pequena Edna frequentemente cometia o lapso de chamá-la de Mama. Aquela mulher e todos no ônibus sabiam o que aconteceria àquele sentimento de intimidade familiar se ela dissesse ao sr. Stanley, ou à mãe da pequena Edna, que em vez de esfregar o chão da cozinha ela ia se sentar com uma xícara de café e dar uns telefonemas.

Amar as pessoas para quem você trabalha pode tornar mais fácil limpar a bunda cagada do velho sr. Stanley e aguentar as tiradas espertinhas de criança rica da jovem Edna. E, é claro, é difícil não amar crianças, ou ignorar as falhas dos idosos e enfermos. No primeiro caso, ainda não têm responsabilidade, e, no outro, estão além dessas falhas. O que não entendia era como alguém se convencia de que era de fato amado por pessoas que lhe pagavam os menores salários possíveis; que nunca lhe emprestaram um de seus carros, o chalé no lago, nem mesmo a piscina; que lhe davam lenços e sachês de presentes de Natal enquanto os filhos ganhavam ações e títulos. Esse parecia a ela ser o real perigo em olhar para os clientes com lentes tingidas de amor. Você precisava fingir que fatos óbvios — que eram como cercas ao redor de sua relação — não eram verdade. Mumsfield era um homem branco crescido na casa onde ela estava, no momento, se escondendo da polícia. Contudo, ele parecia bem mais capaz de lhe causar um ataque do pavoroso Mal de Escurinho que qualquer outra pessoa para quem já havia trabalhado. Ela se perguntou se a aguçada percepção que tinha dele teria algo a ver com seu ego infantil, tão aflorado. Ele parecia lidar com o mundo, e com ela, com uma inocência crédula, tanto cativante quanto desarmadora. Ele era tão manso quanto a respiração de um bebê e esperto o bastante com relação a certas coisas, incluindo reconhecê-la como uma pessoa inteligente e instruída, algo que parecia escapar à maioria de seus patrões.

Ela apertou a mão contra o peito como se fosse possível implodir aquele sentimento oco lá dentro, aquele que permitia que soubesse que havia algo acontecendo em uma família. Às vezes era um divórcio iminente, uma doença terminal. Às vezes, era loucura ou crueldade. Naquele caso, talvez fossem só as bebedeiras de Emmeline. Mas o vazio em seu peito era mais sério. Ela também conseguia senti-lo na casa, um tipo de inquietude melancólica, como se esperasse pelo pior. Assim como Grace. Ela ligou o rádio no batente da janela sobre a pia. Encontrou um pouco de rock melódico para desanuviar temporariamente o ambiente.

Uma hora antes do jantar, subiu as escadas dos fundos para pegar a bandeja de Emmeline. Ela se armou para outro encontro com a mulher, mas encontrou a bandeja na mesa do corredor, no topo da escada principal. A refeição havia sido mais beliscada do que comida. Blanche se recostou na mesa e tirou um dos sapatos. Ela se curvou e esfregou gentilmente o calo no dedo mindinho. A porta de um carro se fechou na frente da casa. Instantes depois, a porta se abriu e ela ouviu alguém falando no corredor, lá embaixo. Aproximou-se do topo da escada e fechou os olhos para escutar melhor. Era Everett.

"Eu garanto, meu velho, muito em breve ela voltará à antiga forma... Descansando agora mesmo. Precisa descansar o máximo que puder. A tosse, você sabe, ela andou mant..." A voz de Everett foi se desvanecendo conforme ele se dirigia à sala de estar.

Burburinho, murmúrio.

"... não seja contagioso, espero eu", respondeu alguém em uma voz grave e lenta.

Então estão tentando encobrir a bebedeira da velha pinguça fingindo que ela está doente pro convidado também, pensou Blanche. Ela se inclinou para massagear o dedo novamente. Por que convidaram esse cara com Emmeline de porre? Talvez a conversa que havia acabado de ouvir fosse um teatro de bons modos em que todos fingiam não saber o óbvio. Afinal, o alcoolismo não era assim tão fácil de esconder. Blanche pensou em sua Tia Daisy.

Quando adotou o copo como séria vocação, Tia Daisy inventou a história de que estava bebendo quase um litro de vinho do porto por dia por recomendação médica. "Pra engrossar o sangue", dizia a qualquer um descarado o bastante para perguntar. Um dia, bem na hora em que o Reverendo Brown ia passando, ela caiu na escada do alpendre e estava bêbada demais para se levantar. Naquela noite, Tio Dan trancou Tia Daisy no sótão até ela ficar de cara limpa, com ou sem sangue fino. Ele disse a todos os vizinhos que, por conta da anemia, ela estava fraca demais para sair ou receber visitas. Blanche se maravilhava com os insistentes padrões de comportamento das famílias, independentemente de cor ou de outras diferenças.

Em geral, Blanche odiava esperar à mesa e ser tratada como um utensílio. Mas, naquela noite, ficou desapontada quando Grace lhe disse que não precisava ficar de prontidão na sala de jantar. Estava curiosa sobre o convidado. Não conseguia lembrar o que Everett havia dito sobre ele no almoço, mas havia girado em torno da mentira de que Emmeline tinha gripe e algo sobre levar apenas dez minutos. Ela olhou para ele o mais de perto que poderia ousar quando Grace tocou a sineta, pedindo mais pãezinhos. Ao menos tinha descoberto seu nome: Archibald. Ele parecia a versão hollywoodiana de um cavalheiro sulista: cabelos branco-neve, pele rosada brilhosa e o tipo de rosto que as pessoas para quem trabalhara chamavam de romano. Blanche entendia que isso significava testa alta, nariz grande e lábios inexpressivos. Enquanto estava no cômodo, a conversa ou parava ou era papo de chaleiragem.

Após o jantar, ela levou a bandeja de café para a sala de visitas, uma saleta iluminada que ficava em frente à sala de estar. O lugar era decorado com papel de parede amarelo e verde-limão, combinando com as almofadas das cadeiras. Um armário de bebidas ficava na parede mais distante. A mobília era branca, com braços e pernas curvos e entalhados. Everett e seu convidado ficaram perto da janela. Estavam imersos em uma conversa que só eles conseguiam ouvir. Grace e Mumsfield não estavam lá. Blanche começou a servir o café, mas Everett a dispensou com uma sacudidela da mão.

Ela se demorou lavando a louça. Procurou algum noticiário no rádio, mas tudo que encontrou foi um caipira se lamentando e dedilhando seu banjo, e um pouco de *rock'n'roll*. Quando desligou o rádio, as canções dos sapos, grilos e outras criaturas da noite se entremearam ao retinir das facas e garfos enquanto ela os ensaboava e enxaguava. Era a sua hora favorita das noites de verão. A luz escorregava ao longo do horizonte por alguns minutos antes da escuridão tomar conta, criando um pequeno espaço entre a noite e o dia em que cada objeto, cada sentimento, parecia nitidamente claro. Ela viu a si mesma na metade do trajeto entre onde havia estado e para onde estava se encaminhando. Parte dela ansiava por Farleigh, uma picuinha entre Taifa e Malik na hora de dormir, o cheirinho deles após saírem do banho e os hálitos leitosos. A entrada de Grace despertou Blanche de seus pensamentos.

"Quando Nate, que é quem cuida do jardim e do terreno, chegar", disse Grace, "vamos subir até o quarto de Tia Emmeline. Vamos precisar de vocês dois." O rosto de Grace estava levemente afogueado. "Tem algo que eu, digo, que meu marido e eu... Vai levar só um ins..."

Um barulho suave veio da porta dos fundos, algo entre batida e arranhão. Blanche abriu-a para um homem velho, baixo e esguio, cuja pele lembrava um tom de madeira de um profundo preto-avermelhado, polida até um intenso resplendor. Ele estava agarrado a um boné encardido, balançando e ondulando como um lutador zonzo pelas pancadas. Seu macacão de brim tinha desbotado, transformando-se em um azul aguado. Ele deu a Blanche um breve aceno de cabeça e entrou na cozinha. Ela o reconheceu como a pessoa que tinha visto no jardim. Agora ela o via cheio de salamaleques e de "Dona Grace" pela cozinha toda, até que o objeto de sua bajulação os levou escada acima. Se for fingimento, ele devia estar no cinema, pensou Blanche. Se for de verdade, é lastimável.

Enquanto subiam a escada, Grace manteve um gotejamento constante de perguntas e comentários sobre o jardim, o clima e os patos na lagoa. Ela e Nate riram juntos de algumas breves observações que não significavam nada para Blanche. Porém notou que Grace retorcia os pulsos como se esperasse extrair ouro deles. A risada oca de uma claque de TV escapou por debaixo da porta do quarto que Blanche apostava ser o de Mumsfield.

O cheiro de bebida barata e cigarro havia sido substituído no quarto de Emmeline pela fragrância pungente de eucalipto. Um umidificador disparou um jato de névoa no cômodo superaquecido. Emmeline estava elevada sobre uma massa de travesseiros branco-creme, com rosas bordadas. O penhoar em cetim azul era adornado por renda branca. Uma touca combinando cobria o afro de Aninha, a Pequena Órfã. Seus olhos estavam avermelhados, mas curiosos. Ela observava os visitantes por sobre um lenço de linho que segurava sobre o nariz e a boca.

"Ora, Dona Em, que coisa boa ver a senhora!", exclamou Nate, executando uma espécie de mesura brusca enquanto avançava para além do pé da cama, até estar próximo da mulher. Blanche se deteve, observando de perto da porta. "Sinto muito em ver a senhora se sentindo ttt... ttt... tão...", Nate gaguejou e tropeçou ao dizer a Emmeline quanto sentia por ela estar doente.

Emmeline apertou ainda mais o lenço no rosto e pareceu se encolher nos travesseiros. Ela lançou seu olhar sobre Grace, que abriu a boca e estendeu a mão para Nate. Porém, fosse lá o que pretendia, foi protelado por uma batida na porta. Everett conduziu Archibald para dentro do quarto.

"Primo Archibald", disse Emmeline em um sussurro alto e doce, muito diferente da aspereza sacana de cachaceira que Blanche havia escutado mais cedo.

Archibald atravessou o quarto até o lado oposto da cama e pôs sua maleta na mesa perto da janela. Ele tomou a mão que Emmeline estendeu.

"Prima." Ele fez uma profunda reverência sobre a mão de Emmeline. O cabelo prateado brilhava sob a luz que entrava pela janela. "Nem sabe o quanto significa para mim que tenha pedido para me ver pessoalmente, depois de tanto tempo. Eu..."

Emmeline baixou o lenço e tossiu uma rápida sucessão de ladrados na direção de Archibald. Ele se encolheu e deu um rápido passo para longe da cama.

"Não tente falar, querida."

Emmeline tossiu de novo. Archibald apanhou o próprio lenço do bolso sobre o peito e levou-o rapidamente ao nariz e à boca. Após alguns momentos, seus olhos se arregalaram e uma cor escarlate se insinuou em sua testa. Ele olhou depressa para Emmeline, que mais uma vez estava escondida atrás do lenço. No momento em que deslocou seu olhar para ver se Grace e Everett haviam notado, enfiou o ofensivo lenço de volta ao devido lugar. Blanche percebeu uma risada nos olhos de Emmeline.

Archibald abriu a maleta. No minuto em que ela viu aquela pilha de papel pesado, grosso, com textura de tecido, Blanche soube que estavam ali por dinheiro. Archibald remexeu os papéis, e Everett apanhou a mesinha com rodízios do outro lado do quarto. Ele a empurrou até a cama de modo que ela se estendesse sobre o colo de Emmeline.

"Eu realmente odeio incomodá-la, Prima, mas você insistiu para que eu viesse hoje", disse Archibald, pousando os papéis na mesinha em frente a Emmeline. "É só assinar bem aqui." Ele apontou o local com a caneta.

Emmeline baixou o lenço e deu várias tossidas altas e secas. Dessa vez, a velha senhora não era a única tossindo. Blanche teve que inventar sua própria tosse para encobrir o sorriso que se estendeu de súbito quando Archibald praticamente jogou a caneta na mesinha e pulou para longe da cama como se sua vida dependesse de abrir distância entre ele e a prima.

Blanche agora tinha certeza de que aquilo era travessura de Emmeline. Ela tentou captar o olhar de Nate, para ver se ele também havia notado, mas ele só tinha olhos para o boné que torcia entre as mãos.

Emmeline estava lendo a quarta ou quinta folha que Archibald lhe dera. Correu os olhos por cada página bem devagar, colocando uma a uma na mesinha com a frente virada para baixo, em movimentos lentos e deliberados. De vez em quando, tossia no lenço que ainda segurava na boca. Tiros de aviso, pensou Blanche. O ar no quarto estava tão carregado quanto o de uma tempestade.

"É uma mudança inteligente, se me permite dizer. Todas as outras cláusulas permanecem as mesmas, é claro", declarou Archibald, que pigarreou e se aproximou quase nada de sua prima. Seus olhos pareciam implorar a ela que não lhe contaminasse ainda mais. "As doações à criadagem, as generosas contribuições às Filhas da Confederação..." Sua voz foi se extinguindo enquanto a velha senhora continuava a leitura, ou ao menos fingia ler.

Grace respirava pela boca em arfadas curtas e rápidas. Suas mãos eram punhos de nós esbranquiçados nos flancos. Everett pousou a mão sobre a lombar de Grace por um breve instante. Ela deu a ele um arremedo de sorriso, mas em nenhum momento Everett tirou os olhos de Emmeline.

Havia uma leve camada de suor na testa de Everett. E Blanche podia quase sentir a concentração de Nate no boné em suas mãos. Será que as provocações de Emmeline a Archibald eram a razão de toda a tensão acumulada no quarto? Blanche duvidava.

"Claro, concordo com você", disse Archibald como se respondesse a algo que Emmeline tivesse dito. "Mumsfield é um bom rapaz, um garoto esperto... levando-se tudo em consideração. Mas administrar um espólio tão grande quanto o seu é um negócio complicado. É melhor ter membros da família mais velhos e... é... hã... mais capazes cuidando dos assuntos dele." Ele dirigiu um sorriso a Everett e a Grace. "A firma está a serviço de vocês", disse. "E, é claro, eu pessoalmente ficarei feliz em..."

Ele foi interrompido pela tosse seca e entrecortada de Emmeline. Foi recuando até que sua bunda esbarrasse em sua maleta na mesinha atrás. Emmeline pegou a caneta e assinou a última página, tossindo enquanto escrevia. Blanche mais sentiu do que ouviu um suspiro coletivo de Grace e Everett. Archibald parecia um pouco chocado. Havia sido a rapidez da velha com a caneta que o deixara surpreso?

Ele apanhou o testamento antes que Emmeline pudesse tossir outra vez. Segurava-o com cautela, como se fosse um daqueles cobertores com varíola que os primeiros colonos deram aos indígenas. Blanche até esperava que ele fosse sacar um par de luvas de borracha. Ele pôs a última página na mesa, ao lado de sua maleta, e acenou para que Blanche e Nate se aproximassem. Entregou a caneta para Blanche e apontou para uma linha sob a assinatura de Emmeline. Blanche desejou ter dito que não sabia escrever. Mas ao menos não parecia que Mumsfield estava sendo excluído da herança, apenas que ela seria administrada por seus primos. Blanche escreveu seu nome com uma caligrafia redonda e feminina na linha para onde Archibald apontava. Ocorreu a ela que, só porque os primos de Mumsfield iam administrar a herança, não era razão para presumir que o dinheiro estava seguro. Archibald tomou a caneta da mão dela e a entregou a Nate. Teso, ele se inclinou sobre a mesa e assinou com uma letra trêmula.

"Queria ficar mais para conversar, Prima, mas dá para ver que você precisa descansar", disse Archibald, enfiando a caneta e o testamento na maleta e caminhando depressa na direção da porta.

Emmeline tossiu mais uma vez, como se para apressá-lo. Everett o seguiu para fora do quarto. Grace dispensou Nate com um aceno de cabeça e um vago sorriso, dizendo a Blanche que Everett trancaria a porta. Nate seguiu Blanche na descida pela escada dos fundos.

"O que você acha disso tudo?", perguntou Blanche.

"Queria muito não tá envolvido nisso", respondeu Nate, com um olhar tão velho quanto andar para a frente. Ele deixou os ombros penderem. "Você não é dessas bandas, né?" Ele examinou Blanche dos pés à cabeça, e tudo que havia entre eles. Incluindo, pensou, algumas partes que não estavam à mostra.

"Farleigh", respondeu. "Mas estou morando em Nova York faz um tempo."

"Faz sentido. Você fala feito o povo da cidade. Tá no lugar dos pai--joão que trabalham pra eles na cidade, hein?"

Blanche assentiu.

"E você?"

"Eu trabalho pra essa família desde que a Dona Em era menina. Vim trabalhar aqui quando tinha 12 anos. E a Dona Em também. A gente nasceu no mesmo dia, sabe", explicou Nate, enganchando os polegares nas alças do macacão. "Trabalhei pro pai dela e pro pai do pai dela. Vivi mais que os dois otários." Cachinou uma risadinha cruel e se dirigiu para a porta dos fundos. "Tava ansioso pra ir também ao funeral da Dona Em", acrescentou. "Mas agora..."

"Por que diz isso? Ela ainda não tá morta, e nem você."

Nate hesitou.

"A Dona Em é uma dessas pessoas que tão sempre preocupadas com a posição na comunidade... É assim que ela fala, como se fosse alguma igreja, o governo ou coisa do tipo. É por isso que eu sei que é ele quem tá por trás dessa sujeira."

"Que sujeira? Tá falando do testamento novo?"

Nate continuou falando, mas não respondeu.

"Nunca achei que ele fosse grande coisa. Claro, ele se acha muito. O trabalho mais duro que o homem faz é escovar o cabelo pra trás. A menos que chame jogar e correr atrás de mulher de 'trabalho'. Ele é meio que um bichinho que a Dona Grace comprou pra mostrar pras amigas. Acho que pra provar que ela também conseguia um homem, mesmo *sendo* de segunda mão, digamos assim." Nate esfregou o maxilar. As suíças raspando em sua mão soaram como areia movediça. "Talvez eu tenha cometido um erro. Talvez eu tivesse errado em achar que ele era preguiçoso demais pra fazer qualquer mal além de acabar com o dinheiro da Dona Grace em dois tempos. Ou é o que dizem."

"Ainda não entendo", falou Blanche.

Nate abriu a porta dos fundos e se virou para olhar para ela. Os olhos dele chamaram sua atenção.

"Você não precisa entender. Eu bem queria não entender." Ele pôs o boné. "Vê se te cuida, Dona Cidade." Ele tocou a ponta do boné na direção dela e saiu depressa pela porta.

Blanche o seguiu e chamou suavemente por ele, pedindo que voltasse. Nate acenou para ela sobre o ombro, balançou a cabeça de um lado para o outro e continuou andando. Blanche podia dizer, pelo modo como Nate havia balançado a cabeça, que era inútil correr atrás dele. Ele dera por encerrada a conversa. Lágrimas de decepção brotaram em seus olhos. Ela não havia se dado conta da firmeza com que tinha se agarrado a ele, a única outra pessoa preta com quem estivera desde que saíra de casa para o tribunal. Agora que havia tido um vislumbre de quem ele realmente era, ela queria perguntar como Mumsfield podia não saber do alcoolismo de Emmeline, o que era que deixava Grace tão nervosa e por que ele tinha se transformado em uma estátua no quarto de Emmeline. Mas ele já tinha ido embora e ela estava ali parada, servindo de refeição para os mosquitos. Espantou um deles que zumbia perto de seu ouvido.

A noite a envolveu. Alguma porta há muito trancada se abriu, rangendo, com espaço quase suficiente para que ela espiasse ali dentro, para se lembrar de como era conhecer a noite tão bem e se sentir tão confortável nela. Com seu momento de quase reminiscência, veio um sentimento de valor pessoal, de força e destemor que a revigorou. Ela foi despertada de sua memória por uma intensa picada no tornozelo. Mas a sensação incitada por sua quase recordação era tão doce que ela não podia deixá-la se esvanecer. Desligou a luz da cozinha e sentou-se nos degraus da entrada dos fundos.

As estrelas eram brilhantes e prata-azuladas. A lua era como o desenho de uma criança, assimétrica, brilhante e cheia de magia. Blanche estirou os braços e deixou a cabeça cair para trás. Podia sentir os músculos se repuxando nos antebraços e em sua nuca. Ela relaxou, apoiada no degrau, e pousou os olhos na profunda escuridão que pairava sobre o jardim e a mata de pinheiros mais além.

Garota Noturna. Há anos ela não pensava em sua brincadeira particular.

A Prima Murphy era a responsável por Blanche ter se tornado a Garota Noturna, quando a encontrou chorando, então com 8 anos, porque algumas crianças haviam zombado dela por ser tão preta.

"Claro que zombam de você!", disse a Prima Murphy a Blanche. Ela se inclinou sobre a criança agachada enquanto falava. Blanche podia sentir seu perfume e ver seus seios pendendo, longos e esguios, de seu físico alto e magro. "Esses meninos tão só com uma baita inveja de você! Por isso ficam zombando. Tão com inveja porque a noite está em você. Tem gente que tem a noite nelas e tem gente que tem a manhã, e outros, como eu e sua mama, têm o anoitecer. Mas só quem tem a noite pode ficar invisível. Gente que tem a noite nelas pode entrar no escuro e puf! Sumir! Ir pro canto que quiser. Fazer qualquer coisa. Subir até as estrelas lá em cima, é bem capaz. Valha, menina, não admira esses meninos zombarem de você. Até eu, mulher feita, tô com inveja!"

A explicação da Prima Murphy não tinha impedido as crianças de chamarem Blanche de Tição e Bebê de Piche. Mas a Prima Murphy e a Garota Noturna lhe deram uma percepção de si como alguém especial, magnífica e poderosa, tudo por causa da parte dela desprezada por tantos, uma parte que ela sempre soube que estava diretamente conectada ao âmago de quem era.

Foi então que ela se tornou a Garota Noturna, escapulindo da casa no meio da noite para vagar pelo bairro longe das vistas. Ela às vezes parava ao lado de algum arbusto frondoso de azaleias, junto de algum alpendre bambo, e ficava sabendo por vozes graves e sérias das mortes e brigas pelo bairro, de salários perdidos no jogo, de filhos prestes a serem presos e de filhas grávidas, antes de sua mãe e de seus amigos tagarelas lhe darem a notícia. Esse conhecimento prévio havia convencido a mãe de Blanche de que sua filha tinha um sexto sentido.

Tudo que eu era naquela época eu sou hoje. Blanche analisou a ideia e descobriu toda a coragem e ousadia da Garota Noturna ainda nos fundos de sua mente, ficando mais valiosas a cada dia. Sem nem mesmo perceber, ela se valia delas quando precisava, como no tribunal. Sua fuga de lá poderia acabar se mostrando uma atitude louca, ou não. Em todo caso, fora o ato do tipo de mulher que toma as rédeas. Um tipo Garota Noturna de mulher. Uma pena que não tinha também o sexto sentido que sua mãe lhe atribuía. Seria útil para poder dar algum cabimento ao que Nate havia dito. Ela não conseguia deixar aquilo de lado. Um homem preto nos Estados Unidos não chegava àquela idade sendo bobo. Amanhã. Ela daria o bote. Bocejou, cumprimentou a noite e foi para a cama.

Ela se deitou nua por cima dos lençóis, esperando atrair um pouco da brisa que podia ouvir agitando os pinheiros. Apesar do frescor da noite, seu quarto alto e estreito ainda estava repleto do calor da tarde. Ela se perguntou se Taifa e Malik estariam dormindo. Podia ver seus rostos redondos e cheios, réplicas da beleza geechee[2] do pai, com olhos escuros e amendoados. Será que suspeitavam que havia algo errado? Crianças são muito boas em captar as situações.

Ela caiu em um sono profundo, no qual sonhava que corria atrás de um ônibus vermelho-sangue por uma estrada longa e estreita e, atrás dela, por sua vez, corria Mumsfield. As árvores estendiam seus galhos de carcereiras para pegá-la, mas ela sabia que estaria a salvo, desde que continuasse a correr.

"O que você acha, Blanche? Eu confio em você, Blanche!", gritava Mumsfield às suas costas. Mas ela não podia gastar o fôlego respondendo.

Lá na frente, Malik e Taifa acenavam freneticamente da traseira do ônibus. Ela carregava as ferramentas automotivas de Mumsfield debaixo do braço esquerdo. Em vez de seu próprio cabelo, grandes cachos de rolinhos gordos e cinzentos sacolejavam em sua cabeça.

---

2 Comunidade preta dos Estados Unidos, da região no
   Sul do país, conhecida como Lowcountry.

QUATRO

Pela manhã, Blanche vestiu suas roupas de baixo ainda levemente úmidas pela lavagem da noite anterior. Enquanto bebericava a primeira xícara de chá na mesa da cozinha, tentava escutar vozes, passos ou som de água correndo acima. Nada. Normalmente, ela teria ligado o rádio e girado o seletor até encontrar qualquer coisa além de música caipira ou pregações. O rádio — especialmente o rádio na madrugada, quando ela conseguia sintonizar estações da Califórnia ou de Quebec em francês — trazia conforto e lhe dava energia. Ele oferecia uma prova viva de que o mundo lá fora ainda estava lá e, sendo assim, ao menos em teoria, ao seu alcance. A mais anasalada e mais enervante das vozes de um patrão podia ser abstraída se o rádio estivesse ligado. Ela já tinha sido viciada em novelas da tv, mas havia muita gente dizendo que ela precisava se parecer, agir e comprar como eles para poder estar bem. O rádio estava disposto a ir aonde ela ia e a deixá-la escolher a aparência das vozes que escutava. Mas, naquela manhã, seus planos exigiam a quietude.

Grace havia lhe dito que eles queriam o café da manhã às 8h30. O relógio da cozinha marcava 6h15, uma boa hora para fazer uma visita aos cômodos da frente. Blanche costumava usar os cômodos da frente nas casas onde trabalhava por mais de um dia. Era algo que tinha que fazer; traria má sorte se não o fizesse. Ela preferia esperar até que os patrões saíssem e passassem um bom tempo fora. Mas, até onde sabia, essas pessoas não tinham planos de ir a lugar nenhum, e ela só ficaria na casa por mais alguns dias. Tinha que aproveitar a chance. Ela já havia sido flagrada duas vezes tomando liberdades com o espaço de seus empregadores. Nas duas vezes, estava na banheira.

Na primeira, foi flagrada por Hazel Spence, uma viúva rica de Long Island para quem havia trabalhado dois dias por semana durante quase dois anos. A viúva havia considerado o uso de sua banheira, seus sais de banho, seu travesseiro de banho inflável e de sua elegante escova para as costas invasão de privacidade, isso se não configurasse uso ilegal de posses. Ela demitiu Blanche na hora e se recusou a pagá-la pelo trabalho que já havia feito.

Na segunda vez, foi flagrada por David Lee Palmer, irmão de seu primeiro cliente em Farleigh. Ele a fez pagar de um modo muito mais doloroso e íntimo. Ela não se deu o trabalho de denunciá-lo à polícia. Mesmo que acreditassem e se importassem com o estupro de uma mulher preta por um homem branco, assim que fosse revelado que ela fora atacada enquanto estava nua na banheira de seu patrão, nunca mais teria trabalho na casa de ninguém na cidade. Mas ainda tinha esperanças de um dia dar um jeito naquele escroto filho de chocadeira.

Nenhum dos incidentes tinham impedido Blanche de dar uma relaxada entre os objetos a cujos cuidados ela dedicava seu tempo. Nas poucas vezes em que havia parado para pensar no que estava fazendo, ela havia reconhecido que se sentar nas poltronas, olhar pelas janelas, usar seus telefones e seus aparelhos de som eram formas de recuperar um pouco da pessoa que ela lhes vendia. Pois embora o trabalho superasse qualquer outra coisa que ela tivesse tentado — ao menos não tinha a rotina de uma linha de montagem nem a tirania de um supervisor empenhado em conseguir uma promoção —, ela não estaria nele se não precisasse do dinheiro. Se tivesse dinheiro, poderia se mudar para o Caribe e abriria uma pousada para mulheres trabalhadoras como ela: conforto a um preço razoável, boa comida, proibido homens e crianças.

Agora caminhava lentamente pelo corredor em direção à sala de estar, mais uma vez atentando a barulhos e a movimentos no andar de cima. Ainda nada. Se não houvesse ninguém em casa, teria ligado o som. Houve um tempo em que ela teria ligado a TV e colocado em uma novela. Mas havia desistido delas quando se viu preocupada se Meg deveria se casar com Peter ou com Carl em *Momentos de Nossas Vidas* bem no dia em que tinha perdido a carteira, recebido um aviso de seu senhorio de que o aluguel do condomínio aumentaria para além de suas possibilidades e em que uma de suas clientes que pagavam melhor anunciou que estava de mudança para a Europa. Então decidiu que não precisava estar envolvida com nada que a impossibilitasse de lidar com o mundo real, já que ele com certeza lidaria com ela, independentemente de com quem Meg se casasse. Hoje em dia, era mais provável que se recostasse em uma espreguiçadeira e folheasse livros ou revistas variados. Ao longo dos anos, foi catando informações sobre tudo, de medicina à cartografia, no material de leitura de seus patrões.

Afofou algumas almofadas e limpou um grão de poeira da mesinha de centro antes de escolher seu lugar. Sentou-se no sofá: a poltrona onde Grace havia se sentado, chorando, tinha uma vista melhor, mas Blanche nem chegou perto. A melancolia e a tensão ainda pairavam ao redor. Ela se recostou no confortável sofá e pôs os pés na beira da mesinha de centro. Deixou seus olhos vagarem para o cenário do outro lado da janela. Era mais uma manhã adorável. Os pinheiros adquirindo um tom azul-esverdeado sob a luz do sol. Ela podia ouvir três diferentes cantos de pássaros, mas não conseguia identificar nenhum deles. Entre os gorjeios, assovios e piados ouvia-se o som dos pinheiros farfalhando, como mulheres trocando suas anáguas. Blanche deixou a mente descansar ali, na vista, pensando em nada, apenas vendo e escutando, maravilhada. Ela sempre se impressionava com a beleza do mundo cotidiano ali, passada a desolação de concreto que era boa parte de Nova York.

Apesar de seu sonho louco, ela havia dormido bem e levantado o mais otimista que havia se sentido desde a fuga do tribunal. Tinha um plano. Com um pouco de sorte, estava apenas a algumas horas, no máximo dias, de receber a restituição do imposto de renda. Ardell apanharia o cheque, pegaria o carro de Leo emprestado, encontraria Blanche e a levaria a algum lugar onde pudesse descontá-lo. Ela pediria a Ardell que levasse os meninos para encontrá-la, para que pudessem conversar sobre sua partida e se despedirem. Depois disso, ela e Ardell iriam de carro até Durham, onde Blanche pegaria o ônibus para o norte. Ela já se via longe daquele lugar, daquele estado, longe do alcance do xerife. Levaria cerca de um ano para conseguir clientes fixos suficientes e uma posição de longo prazo com salário decente. Ela era muito boa no que fazia e tinha orgulho disso, em um mundo onde essa combinação era difícil de achar em várias profissões. De algum modo, convenceria sua mãe a abrir mão das crianças quando tivesse estabelecida. E também encontraria um modo de fazer as crianças entenderem que deixá-las para trás era necessário e temporário. Elas com certeza já confiavam nela o bastante para lidarem com isso — o que não queria dizer que fosse ser fácil.

Ao mesmo tempo, Blanche prendeu a respiração ao pensar nos meses sem cuidar das crianças, em mais uma vez correr os riscos que considerasse válidos sem se preocupar com nada além de si mesma, contanto que pudesse mandar dinheiro para a mãe. Não há nada de errado em ficar ansiosa por ter sua própria vida de volta por um tempinho, ela se defendeu. Afinal, não havia escolhido ser mãe. Caçoou da voz interior que argumentava que ela poderia ter negado o pedido da irmã. Como se diz não a uma irmã viúva e moribunda? Quando Rosalie pediu a ela que ficasse com as crianças, o câncer já tinha se espalhado para além das mamas. Blanche tinha concordado, quase na crença de que ao fazê-lo estava afastando a inevitabilidade da morte de Rosalie. O outro legado da irmã era a pergunta não respondida e sem resposta se a intenção dela ao torná-la guardiã das crianças havia sido a de puni-la.

Blanche nunca fez segredo de sua decisão de não ter filhos, e Rosalie sempre ralhou com ela, dizendo que era egoísta e renegava sua feminilidade. Isso não a incomodava. Ela entendia sua irmã bem demais. Mas incomodava Rosalie. Nunca havia sido capaz de aceitar que seu jeito de viver não era o jeito preferido por todos aqueles com quem se importava. Por mais de um ano após sua morte, Blanche odiou a irmã morta por ter lhe proscrito da própria vida.

Mas ela sabia que Rosalie amava seus filhos de todo coração. Ela nunca os deixaria com alguém que julgasse incapaz de cuidar deles de verdade, de amá-los independentemente das motivações que pudesse ter. E agora já tô com o diabo do anzol na boca!, riu para si mesma e balançou a cabeça. Ficou sentada por mais alguns minutos, então se levantou, ajeitou o fundo da calcinha e foi até a porta da frente.

Tinha ouvido um carro na passagem da entrada por volta das 5h e presumiu que fosse alguém entregando o jornal. E percebeu que estava com a audição excelente quando viu o exemplar na escada. Seu coração parou duas vezes quando se inclinou para recolhê-lo. Não haveria uma foto dela, disso tinha certeza, apenas seu nome, o que já era suficiente para deixar sua mãe e as crianças assustadas e envergonhadas, sem falar na reação das pessoas naquela casa. Ela enrolou o jornal, encarou os patos deslizando pela lagoa e tentou normalizar a respiração. O jornal farfalhou. Ela mentalizou que as mãos parassem de tremer, voltou para o sofá com o jornal e passou os olhos pela primeira página. Nada. Nada também nas páginas internas. Sabia que seu crime era café com leite comparado a um assassinato ou a um assalto. Nem havia lhe ocorrido que sua fuga chegasse aos noticiários de rádio e tv regionais. Ficou satisfeita por sua mãe e as crianças serem poupadas de lerem sobre ela no jornal. Mas tinha esperado certo rebuliço local. Ela levou a melhor sobre seus supostos superiores, engabelou aqueles que tinham uma enorme necessidade de acreditar que era burra demais para fazê-lo. O gabinete do xerife não aceitaria aquilo bem. A ausência de uma menção no jornal era meio assustadora. Vasculhou as páginas mais uma vez, matéria por matéria. Ainda nada. Estava prestes a dar uma última olhada quando os cabelos da nuca se eriçaram em alerta. Ela mudou sua posição de sentada no sofá para inclinada sobre ele, afofando as almofadas.

"Bom dia, senhor."

"Ora, bom dia, Blanche White!" Havia uma risadinha na voz de Everett. Ele encompridou seu nome para que soasse como uma provocação. "Está parecendo bem animada esta manhã. O ar do campo parece lhe fazer bem."

"Sim, senhor, eu sempre gostei do campo." Apesar da companhia, acrescentou para si mesma.

"Bem, estamos encantados em tê-la aqui, Blanche White."

Lá estava novamente. Blanche conferiu os olhos dele em busca de más intenções, mas encontrou apenas uma risada provocativa.

"O senhor não está zombando de mim, está?"

Ele arregalou levemente os olhos.

"Que sensível, hein?"

"Não era o que o... senhor... esperava?"

Ela se preparou para vê-lo botar banca de patrão e colocá-la em seu suposto lugar. Em vez disso, um indício de vermelhidão se insinuou por seu pescoço. Ele alisou o cabelo já perfeito e deu conta de um sorriso contrito. Não pediu desculpas, é claro. Isso já seria esperar demais de um mauricinho que provavelmente só havia sido repreendido duas vezes em sua vida e nunca por gente como ela. Blanche entregou o jornal.

"Obrigado, Blanche", disse ele, e dessa vez não houve chistes com o nome.

Ela voltou para a cozinha e ligou o rádio, mas deu pouca atenção aos sons que gotejavam no cômodo. Sua mente ainda estava em Everett. Ela havia esperado que ele a desafiasse, que fingisse que não tinha feito nada de errado e afirmado que ela estava passando dos limites. Na verdade, ele havia estado mais perto de admitir seu erro, dentro do que provavelmente seria possível para um homem como ele. Ela peneirou farinha e fermento em pó em uma tigela. Talvez ele não fosse tão cheio de si ou um almofadinha, como Nate dera a entender. Claro, ele sempre tinha um bom trato para com Grace. A tia dela é quem tem o dinheiro, ela disse baixinho. Ela se virou para a porta enquanto falava. Mumsfield já estava sorrindo quando ela a abriu.

"Você disse alguma coisa, Blanche?"

"Mumsfield, meu bem, bom dia. Não ligue pra mim. Só estava falando sozinha", respondeu ela, acrescentando leite e ovos à farinha, junto com uma pitada de açúcar, e mexeu.

"Eu falo comigo mesmo pra não ter que falar com os idiotas!", disse Mumsfield com uma voz trêmula, porém incisiva, de mulher idosa.

Blanche dirigiu a ele um olhar inquisitivo.

"É isso que a Tia Em fala." Ele riu.

Blanche assentiu, impressionada com a habilidade dele em alterar a voz. Embora não soasse como Emmeline, pareceu mesmo uma mulher de idade. Blanche acrescentou três colheres de sopa de manteiga derretida à massa da panqueca e voltou a mexer.

"Depois do café, a gente vai na cidade, Blanche. Eu dirijo", declarou ele, inflando o peito ligeiramente ao enunciar que quem ia dirigir era ele. Estava novamente com o suspensório amarelo.

"A gente quem, Mumsfield, meu bem?"

"A gente, Blanche. Eu e você. Agora vou abastecer o carro." Ele deu a ela seu sorriso de feições comprimidas e saiu quicando pela porta dos fundos.

Grace repetiu a informação de Mumsfield sobre a ida à cidade quando foi à cozinha buscar a bandeja com o café da manhã de Emmeline.

"O dr. Haley vai estar lhe esperando", disse Grace, que entrelaçava e desentrelaçava os dedos. "Ele diz que tem um tônico que pode ajudar Tia Emmeline." Ela deu a Blanche um olhar carregado de significado. Blanche ficou se perguntando que tipo de tônico. Até onde sabia, não havia cura engarrafada para o alcoolismo. Provavelmente era algo para ajudar a velha mocinha a dormir durante suas fissuras de gin. Ou talvez Grace e Everett só queiram que eu e Mumsfield estejamos fora para farrearem pelados pela casa, troçou Blanche. Era uma imagem mental divertida, ainda que improvável.

Grace continuou ali em silêncio, esfregando as mãos e piscando feito um semáforo quebrado. Ou Emmeline ou aquele marido dela estão levando a pressão da menina às alturas!, pensou.

"Mumsfield sabe o caminho até o consultório do dr. Haley." Grace sorriu mostrando os dentes em uma animação forçada que só deixava sua ansiedade mais aparente.

"A senhora está bem?"

"Ah... eu... Estou, sim. Ela... ah, Blanche, é que ela é tão cruel quando está assim... tão cruel e..." Ela balançou a cabeça e se calou.

Após seu encontro com Emmeline, Blanche sabia exatamente do que Grace estava falando e era por isso que não estava disposta a se oferecer para levar a bandeja outra vez. Ela ficou tentada a sugerir Tia

Daisy, mas lhe ocorreu que alguém já estava cuidando do fornecimento de Emmeline, o que significava que ninguém deveria interferir nos desejos da provedora da casa.

Grace balançou a cabeça, como se para desanuviá-la. "Mumsfield poderia buscar o tônico sozinho, mas ele sempre se sente melhor quando alguém vai junto. Ah, ele é um excelente motorista. Nunca sofreu acidente nem foi multado. Mas você viu como ele é. Sozinho, é capaz de se meter em uma oficina mecânica em algum lugar até anoitecer e se esquecer de voltar para casa!" Um sorriso melancólico pontuava suas palavras.

Blanche decidiu tirar proveito do humor explicativo de Grace.

"A senhora me desculpe perguntar, mas qual exatamente é a condição dele?"

Grace arregalou os olhos. Ela inalava o ar de forma bem audível, mas, como Blanche esperava, a surpresa da pergunta impeliu-a a uma resposta.

"Mosaicismo. Um tipo de síndrome de Down, mas não tão grave. Ele frequentou uma escola especial, sabe ler, escrever e, é claro, dirigir. É bem esperto em certos aspectos. Carros e..." O treinamento de Grace enfim sobrepujou o choque. Ela parou de falar e encarou Blanche com incredulidade. Uma coisa era a "madame" contar à "menina" da casa os detalhes mais íntimos da família, mas não era correto quando a menina perguntava sem meias-palavras. E pelo olhar das duas, ambas sabiam disso.

Grace apanhou a bandeja de Emmeline.

"Pode deixar um almoço com pratos frios para mim e meu marido... e para Titia, é claro", disse, gelando o tom da conversa. Ela se empertigou ao máximo, catando qualquer pedacinho de eu-sou-a-chefe que pudesse ter derrubado ao responder à pergunta de Blanche. Se tinha qualquer preocupação quanto ao almoço de Mumsfield e Blanche, não verbalizou. "E não se esqueça de voltar em casa para pegar seu uniforme e suas coisas para o resto da semana." Grace já tinha girado nos calcanhares, dirigindo-se para a porta da sala de jantar.

"E posso dar uma passada na agência pra esclarecer as coisas", sugeriu Blanche. Ela estava tão satisfeita consigo mesma por ter achado um jeito de dar um fim no problema da agência, ao menos na cabeça de Grace, que nem deu importância à falta de resposta dela.

Uma hora depois, mais ou menos, Blanche estava no carro, ao lado de Mumsfield, espremida entre o medo de ser pega pela polícia no minuto em que pusesse os pés em Farleigh e a esperança de falar com Taifa e Malik. Ela sabia que a ânsia de falar com eles era amplificada pela decisão de deixá-los com sua mãe por um tempo. Talvez fosse injusto, mas queria ouvir que eles a amavam uma vez mais antes de saberem que ela estava indo embora e a dor e a raiva se infiltrassem em suas vozes.

Mumsfield estava quieto quando deixaram a estrada secundária que desembocava na rodovia. Ele ainda não havia dito uma palavra quando alcançaram a saída, como se ele, o carro e a estrada tivessem se unido em um pacto sagrado que o proibia de dar atenção a qualquer outra coisa. Essa é uma das coisas em que ele é diferente, pensou Blanche. É como se ele quase se transformasse naquilo que está fazendo. Todo o resto é colocado de lado, visto de canto de olho. Claro, qualquer coisa que mitigasse sua sensação de ser uma bola de pingue-pongue em um furacão, apesar de seus planos, seria útil. Ela afastou os pensamentos e se concentrou nas colinas verdes à distância e no céu muito azul. Deixou seus ombros penderem e sentiu um pouco da tensão se deslocar para o pescoço. O mundo ainda é belo, disse a si mesma, e eu ainda estou nele. Todo o resto pode ser consertado, a seu tempo.

O dr. Haley morava em uma grande casa branca ao fim de uma estreita passagem repleta de forsítias. Quando ela tocou a campainha, ele mesmo abriu a porta e entregou uma garrafa de tamanho médio impecavelmente embrulhada em papel pardo. Ele acenou para Mumsfield e ficou observando enquanto ele fazia o retorno com o carro para voltar à passagem.

Blanche orientou Mumsfield até o estacionamento por trás do Restaurante da Meg, na esquina das ruas Principal e Central. Ela disse que tinha algumas coisas para resolver e o deixou no restaurante com dois cheeseburgers, uma porção dupla de batata frita, salada de repolho, milk-shake de chocolate e a promessa de que o encontraria naquele mesmo lugar em uma hora e meia. Ela já tinha praticamente virado a esquina e entrado na cabine telefônica quando Mumsfield disse tchau.

Ela deu um suspiro enquanto discava o número e tentava se preparar para a onda de perguntas e repreensões que sabia que estava prestes a atingi-la.

"Mama?", disse ela quando atenderam do outro lado, então segurou o fone longe do ouvido.

"Blanche! Onde é que você está? Eu não aguento isso... minha pressão... Você me dá aquele número pra eu poder... E um daqueles auxiliares nojentos do xerife esteve aqui, fazendo um monte de perguntas bestas. Eu falei pra ele o que você disse, sobre Nova Orleans, Deus me perdoe. Não gosto de mentir, isso não é certo! O Senhor disse..."

Apesar dos guinchos e da pregação da mãe, Blanche sorriu. Era bom saber que Mama ainda estava lá, ainda era ela mesma, ainda estava bem. Quando o volume e a velocidade da bronca diminuíram um pouco, Blanche decidiu que era sua vez de falar.

"Mama!", falou em uma altura suficiente apenas para ser ouvida por sobre a voz da mãe. "Vou desligar esse telefone se a senhora disser mais uma palavra sem eu ter a chance de contar o que tenho a dizer!"

Sua mãe parou de falar tão abruptamente que, por um momento, a própria Blanche ficou embasbacada. Era raro que Dona Cora fizesse o que lhe mandavam. Blanche respirou fundo e se lançou à história de tudo que havia lhe acontecido desde que saíra com as crianças para a casa da mãe, dera neles um beijo de despedida, dissera para se comportarem e se encaminhara para o tribunal, no centro.

Quando terminou, Blanche ficou surpresa por sua mãe não ter insistido que ela se entregasse. Era esse o tipo de conselho que esperava pelo tipo de cristianismo do amai-vos-uns-aos-outros que a mãe professava. Mas Dona Cora não insistiu que ela buscasse a orientação de Deus nem que servisse a Jesus através da humildade.

"E quanto à sua prima Charlotte, lá em Boston? Todo Natal ela me manda um cartão, agradecendo por ter acolhido aquele menino dela quando ele arrumou problema com a polícia de lá. Eu não queria ter tido esse trabalho com aquele menino danado parrudo, mas você... enfim, por que eu não telefono pra ela e peço pra ela lhe aguardar? Melhor que aquela Nova York, parece... e eu mando as crianças assim que você disser... dessa vez."

Era como se sua mãe de repente tivesse saído da terra da fantasia do dê-a-outra-face em que ela e tantas outras pessoas pretas que Blanche conhecia pareciam viver. Por outro lado, por que ficaria surpresa?, Blanche perguntou a si mesma. Foi assim que sobrevivemos nesse país todo esse tempo, ao saber quando agir como se acreditássemos no que nos disseram e quando agir como se soubéssemos o que sabemos.

"Sim, Mama, vou sair do estado assim que tiver meu cheque de restituição. Ele já vai ter chegado quando esse povo voltar pra cidade, na semana que vem... também fico feliz por não ter saído no jornal, mesmo achando um pouco estranho."

"Talvez o gabinete do xerife não aguente ainda mais propaganda negativa", sugeriu a mãe. "Tão investigando o gabinete, sabe? E na semana passada mesmo, um auxiliar bêbado quebrou a perna saindo daquela casa de tolerância, lá no fim da rua Cressfield. Isso também não saiu no jornal."

Blanche não sabia que sua mãe estava tão bem-informada sobre o fim da rua Cressfield e do que acontecia por lá.

"Não, Mama, não estou me metendo na vida dos outros. Só sei o que Mumsfield (sim, esse é o garoto), só sei o que ele me contou. Não perguntei muito a ele. Sim, eu sei que é perigoso, mas... tá certo, Mama, tudo bem... e obrigada por tudo, Mama. Agora me deixe falar com Taifa e Malik, por favor."

Nem havia ocorrido a Blanche que as crianças poderiam não estar por perto. Sua decepção ficou ainda maior quando sua mãe lembrou a ela que aquele era o sábado em que Leo havia prometido levá-los para pescar. Toda a tranquilização amorosa que planejava empurrar pelo telefone agora estava em seu estômago feito uma sopa de pedras.

"Você não disse nada a ele, né, Mama?"

"Como que eu não ia falar nada? Acha que eu quero esse homem zanzando por aqui, bancando o bobo perdido de amores? Eu disse que você estava trabalhando no interior essa semana. Pelo menos *isso* não é mentira. Já contei o suficiente delas por você, garota! Juro que você ainda me faz perder meu lugar no céu!"

"Obrigada, Mama. Ligo de novo quando puder." Blanche interrompeu a mãe antes que ela viesse outra vez com a corda toda. "Diga às crianças que eu amo os dois e qualquer outra coisa que ache que deva dizer." Blanche encerrou a ligação, mas continuou agarrada ao fone. Ela virou o rosto para a parede da cabine e chorou para o telefone mudo pelo anseio em ouvir as vozes dos filhos. A autopreservação enfim a impeliu para fora da cabine.

Ela enfiou o lenço encharcado na bolsa e caminhou quatro quarteirões até o distrito comercial do centro. Sua primeira parada foi na loja de segunda mão do Exército da Salvação na rua Seis, onde comprou um roupão de banho de anarruga, rosa e branco. Andou mais dois quarteirões ao leste, passou pelo tribunal e pelo monumento à Guerra Civil (no qual cuspiu discretamente, como de costume) e mais um quarteirão ao sul até a Woolworth's.[1] Lá, comprou dois pares de luvas de borracha. Ela nunca confiava que os patrões fossem fornecê-las e não tinha como trabalhar sem. Junto com as luvas, comprou um conjunto de roupas íntimas, incluindo dois pares de meia-calça tamanho extragrande. Como sempre, essa última aquisição a fez pensar que, se sua conta bancária fosse extragrande, ela com certeza não precisaria se enfiar em um par dessas tripas para salsicha. Também comprou uma escova de dentes, um sabonete da marca Ivory e uma mala dobrável em promoção por 3,99 dólares. Quando terminou as compras, tinha 57,72 dólares, o bastante para durar algumas semanas, ou mais ou menos um mês, se a Prima Charlotte pudesse lhe ceder cama e comida até ela encontrar trabalho.

A ânsia de partir naquele momento fez as solas de seus pés coçarem. Ela estava a apenas três quarteirões da estação de trem. Seu cheque de restituição parecia distante e irreal, comparado ao retângulo concreto da rodoviária. Poderia pegar um ônibus até Durham e esperar ali pelo cheque. Sua amiga Margie poderia acomodá-la por algumas noites, até que Ardell pegasse o cheque. Blanche podia sentir o ônibus andando debaixo dela, podia ver as árvores e os campos

[1]   Antiga cadeia de lojas que vende artigos a preços fixos.

passarem correndo conforme se afastava mais e mais de Farleigh. Ah, Grace ficaria possessa e ligaria para a agência, mas a agência não lhe daria cobertura para salvar o próprio rabo? Afinal de contas, não reconheceram que não sabiam quem ela era, com medo de ofender a Senhora da Casa Grande. Eles pensariam em alguma história de modo a manter a freguesia e as boas relações com Grace. E será que Grace ou a agência ligariam para o xerife? Ela só estaria fazendo jus à visão geral de que pretos são irresponsáveis. Ela virou à esquerda e caminhou em direção à rodoviária. Um grande ônibus interestadual passou rumo à saída da cidade. Ela apertou o passo. Quando a rodoviária despontou em seu campo de visão, de repente viu Mumsfield sentado pacientemente no restaurante, esperando por ela havia horas, confiando que ela voltaria porque disse que o faria.

Droga! Eu não pedi pro garoto confiar em mim!, praguejou Blanche. Ele havia lhe feito um favor ao não contar aos seus primos que ela nunca havia trabalhado para eles, mas isso não os tornava amigos. Uma amiga teria dito a ele a verdadeira razão pela qual ele era mantido longe de sua tia, especialmente por estar se culpando pela doença de Emmeline. Uma amiga teria dito a ele que seus primos poderiam ter planos de mexer no dinheiro dele. Se fossem amigos, ela seria capaz de contar seus problemas a ele e pedir a ajuda para escapar. A ideia era ridícula. Ele era rico, branco e sua deficiência o excluía da maior parte daquilo que acontecia fora de seu próprio mundo. Isso com certeza minimizava qualquer capacidade que ele porventura pudesse ter de entender a vida dela, ainda mais nas atuais condições. Blanche tinha certeza de que ele via o xerife, ou qualquer agente da lei, como amigo. Ele poderia até pedir àquela bondosa garçonete no restaurante que ligasse para o xerife, porque sua amiga Blanche estava desaparecida. Ela se perguntou se poderia haver alguém trabalhando em uma vacina contra o Mal de Escurinho. Apressou-se até a rodoviária e parou em uma das filas de passagens. Suas pernas estavam com aquela sensação de "Corra!" mais uma vez. Olhou ao redor da rodoviária para se distrair das vozes em sua cabeça, que diziam que ela devia parar e pensar um pouco. Lembrou-se de seus últimos minutos no tribunal, quando havia ansiado que alguém olhasse para ela, que prestasse atenção no que estavam fazendo com ela. Ninguém olhava para ninguém ali também. Mas aconteceu algo que chamou a atenção de todos.

Ela ouviu a sirene logo antes de a viatura do xerife fazer uma curva rápida e acentuada para fora da pista, quicar no meio-fio e entrar no estacionamento da rodoviária, parando com os pneus cantando. Blanche rapidamente esquivou-se da fila e pegou a saída lateral à esquerda. Às pressas, ela seguiu pela rua contra a luz e voltou pelo caminho que havia tomado antes.

"Eu gosto do seu suspensório", disse ela a Mumsfield quando estavam mais uma vez na limusine.

Ele assentiu com a cabeça algumas vezes, devagar, de um modo que dava à questão do suspensório mais peso do que Blanche algum dia suspeitara que tinha.

"Suspensórios são muito importantes, Blanche."

"As cores também", acrescentou ela.

"Ah, sim! Suspensórios amarelos deixam a direção melhor. Segura."

"Hmm, hmm." Era a vez de Blanche acenar com a cabeça, concordando. "E vermelho pra consertar carros e laranja pra comer."

"Sim, Blanche! Você entende, Blanche!" Ele obviamente achou que ela era muito esperta. Blanche riu consigo mesma. Esse garoto tinha mais facetas que um cubo mágico.

No caminho para a casa de campo, ela perguntou a Mumsfield se ele se importava em ouvir música e teve sorte o bastante de encontrar uma estação de rádio tocando Diana Ross. Ela se sentiu melhor com Diana no carro. A voz dela era como uma fita que atava Blanche à parte do mundo que conhecia e da qual precisava. Não era simplesmente o canto que confortava Blanche. Diana um dia havia sido pobre, assim como Blanche. Se tinha conseguido sair do benefício assistencial e dos conjuntos habitacionais de Detroit para o topo das paradas musicais e para os papéis principais dos filmes, com certeza Blanche conseguiria sair dessa bagunça em que tinha se metido, assim como mulheres pretas vinham tirando seu povo e a si mesmas de bagunças nesse país desde o dia em que a primeira mulher africana sequestrada foi arrastada para lá. E ela não era também a Garota Noturna? Ela se imaginou segurando as mãos de Taifa e Malik enquanto os três erguiam o olhar para o memorial aos soldados pretos da Guerra Civil que ela havia lido, um dia, que ficava em algum lugar do centro de Boston. Recostou a cabeça no banco, e um sorriso curvou seus lábios. Em pouco tempo, suas pálpebras caíram, sua respiração desacelerou. Foi a parada do carro na entrada da casa de campo que a despertou. Ela emergiu de um sonho em que levava as crianças a um parque de diversão para o pesadelo do carro do xerife estacionado em frente à casa.

CINCO

Assim como quando foi sentenciada, Blanche sentiu os intestinos reagirem ao pousar os olhos no carro do xerife. Mas, dessa vez, não havia banheiro para onde escapar. Por alguns instantes, ficou sentada na limusine, tentando controlar os nervos e olhando para aquele perfeito dia de verão. Seus olhos devoravam a grama e as flores, a altura dos pinheiros, o modo como o tordo na relva balançava sua cauda. Ela absorveu tudo como se para se fortificar com o verde-folha e o azul-céu antes de o homem conversando com Everett trancafiá-la em algum lugar cinzento e cruel.

O xerife ergueu a mão, com a palma virada para o peito de Everett, sem tocá-lo, sem a intenção de fazê-lo. Everett cambaleou para trás em seus calcanhares, como se quase tivesse perdido o equilíbrio pela força do gesto.

"Você está bem, Blanche?" Mumsfield se inclinou e tocou o braço dela. "Você tá esquisita, Blanche."

Blanche balançou a cabeça e abriu a porta do carro. Forçou seus pés a se moverem na direção da casa. Como ele me encontrou?, ela se perguntou. Suas pernas se contraíam com o anseio de correr o mais rápido possível na direção oposta. Ela trincou os dentes e advertiu a si mesma para não chorar nem demonstrar medo.

O xerife girou e se afastou de Everett, parando na frente dela. Ele estendeu a mão e deu um tapinha em seu braço. Ela conseguiu não se esquivar.

"Eu te conheço, moça?" Ele chegou mais perto, avaliando o rosto dela e estreitando os olhos castanhos. Sua voz de menininha de algum modo fazia a pergunta parecer ainda mais agourenta.

Por que ele estava brincando com ela? Para poder expô-la como mentirosa e foragida? Ela sabia que devia responder à pergunta, mas não tinha certeza se conseguiria impedir a si mesma de implorar por misericórdia, para que ele ao menos a deixasse ver seus filhos antes de ser arrastada para a cadeia. Ela pigarreou e se perguntou se ele conseguia sentir o cheiro do medo dela se erguendo em ondas acres e suadas. Ela estaria menos amedrontada agora se esse homem nanico e pançudo não fosse tão conhecido por abusar de pessoas pretas e pobres? Havia quem pensasse que o que fazia dele tão cruel era não ser muito maior nem mais pesado que seu distintivo. Blanche achava que eram os genes.

"Eu perguntei", repetiu o xerife, "se te conheço, moça." O cabelo oleoso tremulava quando ele falava. O hálito cheirava a bile. Por um segundo, sua preocupação quanto a ser aprisionada foi suplantada pela possibilidade de que o cuspe reluzindo nos cantos da boca dele de repente voasse até seu rosto. Ela já podia senti-lo, frio e ácido, em sua bochecha.

"Ah, sim, senhor", disse ela, por fim. Perguntou-se de quem era a voz aguda e esganiçada que estava saindo de sua boca. "Eu às vezes ajudo na cozinha da casa dos Pettigrew."

Ela literalmente prendeu o fôlego. Se o xerife não estivesse zombando dela, será que acreditaria? Todos os empregados domésticos da cidade sabiam que o xerife com frequência levava a sra. Hazeline Pettigrew Conroy, herdeira da fortuna Pettigrew, completamente embriagada aos braços de algum empregado na porta dos fundos da fazenda Pettigrew. Assim como todos sabiam que o velho Pettigrew havia arranjado o emprego do xerife.

O xerife não respondeu. Apenas se virou para Everett, dispensando Blanche com desinteresse. Ela deixou a respiração escapar em um sopro só e foi às pressas para o banheiro.

O alívio deixou-a zonza. Ela resistiu à ânsia de rir alta e demoradamente. Tinha conseguido usar sua sagacidade para se salvar duas vezes. Os mais velhos diziam que as coisas aconteciam aos trios. Isso significava que ela teria que resgatar a si mesma uma vez mais antes que pudesse livrar sua cara de vez?

Ela ensaboou e enxaguou as mãos e o lugar de seu braço onde o Xerife Stillwell havia tocado. Resistiu ao impulso de desejar mal a ele. Esse tipo de desejo costumava funcionar como um bumerangue. E não era necessariamente desejar o mal ao xerife. Tudo que ela precisava era esperar que a vida propiciasse a ele exatamente o que merecia. Ela olhou para o espelho do armário de remédios, quase esperando ver um rosto desconhecido, como se sua habilidade de tapear o xerife tivesse sido auxiliada por uma habilidade recém-descoberta de alterar sua aparência e se transformar em outra pessoa. Não havia chance de que alguém, nem mesmo o xerife, fosse procurá-la ali, naquela casa. Uma risada de alívio brotou, revigorando seu sangue e restaurando o brilho de sua pele que o susto com o xerife havia apagado. Se ao menos o cheque da restituição chegasse...

Assoviava um pouco desafinada enquanto enchia a lavadora com a louça do almoço, depois foi puxando o aspirador de pó até a frente da casa. Não estava vendo Everett em lugar algum, nem Grace. Do outro lado da janela frontal, ela podia ver Mumsfield polindo o capô da limusine. O carro do xerife tinha ido embora.

Ela rapidamente passou o aspirador pelo piso da sala de estar. Mas por que o xerife estava ali se não estava procurando por ela? Os movimentos de Blanche desaceleraram conforme sua vista se voltava para dentro. Ela via o xerife com a mão erguida, como um guarda de trânsito, como se as palavras de Everett fossem uma fila de carros a ser parada.

Quando o xerife parou de conversar com Everett e decidiu aborrecê-la, não tinha nem se dado o trabalho de pedir licença. Ela pensou que o xerife a tinha parado só para mostrar a Everett que era ele quem mandava, mesmo em seus empregados. Everett estava tão duro que quase tremia. Por quê? Na hora, Blanche pensou que ele se sentira afrontado pela insolência de Stillwell. Agora não tinha tanta certeza. Teria sido medo aquilo que quase tinha feito Everett cair para trás? Ela mesma estivera tão assustada que não lhe ocorrera que pudesse ter sobrado medo para mais alguém. Ela se lembrou do olhar de Everett, como o de um animal encurralado. Mas o que o xerife poderia ter a dizer para deixá-lo tão assustado? Ela balançou a cabeça e acelerou a aspiração do pó. Se eu precisar saber, vou descobrir, disse a si mesma com a certeza nascida de sua vitória sobre o xerife.

Ela arrastou o aspirador e um balde com espanador, cera para móveis, flanela, esponja, limpador em spray e uma escova de cabo longo até a escada dos fundos. Não pretendia usar todos os itens, mas estar com eles causava uma boa aparência. Ela largou o conjunto no topo da escada e olhou para as sete portas se estendendo em cada lado do corredor. Sabia que a mais distante à direita era a de Emmeline. Não estava com disposição para lidar com uma bêbada naquele momento, então bateu na porta mais próxima a ela, que ficava bem em frente ao quarto de Emmeline. Sem resposta. Abriu a porta e se deparou com um armário embutido de roupas de cama, cheio de conjuntos de lençóis, toalhas de rosto e cobertores em bolsas plásticas com zíper. Para além do armário, o resto do cômodo estava cheio de caixas com rótulos como Capas Protetoras Sala de Estar, Persianas e Conjunto de Croquet. O cômodo ao lado do depósito era um banheiro sem toalhas e com o ar embolorado pela falta de uso.

Os cheiros de óleo lubrificante e de chocolate invadiram seu olfato quando ela, com cuidado, abriu a primeira porta no seu lado direito do corredor. O quarto de Mumsfield: papéis prateados de embrulho de doces no chão, perto da cama, uma miniatura de carro na mesinha de cabeceira, fotos de carros e relógios nas paredes. Uma peça mecânica oleosa repousava sobre um jornal em uma mesa perto da porta do banheiro. A peça mecânica fazia Blanche pensar em homens reunidos em garagens, lubrificando os carros, falando de mulheres e bebericando cerveja, uma imagem que ela não associava a Mumsfield. Por que esperava por um trenzinho de brinquedo e bolas de gude? Ela supunha que ele tivesse por volta de 25 anos. Talvez tivesse a ver com o que tinha visto e ouvido, com o que ela sentia, com o modo como Everett e Grace falavam dele. Mesmo tendo permissão para dirigir o carro e que provavelmente fosse capaz de desmontá-lo e montá-lo, ele não era alguém a ser levado a sério enquanto pessoa. Algo que os dois tinham em comum.

Voltou para o corredor para apanhar os produtos de limpeza e encontrou Grace, que deu a ela um sorrisinho sem falar nada. Ela passou por Blanche, bateu na porta do quarto de Emmeline, disse o próprio nome como se respondesse a uma pergunta, embora Blanche não tivesse ouvido nada, então entrou no quarto. Blanche retornou ao quarto de Mumsfield e deu uma rápida espanada e uma encerada.

O quarto ao lado pertencia a Everett. Blanche se deu conta de que era possível e lógico que o quarto pertencesse a Grace e a Everett, mas ela achava que não. Tinha cheiro de quarto de homem, nenhum indício da fragrância leve e floral que Grace usava, apenas algo penetrante e pesado que conseguia identificar apenas como cheiro de homem. E não havia nada de Grace à vista, nenhum chinelo, nenhuma camisola ao pé da cama. Havia bastante de Everett ao redor. A escrivaninha era uma mixórdia de trocados, chaves, uma meia. Havia um short jogado no braço da poltrona próxima à janela. Os lençóis e a coberta estavam emaranhados em um nó que se encontrava no meio da cama como uma cereja em um sundae. O banheiro era uma pilha de toalhas úmidas.

Ela poderia ter entendido que tamanho desleixo significava que ele era muito ocupado, muito infeliz, muito apressado ou distraído para dedicar tempo e preocupação com asseio. Nenhuma dessas condições se aplicavam a Everett, pelo que podia ver. Ele parecia não ter nenhum trabalho além de se embonecar e fazer as vontades de Grace. Blanche vira ambos raivosos e agitados, mas ele não parecia nem infeliz, nem atormentado. Ela sacou as luvas de borracha que havia comprado na cidade antes de começar a juntar as roupas espalhadas. Se planejasse fazer desse povo seus clientes de costume, falaria com ele sobre deixar suas roupas de baixo sujas largadas por aí. Ela não considerava parte de seu trabalho apanhar do chão as cuecas e calcinhas sujas de ninguém. Esperava que seus patrões pusessem suas roupas de baixo borradas no cesto e o papel higiênico sujo na lixeira. Ela considerava esse comportamento como sinal daquilo que sua mãe chamava de "requinte" e bom indicativo de poder ou não esperar algum respeito de um cliente — e se ela passaria muito tempo com esse cliente.

Imaginou-se segurando as meias fedorentas debaixo do nariz dele até que ele entendesse que ela também tinha seus direitos. Mas ele provavelmente desmaiaria antes!, riu sozinha. Sabia que podia estar exagerando a arrogância de Everett, mas não estava exagerando o sorriso afetado na cara dele e depois a provocação com seu nome, ou a ignorância de seus gritos quando falava com Mumsfield, como se, com a voz, estivesse tentando entrar em uma cabeça muito dura. Se seu comentário irado sobre Emmeline servia de evidência, também não era muito tolerante com gente que discordava dele. Porém, não tinha exatamente pulado com os dois pés no peito do xerife. Tudo se somava em uma contradição. Igualzinho a todo mundo, pensou.

Ela deixou o quarto de Everett em ordem e fechou a porta com firmeza. Foi até o fim do corredor, passando da escada principal. Inconscientemente murmurava a costumeira melodia monotônica de composição própria. Ela bateu na porta à esquerda do quarto de Emmeline — um quarto de hóspedes coberto por lençóis. Quando fechou a porta e voltou para o corredor, notou que a porta da velha senhora não estava completamente fechada. Ouviu a voz de Emmeline atingir um tom agudo e queixoso, seguido de um murmúrio comedido de Grace. Blanche ficou quieta escutando.

"Saia daqui, sua vagabunda duas-caras", guinchou Emmeline a plenos pulmões. Blanche pulou para trás, então deu alguns passos para perto da porta. "Eu me lembro do que diziam sobre você! Estou de olho, não pense que não estou, sua vaca dissimulada!" A voz de Emmeline estava alta e feroz. Blanche não conseguiu discernir a resposta de Grace.

Quando Grace saiu do quarto, Blanche havia se afastado e estava espanando a mesinha perto do topo da escada principal. Grace pareceu não notar. Ela se recostou na porta de Emmeline e fechou os olhos por alguns segundos. Quando os abriu, estavam úmidos. Seus lábios formavam uma rígida linha rosada. Grandes manchas vermelhas, como a maquiagem de um palhaço, pontilhavam suas duas faces. Ela se afastou da porta e caminhou na direção de Blanche.

"Por favor, não incomode minha tia no momento, Blanche", pediu Grace. "Ela está... descansando. E o quarto ao lado do dela é só um quarto de hóspedes, então também não precisa se preocupar com ele", acrescentou.

Blanche observou Grace descer a escada. Ela ouviu a porta da frente se fechar. Voltou discretamente ao quarto de Mumsfield e olhou pela janela. Grace caminhava devagar em direção à lagoa dos patos, com a cabeça meio inclinada para trás e os braços cruzados no peito.

Eu devia ter limpado o quarto da velha primeiro, Blanche repreendeu a si mesma. Teria tido um lugar na primeira fila para o duelo de gritaria. Muito provavelmente teria sido adiado. Blanche encarou a porta de Emmeline por alguns instantes, eriçada pelo desejo de bater e tentando dominar sua inclinação natural a desafiar a voz da autoridade. Era uma das razões pelas quais não tinha durado nos trabalhos como garçonete, atendente de televendas, balconista ou datilógrafa ao longo dos anos. Sempre voltava ao trabalho doméstico. Pois apesar de todas as fantasias de castelã que tinham algumas das mulheres para quem tinha trabalhado, ela era realmente sua própria chefe e seus clientes sabiam. Ela era a especialista. Ela ordenava as vidas de seus patrões e não o contrário. Era ela quem dizia quando não deviam ficar no caminho, quando trabalharia e quando não. Ou pelo menos havia sido assim na maior parte do tempo. Suspirando de frustração, ela se afastou da porta de Emmeline.

Não se deu o trabalho de bater na porta à direita, ao lado do quarto de Everett. Tinha que ser o quarto de Grace. Ela entrou e, como se fosse uma recompensa por sua decisão de fazer o que haviam lhe mandado, para variar, o quarto em que ela entrou era fascinante.

A cama branca com dossel amparava pálidas cortinas de algodão, forradas de branco com pequeninos poás azuis. O mesmo tecido de algodão cobria os assentos de duas cadeiras de aparência delicada e da mesa perto da porta. Parecia um lugar maravilhosamente calmo para se esconder, e Blanche parabenizou Grace por ser esperta o bastante para propiciá-lo a si mesma. Porém, havia algo no quarto que a deixou desconfortável. Ela olhou ao redor buscando as miudezas. Essas eram as coisas que provavelmente diriam algo a ela sobre o dono do quarto. Entre essas pessoas, a mobília e os quadros poderiam ter sido escolhidos por um decorador.

O que ela notou foi que o pente, a escova e o espelho de mão à moda antiga e com acabamento prateado, do conjunto em cima da escrivaninha, pareciam estar exatamente à mesma distância um do outro. A tampa da caneta na mesinha do outro lado da cama estava alinhada ao topo da pasta de couro para papéis de carta e da caderneta de endereços ao lado. O relógio na mesa de cabeceira estava exatamente à mesma distância tanto da jarra de água quanto do abajur. Não havia rádio, nem televisão, nem mesmo um telefone para quebrar o silêncio do quarto.

Parecia o quarto errado para Grace. Era de Everett que ela teria esperado asseio, sempre com roupas casualmente elegantes, bem-feitas e sapatos engraxados. Ela uma vez havia trabalhado para um estilista de roupas masculinas e que era ele próprio conhecido por seu guarda-roupa e seu estilo. Ela havia assimilado o bastante dele para saber quanto planejamento e estudo era preciso para parecer perfeitamente casual. Mas era Grace, com a barra da blusa escapulindo pelo cós da saia e a ponta da combinação saindo pela bainha, que vivia naquele monumento de ordem imutável.

Mas apesar da organização e calmaria do quarto, os pelos no braço de Blanche estavam eriçados. O nervosismo e a apreensão pairavam no ar. Ela caminhou pelo quarto, pegando o pequeno relógio, o espelho. Ia dando leves espanadas. A caderneta de endereços, com a capa em estampa floral, também era azul e branca, com GRACE CARTER HANCOCK estampado em relevo no topo do papel de carta do mais claro azul na pasta de couro. Ela teve o cuidado de devolver cada objeto a seu exato lugar. Estava ciente do tempo que havia levado para alinhar todos adequadamente e se perguntou se Grace era capaz de acertar da primeira vez ou se ela também precisava ajeitá-los.

"Grace", sussurrou ela, e sua voz saiu repleta de perguntas sobre quem era essa mulher.

Esse não era o quarto da Grace que derrubava o copo d'água e ficava nervosa como um vampiro ao amanhecer. A Grace que mantinha esse quarto como um santuário particular não era a mulher que Everett fiscalizava de modo maternal ou a quem Mumsfield respondia com paciência com "Sim, Prima".

Qual é a das pessoas dessa casa e seus quartos?, Blanche se perguntou. Com exceção de Mumsfield, seus quartos diziam uma coisa sobre quem eram, e sua aparência e seu comportamento diziam outra. Qual era o verdadeiro Everett: o marido alinhado, amoroso e gentil ou o porcalhão arrogante que largava as meias fedorentas na cômoda e estava prestes a atacar o xerife? E quanto a Emmeline? Era só mais uma bêbada ou a doce velhinha de quem Mumsfield falava? Qual Grace era a verdadeira?

SEIS

No dia seguinte, Blanche ergueu o olhar das alfaces que lavava para o almoço e viu Everett e outro homem caminhando às margens do pinheiral em torno da casa. No começo, não reconheceu o outro. Nunca o tinha visto sem as botas, o distintivo e o uniforme, embora devesse ter reconhecido aquelas pernas finas e o feitio triste e caído da barriga. Ele parecia ainda menor sem todo o equipamento, como qualquer branquelo ralé, atarracado e de cara vermelha indo de chapéu na mão lamber as botas da aristocracia. Só que o xerife mantinha o chapéu na cabeça. Se fosse qualquer outra pessoa, ela o teria aclamado por sua desobediência às regras classistas. Mesmo sem a reputação de Stillwell e seus transtornos atuais, não dava muita bola para agentes da lei de qualquer tipo ou cor.

Ela ainda se lembrava dos espancamentos pela polícia nos anos 1960 e dos assassinatos de jovens pretos e porto-riquenhos pela polícia do Harlem — pelo menos um para cada primavera durante o período em que morou em Nova York —, como se fossem cervos na temporada de caça. Tinha visto a polícia arrombar a porta do apartamento de sua vizinha, a sra. Castillo, espancar sem piedade o marido da mulher e revistar todo o local, e então se darem conta de que estavam no prédio errado. Os policiais nem pediram desculpas pela bagunça. Na cabeça de Blanche, os agentes da lei no Sul eram ainda piores: descendentes de capatazes e feitores que ganhavam a vida moendo o povo dela para virarem fertilizante nos algodoais da escravidão.

Enquanto os dois caminhavam, Everett cortava o ar com as mãos de um jeito que lembrava alguém com uma foice arrancando o mato do caminho.

"Você tá aí, Dona Cidade?", chamou Nate pela outra janela da cozinha, que dava para o quintal.

"Por que Stillwell anda passando tanto tempo aqui?", perguntou Blanche depois de cumprimentar Nate com educação e servir um copo de limonada.

Nate sentou-se devagar em uma cadeira e observou Blanche por sobre a borda do copo com seus velhos olhos de ônix. Ela se sentou na cadeira em frente e também se serviu de um copo.

"A Dona Grace costumava passar os meses de verão aqui, sabe", explicou ele. Nate tinha aquele olhar distante que acompanha lembranças antigas. "Brincava bem ali fora na lagoa dos patos, pois é. Remando, chapinhando e guinchando a plenos pulmões. Um furão do mato, ela era." Algo no tom de Nate deixava transparecer que ele tinha algo particular para falar. Nate chacoalhou o gelo em seu copo. "O fato é que a Dona Grace é meio especial pra mim, sabe." Opa! Blanche prendeu a respiração e torceu para que Nate não estivesse prestes a destruir o crescente respeito que vinha nutrindo por ele com alguma palhaçada ao estilo sr. Mãe-Preta. "Lá em 1959, quando a Dona Grace tinha uns 12 anos, as coisas andavam muito mal por aqui, muito mal, pior que tão hoje." Nate deu um gole longo na limonada e se demorou colocando o copo de volta na mesa. "Os brancos tavam perdendo as terras, as lojas e as oficinas falindo, então deve saber como foi duro pra gente. Claro que a gente ser mais pobre não impediu o governo e aqueles capiaus desclassificados daqui de culparem a gente, como sempre. Era comício da Klan a torto e a direito por essas bandas, um papo de proteger as florzinhas das mulheres do Sul dos preto ladrão! Claro, a gente de cor ficou pianinho e o mais quieto possível. Parecia que até as crianças brincavam sussurrando."

Blanche ouvia a voz de Nate como se ela viesse de longe, ainda que estivesse sentado à sua frente, à mesa. Era como se ele tivesse escapulido para trás de uma espessa parede de vidro, onde permanecia intocado pelas próprias palavras e pensamentos que acompanhavam. Permanecia perfeitamente imóvel enquanto falava.

"Uma noite, mais ou menos nessa época do ano, acharam o corpo de uma mulher branca numa vala perto da estrada junto do posto de gasolina Merkston's. Sem documento. Não era ninguém das redondezas. Mas alguém, eu nunca soube quem, disse que viu um homem preto numa caminhonete velha acelerando pela estrada perto de onde encontraram a mulher. Os rapazes da Klan rodaram todas as fazendas e outros lugares onde vivia a gente de cor. Pegaram uns dois sujeitos na rua depois de escurecer. Correram com um pra dentro da mata. Não pegaram, mas ele não voltou mais. O garoto que pegaram, surraram sem dó nem piedade. Só Deus sabe por que não enforcaram. Dava na mesma. O menino não serviu pra muita coisa depois. Quebraram as costas dele, botaram um olho pra fora, mal sobrou das partes pudendas pra tirar água do joelho." Nate balançou a cabeça com pesar. "Bom, acontece que, por acaso, naquela época, eu tinha uma lata-velha de caminhonete. Os rapazes da Klan viram ela na frente de onde eu morava, viraram minha casa do avesso e fizeram alguém dizer onde eu tava. Daí vieram aqui me procurando. Eu tava lá na frente, cuidando das ervas daninhas no canteiro de flores quando eles chegaram de carro. Pulou todo mundo pra fora da caminhonete usando aquela roupa imbecil, chamando meu nome, agindo feito cães raivosos. Me agarraram e foram me arrastando até a caminhonete deles quando a Dona Grace saiu pela porta da frente me procurando. A cachorra dela, Lady, tava quase dando cria, e a menina queria que eu ajudasse a parir. A Dona Grace saiu correndo pra cima dos rapazes que tavam me segurando. Sabe como é branquelo ralé junto da nata, e os rapazes tavam só começando, então não tavam encachaçados o suficiente pra não saberem seu lugar. Eles pararam de me arrastar quando a menina veio correndo, mas não me soltaram. Um deles perguntou, 'Esse crioulo aqui é seu, Dona?'. 'Sim', ela disse, 'e soltem ele agora mesmo! Ele tem que ficar aqui para cuidar da minha cachorra!' Ela disse isso assim mesmo, um topete desse tamanho. Nessa hora, a Dona Em já tinha ouvido o tumulto e ido até a porta. 'O que tá havendo aqui?', ela quis saber. Foi quando soltaram meus braços, porque tinham que tirar aqueles capuzes bestas e mostrar algum respeito a sua superior. 'Tamo procurando um crioulo que atropelou uma mulher branca com uma caminhonete velha, dona.' 'Bem, a caminhonete desse aqui não está sendo de grande serventia no momento, mas ele está. A mim. Nate, vá cuidar da cadela da criança.' Ela acenou pra eu entrar na casa, bem pela porta da frente. Ela não tirou os olhos daqueles rapazes da Klan até tarem na caminhonete e sumirem pela passagem."

Quando chegou a esse ponto da história, Nate parecia ter escapulido de detrás de sua barreira protetora. Havia em seu rosto divertimento e alguma outra coisa que Blanche não conseguia ler, então se virou para olhar diretamente para ela pela primeira vez desde que havia começado a falar.

"No minuto em que vi a Dona Grace de novo, eu falei, eu disse assim, 'Dona Grace, tô em dívida com a senhora. Tô de verdade. Olhe, se a senhora não precisasse de mim pra ajudar sua cachorrinha a parir, eu provavelmente teria morrido hoje!'."

Eles olharam um para o outro por um longo instante, então caíram em repiques de uma gargalhada tingida por um profundo pesar pela dívida dele, que ambos sabiam que não encarava com leviandade, apesar das circunstâncias em que ela havia incorrido. Quando finalmente se aquietaram, Nate começou a falar de novo, quase como se precisasse contar uma história diferente a fim de desanuviar a mente da anterior.

"Na época, a família do Seu Everett era dona da fazenda na Colina Lace, perto da Estrada Sheldon. A família do xerife era meeira na Colina Lace. O Seu Everett e a Dona Grace costumavam montar naquele pônei gordo dele pra cima e pra baixo na estrada, brincando de índio e caubói bem ali naquela mata. Isso foi antes de a Dona Grace ir pro internato e parar de vir aqui no verão, depois que a priminha dela se afogou naquela lagoa bem ali na frente. Dona Grace ficou chateada por demais. Teve um disse-me-disse danado, mas ninguém nunca entendeu o que aquela menininha tava fazendo lá fora àquela hora da noite. Dona Grace ficou arrasada com essa história. Foi ela quem achou a criança. Até onde sei, nunca mais recuperou o brio." O véu da memória se ergueu dos olhos de Nate. Ele se mexeu na cadeira. "Esse foi um senhor copo de limonada, Dona Cidade."

Blanche captou a deixa e lhe serviu mais. Ele deu um longo gole antes de continuar.

"Daí o pai do Seu Everett pegou a família e se mudou pra Atlanta, lá em 1952. Não tinha necessidade de ficar pelas redondezas. Ele perdeu a Colina Lace pro Kyle Munroe num jogo de pôquer", continuou, balançando a cabeça em censura e dando outro trago da limonada.

Blanche se recostou na cadeira e adotou uma postura de ouvinte. Nate já havia provado a ela que era um contador de histórias. Conhecia bem o bastante esses contadores de histórias — como sua Tia Maeleen, que conseguia deixar Blanche com lágrimas nos olhos ao contar sobre a trágica morte e/ou o funeral de alguém que nenhuma delas conhecia — para saber que uma pessoa contadora de histórias não podia ser apressada. O ritmo, as pausas entre as palavras e a entonação eram tão importantes para a contação quanto as palavras. A história poderia soar como uma fofoca prosaica se contada por outra pessoa, mas na boca de um contador de histórias, uma fofoca era arte.

"Claro, aqueles imprestáveis dos Munroe não sabiam patavina de como tocar uma fazenda. Mataram a terra e acabaram vendendo pra uma construtora que subiu aquelas casinhas bregas pros operários das usinas. Por isso que Stillwell é xerife, em vez de meeiro, como o pai." Nate se recostou na cadeira. "O Seu Mumsfield veio pra cá uns seis anos atrás, depois que os pais dele morreram num acidente de avião. A Dona Em sempre gostou do menino, mesmo ele tendo um retardo. O pai dele era o sobrinho favorito dela. Aí a Dona Em quebrou a perna. Por isso a Dona Grace veio de Atlanta pra cá, pra cuidar da tia e do menino. Ou assim dizem. O pai da Dona Grace e o pai do

Seu Mumsfield eram irmãos, sabe? O pai dela era um advogado bam-bambã lá em Atlanta. Teve um ataque do coração no meio do tribunal! Ela era filha única. Deixou um monte de dinheiro pra ela, mas agora já foi tudo embora. Graças a *ele*. Parece que a Dona Grace não se importa muito. Ela ainda é louca por ele."

"Então o xerife e *ele* foram amigos quando eram crianças?" Blanche deu a mesma entonação à palavra "ele" que o próprio Nate havia usado. Ela estava começando a suspeitar que Nate planejava contar tudo sobre esse povo, exceto a razão de o xerife estar andando por lá. Ela se perguntou por quê, mas tinha certeza de que Nate nunca responderia a essa pergunta.

"*Ele* nunca teve amizades. Não com homens, pelo menos." Os cantos da boca de Nate se curvaram para baixo. "O xerife vinha brincar com o Seu Everett e a Dona Grace até que cresceu e foi trabalhar na roça com o pai. Depois disso, xerife pegou abuso do seu Everett."

Blanche não ficou surpresa ao descobrir que havia rancor entre Everett e o Xerife, ou que Everett precisava da veneração de mais de uma fã por vez. Ela havia suspeitado, pela falta de qualquer papel, livro ou pasta entre suas coisas, que precisava que alguém o bancasse.

"Grace sabe que Everett anda pulando a cerca?"

"Tem tanta coisa dele que ela não sabe...", respondeu Nate. Ele ficou em silêncio por alguns instantes, e seu olhar parecia passar através de Blanche. "Mas algumas não tem como ela não saber. Todo mundo conhece os seus", disse ele em um tom levemente intrigado de falando-consigo-mesmo.

Blanche repetiu cada uma das palavras dele em sua cabeça, mas não encontrou pistas do que elas queriam dizer coletivamente.

"Talvez o xerife esteja ameaçando contar a Grace sobre as puladas de cerca de Everett. Talvez por isso ele ande tanto por aqui."

Nate fechou a cara para ela, perplexo.

"Por que ele iria querer fazer isso?" Ele balançou a cabeça com vigor. "Nãm, Dona Cidade. Num é por conta disso, não."

"E é por conta do quê, então?" Ela tentou prender o olhar dele, mas ele o desviou para longe antes que ela pudesse agarrá-lo com firmeza.

"Quanto menos a gente souber, melhor. Você se lembre do que vou dizer agora. Se alguém perguntar alguma coisa desse povo, só diga que não sabe de nada. Nada mesmo!"

"Bom, não seria mentira!"

Por ora, acrescentou para si mesma. Pretendia mudar essa situação. Era bem coisa de macho da parte dele decidir que guardaria as partes mais interessantes para o próprio bem dela. Seria divertido lhe ensinar uma lição. Ela não duvidava ser capaz de descobrir o que ele estava escondendo. Uma família não podia ter empregados domésticos e segredos. Felizmente, Nate não era sua única fonte de informação. Uma pena que a Dona Minnie se recusasse a ter um telefone em casa, mas esse problema era fácil de contornar. Nesse meio-tempo, Nate poderia ao menos entretê-la com mais um pouco de conhecimento geral.

"E quanto ao Mumsfield? Você disse que ele está aqui há seis anos?"

Nate afundou um pouco na cadeira, relaxando com a pergunta simples.

"Ora, eu lembro quando o Seu Mumsfield chegou aqui pra ficar. Chorava o tempo inteiro, não falava com ninguém. A Dona Em tirou ele do casulo. Entregou a limusine pra ele... Não sei o que o menino vai fazer quando..." Nate parou no meio da frase. Blanche olhava para ele, mas não disse nada. "É melhor eu ir andando. Ficar aqui sentado jogando conversa fora não vai ajeitar aquele jardim." Ele olhou para Blanche de um jeito que a culpava de alguma forma por fazê-lo contar mais do que havia planejado.

"E quanto ao xerife?", perguntou ela, mais pela reação dele ter despertado sua curiosidade do que na expectativa de obter qualquer informação.

Nate pôs o copo vazio na pia, se inclinou sobre a mesa e aproximou o rosto do dela. Seu olhar era tão penetrante e direto quanto o dela havia sido, mais cedo.

"Só fique de olho baixo e ouvido fechado. Acredite, Dona Cidade, essa é a melhor coisa a fazer nesse lugar. Pra mim também." A voz estava séria e triste. Ele se virou e seguiu em direção à porta dos fundos.

Tudo bem, ela disse a si mesma com um sorriso, agora determinada a vencê-lo no quesito obtenção de informações. Ela se levantou e olhou pela janela por sobre a pia. Everett se dirigia apressado para a frente da casa em uma marcha dura, quase em passos de ganso. Seus punhos estavam cerrados. Na próxima vez, ele vai explodir, pensou. Podia ouvir um carro se afastando depressa pela passagem da entrada. Seu corpo já havia dito que a barra estava limpa, o xerife tinha ido embora. Blanche foi até o telefone.

"Ardell?" Blanche contou apressadamente à amiga sobre os hábitos informativos mesquinhos de Nate e como ela planejava curá-lo.

"Parece que está na hora de uma visita a Dona Minnie", disse Ardell antes que Blanche pudesse fazer a solicitação. "Vou já cuidar disso, meu bem. E tome cuidado! Parece que você tem um pessoal bem desequilibrado por aí."

Ardell era muito ligada em ser equilibrada e centrada. Blanche concordava em princípio, mas não se opunha a cometer uns excessos de vez em quando.

Quando desligou, Blanche tirou as costelas de carneiro da geladeira e começou a aparar grossas e peroladas placas de gordura. Ela vinha planejando ligar para Taifa e Malik depois do almoço, quando tinha certeza de que já teriam voltado da igreja. Agora estava igualmente ansiosa para falar com Ardell.

Grace e Everett estavam engabelando Mumsfield para tirar o dinheiro dele, ou pelo menos para ter o controle da grana. Não era um comportamento incomum entre o tipo de gente para quem ela trabalhava, sobretudo se, como disse Nate, Everett já tivesse esbanjado o dinheiro de Grace e ela o tivesse comprado, para começo de conversa. Talvez seu próprio dinheiro fosse apenas a entrada. O alcoolismo desastradamente escondido de Emmeline também era típico de muitas famílias — ricas e pobres — que pensavam poder encenar a realidade.

Ela lavou e picou as vagens para cozinhá-las no vapor, assou alguns pinhões para acompanhá-las e fez um molho para a salada de melão. Decidiu servir Emmeline antes de Everett. Grace e Mumsfield haviam ido à igreja, em Farleigh. Grace não ia almoçar, e Mumsfield sem dúvida comeria quando voltassem. Blanche alertou a si mesma para manter a calma enquanto preparava a bandeja de Emmeline.

Mais uma vez, Emmeline não se deu o trabalho de responder quando Blanche bateu na porta. Ela não tomou conhecimento da presença da funcionária nem da bandeja com o almoço posta na mesa junto ao seu cotovelo. As cortinas da janela ainda estavam fechadas, e as colchas da cama, pela metade no chão. Emmeline estava escorada na mesma poltrona do dia anterior, os pés descalços, as unhas compridas e grossas. O robe de cetim verde que pendia de seus ombros estava emporcalhado de cinzas e pontilhado de pequenas queimaduras de cigarro. "E ela está fedendo", Blanche comentou consigo mesma. Ela fez a cama e esvaziou o cinzeiro de Emmeline.

"Abro a janela para a senhora?"

"Dá o fora daqui", murmurou Emmeline em tom monótono. "E diga para aquela vaca não mandar você me espiar de novo ou vou fazer ela se arrepender."

Blanche encarou Emmeline, tentando vê-la pelos olhos de Mumsfield. O amor, pensou, pode mesmo transformar uma porca em uma princesa.

Blanche voltou para o andar de baixo e serviu o almoço de Everett. Não havia indícios de sua desconfiança e antipatia pelo homem no modo solícito como lhe ofereceu ervilhas e batatas gratinadas, ou no floreio com o qual apresentou as costelas de carneiro e a geleia de menta. Era um jogo que às vezes fazia consigo mesma quando antipatizava com um patrão específico que não podia se dar ao luxo de dispensar. Ela concedia pontos a si mesma por ser o mais correta e civilizada possível. Os patrões mais perspicazes logo tomavam consciência do insulto inferido em seu comportamento excessivamente educado, mas não podiam fazer muito a esse respeito. Se estivesse planejando permanecer empregada, Everett teria que entender que, por trás de seu cuidado meticuloso, ela estava preparada para baixar o cacete nele — ao menos verbalmente — se algum dia ele esticasse o nome dela mais uma vez como se fosse o pedaço de um chiclete já mascado nas mãos de uma criança bagunceira. Mas era discutível se Everett captava qualquer coisa naquele momento. Por três vezes, enquanto ela servia a comida, ele havia olhado para o relógio.

"Posso providenciar mais alguma coisa para o senhor?"

Everett olhou para o relógio mais uma vez.

"O meu está marcando 13h15. Essa é a hora cer..." Ele pulou da cadeira e se dirigiu ao telefone enquanto o primeiro toque ainda vibrava pelo ar. Blanche o seguiu até a porta e escutou. "Está tudo bem? Estava esperando... Quê? Quê? Tem certeza? Meu Deus! Meu Deus! Não. Estou bem. É só o choque. Eu... Sim, sim. Mas vamos ter que contar, pedir a ela que... É claro. Assim que você voltar. Sim. Até logo."

Blanche correu para a mesa, espalhou algumas poucas ervilhas e começou a limpá-las.

"O senhor me desculpe, eu...", começou a falar, esperando que ele voltasse, mas ele não retornou. Ela atravessou o corredor com cuidado até a sala de estar. Everett andava de um lado para o outro. "Com licença, senhor. Já terminou de almoçar?"

Ele deu um pulo ao ouvir a voz dela, cruzou a sala e se jogou na poltrona de Grace.

"Sim. Pode tirar."

Ele se levantou tão abruptamente quanto tinha se sentado. Blanche podia ouvi-lo do outro lado do corredor, na sala de visitas, o retinir do vidro contra a licoreira enquanto ele se servia de uma bebida.

Ela ficou se perguntando quem teria telefonado. Primeiro teve certeza de que ele estava falando com Grace. Mas Everett tinha dito: "Estou bem. É só o choque". Blanche nunca tinha visto Grace perguntar sobre o bem-estar dele. Em geral era ele quem perguntava e se preocupava com ela. Poderia ser a mulher com quem Everett vinha se encontrando? Seja lá o que tivesse sido dito, obviamente não era nada que ele quisesse ouvir. As coisas podiam ficar bem interessantes quando Grace chegasse em casa. Blanche terminou de lavar a louça do almoço e foi conferir o que Everett andava fazendo. Ele estava de volta à sala de estar, jogado na mesma poltrona, de olhos fechados e uma dose de uísque na mão. Blanche voltou para a cozinha. Ela afastou os pensamentos de qualquer coisa que pudesse transparecer em sua voz como preocupação, então discou o número de sua mãe. Durante os primeiros minutos, conversaram sobre o comportamento das crianças com relação à ausência de Blanche. Embora estivesse longe de ser a primeira vez em que ficavam separadas, dessa vez era diferente, imprevisto. Nenhum "tchau", "traz pra mim" ou "se comportem". Porém, de acordo com sua mãe, elas pareciam estar bem. Malik não havia tido nenhum pesadelo, que era sua forma de externar seus aborrecimentos, e Taifa não tinha arrumado nenhuma briga com os amigos além do costume, que era o jeito dela de demonstrar. Mama também parecia ótima. Claro que, em se tratando de Mama, parecer ótima significava fazer um escarcéu.

"Agora você me escute bem, Blanche. Aja como se tivesse alguma coisa na cabeça, tá me ouvindo? Isso não é hora de bancar a metida", falou em seu tom mais sensato. "Você só sorria de boca fechada e esse povo não vai nem ligar pra você."

"Sim, Mama." Blanche reprimiu o impulso de perguntar a ela como havia se tornado especialista em se esconder na casa dos outros. "Mama, agradeço de verdade por você..."

"Não estou de brincadeira, menina", interrompeu Dona Cora. "Você faça o que eu digo, se comporte e não deixe essa sua boca te meter em confusão. E me dê o número desse telefone neste minuto! Eu tenho direito de falar com minha filha, mesmo que ela seja procurada pela polícia e esteja morando com um povo branco lá no meio de Deus sabe onde! Eu vou ficar mesmo bem feliz quando esse bendito cheque aparecer, pra você poder..."

Blanche deixou a mãe falar por mais tempo do que seria inteligente, mas ela sabia que Dona Cora precisava dar um piti, tanto quanto Blanche precisava do conforto da voz dela.

Justo quando Blanche estava prestes a interrompê-la, sua mãe pareceu ler a mente dela.

"... e essa Cora Lee Walters esteve aqui um tempo atrás. Achando que ia pegar meus netinhos e levar praquela casa velha e fria. Mas eu disse 'Não, senhora, mesmo você sendo a pobre mama do pai morto delas. Hoje não. Nós temos planos', eu disse a ela. Eu bem que tive a sensação de que você ligaria por agora. Taifa! Malik! É a Mama Blanche!", gritou.

"Quando você vem pra casa, Mama Blanche? E onde é que você tá, mesmo?", perguntou Taifa em seu tom mais intrometido.

"Mama! Mama!", gritou Malik no ouvido de Blanche.

Então ela ouviu o som da voz de sua mãe ao fundo:

"Menino! Você sabe que eu não tolero força bruta! Devolva esse telefone pra sua irmã e espere a sua vez!"

Quando Taifa voltou para a linha, ela contou a Blanche que tinha fisgado um peixe no dia anterior e que Tio Leo havia dito que ela e Malik eram quase tão bons de pescaria quanto ele. Blanche agradeceu à criança silenciosamente por não ter continuado a perguntar sobre sua volta para casa.

Quando chegou a vez de Malik falar, ele ainda estava injuriado pela bronca que tinha levado, mas foi se animando enquanto conversavam.

"E eu ajudei a remar o barco também!", disse ele, então foi emendando um assunto no outro, falando da pescaria e da queda de seu amigo Donnel da bicicleta, o que tinha resultado em um dente lascado.

Blanche odiava o fato de ter se distraído da conversa ao constatar há quanto tempo já estava ao telefone. Mas, assim como fez com sua mãe, deixou as crianças tagarelarem. Como recompensa, se viu rindo sem ironia pela primeira vez desde que havia deixado sua casa, três dias atrás. Eles ficaram passando o telefone um para o outro até que conseguiram retomar o assunto inicial: a volta dela para casa. Ela respirou fundo e disse que não tinha certeza de quando estariam juntos de novo, e que poderia demorar um pouco. No silêncio que se seguiu, ela disse, como raramente o fazia em casa, quanto os amava. Mandou beijos e abraços e os lembrou de cuidarem bem da avó.

Quando a mãe voltou à linha, Blanche mal conseguia falar com as lágrimas. A mãe tinha algo a dizer quanto a isso, assim que mandou Malik e Taifa saírem para brincar.

"Você não tá podendo desperdiçar energia com chororô, menina. Tem que ficar de olho aberto e orelha em pé. Não criei você pra ser nem fraca nem idiota. Agora pare de chorar e aja como alguém de fibra!"

"Sim, Mama. Tchau, Mama." Apesar das ordens da mãe, Blanche correu até a área de serviço junto da cozinha e ligou a torneira do tanque para abafar seus soluços. Ao contrário da mãe, Blanche acreditava nas lágrimas. Sabia por vasta experiência própria que um bom choro pode ser purificador e tranquilizador. Tinha mais do que ela mesma como razão para chorar. A lembrança do silêncio que havia se seguido à notícia para as crianças a fez chorar ainda mais. Após as lágrimas, vieram aqueles momentos de calmaria em que o motivo do choro, seja lá o que fosse, era claramente compreendido como algo externo a ela, alguma falha no mundo, não nela, e sendo assim, não era insuperável. Era um estado que lhe tornava possível preparar e servir um jantar sem sinais de sua aflição. Ela lavou os aspargos e tentou decidir se cozinhava o suficiente para que sobrasse um pouco para um suflê de vegetais na segunda-feira — tinha descoberto que sobras de aspargos ficavam muito melhor no suflê do que os frescos. Ela ergueu o olhar quando Mumsfield se aproximou da cozinha.

Ela fez alguns sanduíches de peru defumado para ele, para segurar a fome até o jantar, e torceu para que ele não se demorasse. Seus sentimentos ainda transbordavam, e ela não estava no clima para conversar. Mas ele estava.

"E que o Senhor Deus abençoe a você e a todos", disse ele em uma voz grave, pomposa e sacerdotal, dando um sorriso exagerado. Ele começou a imitar alguns dos outros fiéis de sua igreja, incluindo os comentários nada gentis que faziam sobre os outros entre si (comentários feitos bem na frente dele, porque sua condição o tornava tão invisível quanto ela era por sua cor e sua profissão).

"A gente foi na nossa casa, Blanche. Mas a Prima Grace me fez esperar no carro. Eu só queria pegar meu boné. Por que ela não me deixou entrar na casa com ela, Blanche?"

"Hmm, hmm." Blanche assentiu e suspirou.

"Você tá cansada, Blanche?"

Blanche sentiu o rosto ruborizar. Não gostava de escutar pela metade quando alguém falava com ela. Era bastante familiarizada com a sensação de ser tratada como se o que ela dizia não valesse a energia de escutar.

"Mumsfield, meu bem, desculpe. Quem sabe você me conta tudo numa outra hora. Não estou com cabeça." Enquanto falava, ela se preparava para o sentimento de rejeição dele.

Em vez disso, Mumsfield tombou a cabeça para o lado, como se estivesse tentando escutar melhor ou ter certeza de que tinha entendido as palavras de Blanche. Então deu um dos sorrisos mais doces que ela já tinha visto.

"Sim, Blanche, eu conto pra você amanhã. Eu confio em você, Blanche. Você sabe que eu entendo as coisas." Ele saiu da cozinha e foi para a frente da casa.

Ela ficou feliz de não ter magoado Mumsfield ao mandar que interrompesse sua história da igreja e entendeu a satisfação dele por ela ter pedido isso, em vez de fingir um interesse que não tinha. Provavelmente todos nós, os invisíveis, somos sensíveis quanto a isso, pensou.

O jantar foi rápido e silencioso. Blanche tinha torcido para que alguma pista sobre o tema daquela conversa ao telefone surgisse no jantar, enquanto ela estava na sala, mas Grace e Everett mal falaram, parecendo preocupados, cada um com seus pensamentos não partilhados. Se houve qualquer conversa além daquela relacionada a passar e devolver os pratos, ela não aconteceu enquanto Blanche estava no cômodo.

Fazendo jus à sua palavra, na manhã seguinte, Mumsfield estava na cozinha bem antes do café e ainda abarrotado de histórias sobre seu passeio à cidade e à igreja no dia anterior. Blanche estava pronta. Havia dormido bem e despertado com a canção da sorte de um tordo. Enquanto escovava os dentes e tomava banho, avivou seus ânimos com especulações sobre o que encontraria em Boston além do tempo frio.

Agora ela dava total atenção a Mumsfield. Ria quando ele gesticulava, desenhando os chapéus das mulheres que nunca deveriam ter sido feitos, muito menos usados, e imitava o andar pomposo de importância praticado pelos maridos. Depois, cantou suas partes favoritas de vários hinos. Ela se deu conta de que tudo ainda era novo e empolgante para ele. Não importava que ele já tivesse ouvido esses hinos e visto esses chapéus muitas vezes antes. Bastava para ele que a igreja e os chapéus existissem. As coisas não precisavam ser únicas para serem interessantes. Ela invejou seu olhar de criança, sua habilidade em se deleitar com as partes simples da vida. Isso a fez refletir sobre o termo "retardado".

Mas mesmo que pudesse ver que Mumsfield estava satisfeito com a conversa, ainda sentia nele uma vigilância, como se ele a estivesse observando em busca de sinais de desatenção ou tédio, que ela não demonstrou. Pediu detalhes da igreja e da situação do trânsito. Ela gostava de conversar com ele. Gostava de tentar ver o mundo como ele via. Tinha certeza de que conversar com ele lhe fazia bem.

Após o café da manhã, ela espanou e passou o aspirador de pó na sala de estar, na sala de jantar, e depois foi para o andar de cima. Quando enfim terminou de fazer as camas em todos os outros quartos, parou na frente da porta de Emmeline.

"Não vou! Não vou!", gritou Emmeline assim que Blanche bateu na porta.

Blanche tinha a expectativa de ser educadamente dispensada por Grace, ou de levar um grito e ouvir para "dar o fora" da própria Emmeline. Mas, naquela manhã, Grace acenou para que ela entrasse e ficou ali de pé, de costas para a janela. O lugar tinha a aparência e o cheiro daquilo que era: um quarto ocupado por alguém que exalava gim. Blanche desejou poder abrir uma janela, mas presumiu que, se elas quisessem que fosse aberta, já o teriam feito. Ela trabalhou o mais rápido que podia. Não era só o quarto bagunçado e malcheiroso que a fazia correr. A luta silenciosa acontecendo entre Emmeline e Grace era como uma pinça em brasa nos nervos de Blanche. Ela sentia a determinação de ambas se embolando pelo quarto, arranhando e unhando uma à outra feito duas personagens saídas daquele filme velho, *Garotas de Gangue na Prisão*. Ao mesmo tempo, seus olhos estavam cravados nela. Grace se equilibrava quase na ponta dos pés, pronta para falar ou agir caso Emmeline dissesse ou fizesse a coisa errada. Emmeline estava em sua poltrona, flácida, o corpo quase se mesclando ao estofamento. Tudo nela estava imóvel, com exceção de seus olhos duros e injetados, que reluziam com o estado de alerta. Blanche pensou que era a pose de alguém que sabia como usar a força de outras pessoas em vantagem própria. Ela também se deu conta de que, embora Grace e Emmeline mantivessem os olhos nela, ela era apenas a lente através da qual miravam uma à outra com desconfiança. Foi um alívio quando precisou continuar o trabalho e partiu para o banheiro conjugado.

Pela condição da banheira, parecia que Emmeline tinha finalmente tomado um banho. Pela experiência de Blanche, era incomum que uma mulher na posição de Grace cuidasse da higiene de traseiros velhos e amassados. Claro que, do jeito que a velha cheirava no dia anterior, Grace não estava fazendo um serviço lá muito joia. Porém, era estranho que não tivessem contratado uma enfermeira ou uma acompanhante para Emmeline, ou pelo menos tentado impingir aos empregados mais esses cuidados. No princípio, parecia até gentil da parte de Grace ter escolhido cuidar pessoalmente de sua tia. Agora Blanche sabia que havia muito pouca gentileza ali. Ela finalizou a limpeza do banheiro com uma alisada no espelho sobre a pia e deixou o quarto de Emmeline sem uma palavra a nenhuma das duas mulheres caladas.

Foi mais tarde, naquele dia, que Mumsfield contou a Blanche sobre as roupas no quarto de hóspedes ao lado do quarto de Emmeline.

SETE

Blanche circulava pela cozinha, no preparo do jantar — reunindo tigelas e grandes colheres de pau, escolhendo facas, ordenando xícaras de medidas. Ela pausou sua busca por um escorredor grande quando ouviu Mumsfield chamando seu nome. Ele o disse três vezes antes mesmo de chegar à cozinha — pelo menos ela esperava que Mumsfield o estivesse dizendo em voz alta e não que ela o estivesse captando dos pensamentos dele.

"Blanche", chamou ele novamente enquanto entrava no cômodo. A voz dele estava cheia de perguntas e se elevava mais um pouco a cada repetição. "Quem está no quarto de hóspedes, Blanche?"

"Mumsfield, meu bem, eu não sei." Respondeu Blanche, que achou o escorredor e voltou sua atenção à busca de uma forma com furo no meio para o arroz. "Quem você acha que está lá?", perguntou depois de ter localizado a assadeira em uma prateleira deslizante em um armário ao lado do fogão.

"Não tem ninguém no quarto de hóspedes, Blanche. Ninguém."

Ela não estava acostumada a Mumsfield ser incoerente, então se deteve por alguns segundos. Olhou-o com atenção para se certificar de que ele estava bem. Seus olhos perpetuamente intrigados a olhavam também, com firmeza.

"Está dizendo que a pessoa do quarto de hóspedes não está no quarto de hóspedes agora?", afirmou e também perguntou. Ela balançou a cabeça, satisfeita, quando Mumsfield concordou com a interpretação. "Quando você viu a pessoa do quarto de hóspedes?"

Ela mais uma vez se deteve com a resposta de Mumsfield.

"Nunca, Blanche. Eu nunca vi a pessoa do quarto de hóspedes."

Blanche decidiu tentar uma abordagem diferente.

"Mumsfield, meu bem, o que você estava fazendo no quarto de hóspedes?" Por um instante, achou que ele não ia responder. Ele piscou de um modo que a fez pensar que ia chorar. Blanche já tinha decidido pedir para que Mumsfield esquecesse a pergunta quando ele começou a falar com a voz suave e hesitante.

"Às vezes, às vezes...", começou ele, balançando a cabeça como se para clareá-la. "Às vezes, eu toco... eu sinto a Tia Emmeline aqui", disse, mantendo a palma da mão levantada, parecendo prestes a pressioná-la contra alguma coisa. "Eu vou no... no quarto de hóspedes... no closet. Eu ponho minha mão..." Mais uma vez, ele ergueu a mão como se a pressionasse contra uma parede, então suspirou profundamente. "Mas eu não senti, Blanche. Não senti nada. Só as roupas." A tristeza dele transbordou de seus olhos e fez sua boca tremer.

Blanche entendeu o que Mumsfield estava tentando contar a ela sobre a percepção entre ele e Emmeline. Ela havia partilhado do mesmo tipo de supersensibilidade com Eula, sua amiga de mocidade, uma garota preta de pele clara e cara de anjo que havia sido seu alter ego durante os dois anos em que Eula havia morado com seus tios, a três casas de distância da de Blanche. A gemeandade entre as duas foi selada quando começaram a menstruar no mesmo dia chuvoso de primavera. O coração de Blanche quase se partiu quando sua mãe lhe disse que os tios de Eula haviam morrido em um acidente e que Eula voltaria a morar com os pais e os quinze irmãos na Flórida. Blanche nunca encontrou uma amiga que substituísse Eula, nem mesmo Ardell.

Ela segurou a mão de Mumsfield e o conduziu até uma cadeira à mesa. Buscou um copo de limonada para ele, sentou-se à sua frente e esperou até que os pensamentos sobre sua tia deixassem de causar vincos na testa dele.

"Como você sabe que alguém esteve no quarto de hóspedes?"

"As roupas, Blanche, já disse. As roupas. No closet!"

"Aah." Ela fez a ele o máximo de perguntas sobre cores, formas, tamanhos e texturas dessas roupas. Quando ele terminou de responder, ela sabia que as roupas no closet do quarto de hóspedes eram roupas femininas que muito provavelmente pertenciam a Emmeline. A descrição que ele fez dos sapatos fez Blanche ter certeza de que eram do tipo boneca. Não eram o estilo de Grace. Ainda.

Blanche se perguntou por que Grace colocaria um conjunto completo de roupas de Emmeline no quarto de hóspedes. Não era provável que tivesse sido qualquer outra pessoa. Emmeline geralmente estava tão bêbada que Blanche nunca a tinha visto nem mesmo de pé, embora isso não quisesse dizer que ela não conseguisse fazê-lo. Era improvável que Everett fosse familiarizado o bastante com os hábitos de vestuário de senhoras idosas para saber que além da combinação, da calcinha e do sutiã de costume, devia juntar também cobertores com manga e camisolas, especialmente nessa época do ano. Mais uma coisa para a lista de coisas peculiares acontecendo nessa casa, pensou.

"Mumsfield, meu bem, eu não sei quem esteve no quarto de hóspedes, mas acho que as roupas são da sua Tia Emmeline."

Mumsfield abriu um sorriso largo. Ele podia, como havia dito na noite anterior, entender as coisas. Só era preciso entrar no ritmo dele de encaixar as ideias e as palavras, assim como é preciso apertar os olhos para ler as letras miúdas.

Mumsfield mudou o assunto para qual seria o jantar e passou a hora seguinte aprendendo as complexidades de se fazer um bom anel de arroz.

O plano de Blanche era subir pela escada dos fundos para guardar algumas roupas que havia lavado após o café da manhã, mas conversar com Mumsfield a havia atrasado. Ela conferiu o termômetro da vitela assada e regou-a com os caldos na assadeira.

Após o jantar, Grace levou a bandeja de Emmeline de volta para a cozinha. Pela aparência do prato, Emmeline tinha, como de costume, comido muito pouco.

"Você cozinha muito bem, Blanche." Grace colocou a bandeja na mesa e se virou para ela.

Muito bem uma pinoia, pensou Blanche. Está mais para "fabulosa-mente". Mas ela apenas assentiu com a cabeça, em um aceno que poderia ser interpretado do jeito que o observador quisesse.

"Você deve ter tido uma boa professora."

"Sim, senhora."

Blanche sabia que Grace queria que ela continuasse, falasse sobre como ela aprendeu a cozinhar e com quem. Mas Blanche não estava disposta a participar do jogo de vamos-fingir-que-estou-interessada--em-você-como-pessoa. Ele poderia ser necessário à imagem que Grace fazia de si própria, mas até mesmo para manter a discrição, Blanche não estava preparada para dar bola para o bate-bola, como seu primo Murphy costumava dizer.

"Já considerou trabalhar apenas como cozinheira?"

"Não aguento o calor, senhora. Fico tonta e enjoada." De algum modo conseguiu manter a expressão séria. Seu sarcasmo foi totalmente desperdiçado com Grace, que combinou suas feições em uma máscara empática, como se Blanche tivesse dito que não podia ser cozinheira por causa de alguma deficiência. Blanche disfarçou com uma tosse a risada que ameaçava traí-la. Grace, tendo cumprido seu dever de mostrar interesse pessoal pela criadagem, começou a falar sobre o que realmente a preocupava. Blanche ouvia e observava enquanto ela dava suas ordens aveludadas.

"Nessa época do ano, gostamos que nossas roupas de cama sejam trocadas a cada três dias."

Grace estava ruborizada, seus olhos reluzentes e alertas. Ela falou com a vivacidade que Blanche tinha ouvido pela primeira vez quando Grace abriu o portão dos fundos para permitir sua entrada na casa da cidade. A última vez que Grace tinha parecido tão segura de si foi durante o planejamento das refeições. Ela está adorando tudo isso, pensou. Apesar do comportamento perturbado, quase impotente, ela gosta de estar no comando. Realmente acredita que é a Senhora da Casa Grande. É por isso que quer controlar o dinheiro de Mumsfield, para garantir que possa bancar a castelã em grande estilo? Embora, pelo que Blanche havia entreouvido, a questão da mudança no testamento parece ter sido ideia de Everett.

"E, por favor, lembre-se, só um pouco de goma nas camisas do sr. Everett."

Por um breve momento, seus olhares de fato se encontraram. Blanche foi a primeira a desviar.

"Sim, senhora."

Depois que Grace deixou a cozinha, Blanche sentou-se à mesa. Havia sido só a velha questão da raça que a havia deixado desconcertada quando seus olhos encontraram os de Grace? O pai de Wilma, sua vizinha, disse que nunca, durante sua vida adulta, havia olhado uma pessoa branca nos olhos. Ele cresceu no tempo em que tal ato costumava deixar o corpo chamuscado da pessoa preta pendurado em uma árvore. Durante muitos anos, Blanche se preocupara com o medo que às vezes a deixava relutante em encarar pessoas brancas nos olhos, particularmente nos dias em que tinha a mais solitária ou a mais indefinida das melancolias. Ela veio a entender que seu desejo era evitar a dor, uma dor tão antiga, tão profunda, que sua memória era carregada não em sua mente, mas em seus ossos. Em alguns dias, não queria nem sequer olhar nos olhos de gente provavelmente criada para odiar, desdenhar ou temer qualquer um que se parecesse com ela. Nem sempre era útil ter consciência da memória da raça. A ideia de suas perdas às vezes sugava a alegria de sua vida por dias a fio.

Mas, no caso, havia sido dos olhos de Grace em particular de que ela se esquivara. Havia algo neles que era puramente Grace, algo que Blanche não quisera ver. Ela ainda estava sentada à mesa quando a mulher voltou à cozinha.

Os olhos de Grace estavam arregalados e avermelhados. Adejavam pelo cômodo como passarinhos presos. Tinha as mãos entrelaçadas uma na outra, e os nós dos dedos se destacavam, nítidos e brancos como ossos descoloridos. Blanche se perguntou se havia imaginado a calma convicção de Grace alguns minutos atrás.

"Por favor, leve refresco aos dois... cavalheiros no alpendre lateral", disse ela mais lentamente do que de costume e, dada a sua aparência e seu comportamento, Blanche ficou surpresa pelo tom uniforme da voz.

Blanche buscou guardanapos, encheu uma jarra de cristal com chá gelado e colocou-os em uma grande bandeja de servir, junto com uma licoreira de brandy, cálices e copos de chá, altos e finos. Ela podia sentir, e às vezes ver, os olhos de Grace sobre ela. Aquilo fez Blanche se lembrar de uma tempestade que um dia viu se formando no mar. As nuvens se chocavam em silêncio, uma extremidade sobre a outra ao longe, reunindo o coração da tempestade. Quando a chuva caiu na praia, pôs abaixo tudo em que tocava. Onde Everett estava? Por que ele não estava bancando o anfitrião a esses dois cavalheiros que haviam causado tal reação em Grace?

A curiosidade deixou leves os passos de Blanche conforme ela se deslocava pela casa. Ela equilibrou a bandeja no quadril enquanto abria a porta e saía para o alpendre telado. Ainda havia alguma luz no céu, mas, no alpendre, sombras profundas já haviam começado a se acomodar para a noite. Quando estava prestes a virar no canto para acessar o comprido alpendre lateral, um dos homens falou. Blanche relaxou e imaginou que suas orelhas eram grandes órgãos em forma de trombeta, projetados para captar o menor dos sons. O que ela ouviu deixou claro que os homens no alpendre não eram nem cavalheiros, nem estranhos.

"Bobbie Lee, eu não tenho um dinheiro desses. E mesmo se tivesse…"

"'Mesmo se tivesse' o cacete! Você parece ainda não ter entendido o que tá acontecendo aqui, Everett, meu mano velho! Eu tô com você na palma da mão. Posso acabar com a sua vida toda só dizendo umas coisinhas nos lugares certos, e você não pode fazer porra nenhuma além de pagar!" A voz do Xerife estava cheia de confiança.

"E quem você pensa que é para falar comigo desse jeito?!" A voz de Everett estalou no meio da frase feito uma casca de tronco em um incêndio na floresta.

"Te fecha, mano velho. Só arruma meu dinheiro. É só o que precisa fazer. Ou eu falo."

"Você acha mesmo que ele vai se arriscar arruinar a carreira dele por míseros 50 mil?" O tom de Everett deixava claro o que ele achava da possibilidade.

"Eu sei que ele vai. Ele tem os problemas dele, mas isso não é da sua conta. Você só arruma a grana."

Um dos homens riscou um fósforo.

"Escuta, eu tenho um monte de contatos em Atlanta e nos arredores. Gente que me deve favores. Eu poderia ajeitar você por lá. Pode ir embora daqui, esquecer de..."

Uma lufada de fumaça de cigarro fez Blanche franzir o nariz.

"Já conversamos sobre isso. Eu não vou a lugar nenhum. Eu sou o xerife desse condado aqui e tô muito satisfeito em ser o xerife desse condado. E é assim que eu pretendo que as coisas continuem sendo. Eu não vou embora daqui para ter um emprego mequetrefe de balconista nem dirigir a porcaria de um caminhão! E eu não pretendo perder esse emprego!"

Quando Everett falou, a voz dele ficou tão baixa que Blanche teve que se inclinar para a frente para escutá-lo:

"Devia pensar mais nisso, xerife. Às vezes, é melhor fugir do que ficar e lutar." Toda a incerteza infantil havia sumido de sua voz, substituída por algo muito mais adulto e perigoso.

O xerife riu.

"Everett, você não tem colhões para fazer essa ameaça se cumprir." A voz do xerife não era tão assertiva quanto as palavras.

O som de um dos homens caminhando na direção da ponta dela do alpendre pôs Blanche em marcha. Ela fez a curva e colocou a bandeja em uma mesinha entre duas cadeiras de vime. Olhou para os dois homens de canto de olho. Ambos haviam descoberto um profundo interesse em olhar para a lagoa. Eles a ignoraram, mas não falaram enquanto estava presente.

Ela ansiava por escutar mais ao dobrar o canto em seu caminho de volta à cozinha, mas Grace poderia estar lá esperando, perguntando-se por que ela estava demorando tanto. Se fosse pega bisbilhotando e o xerife se lembrasse de onde ele a tinha visto recentemente... Ela esperou mais alguns instantes, mas não pôde se demorar mais que o silêncio deles.

Grace já havia saído da cozinha quando Blanche voltou, mas o ar ainda estava pesado. Blanche andava de um lado para o outro com os movimentos automáticos dos robôs domésticos dos sonhos de muitas mulheres, enquanto sua mente se ocupava de seus próprios assuntos.

Ela limpou as bancadas com mais afinco do que seria justificado e se perguntou que história Everett contaria a Grace a fim de conseguir o dinheiro para o xerife, como Blanche tinha certeza de que ele faria. Se Grace o largasse, ele teria que se virar sozinho no mundo. Isso seria inadmissível. Blanche dobrou e redobrou o pano de prato até que suas pontas se encontrassem perfeitamente. Arrumou as cadeiras da mesma forma em relação à mesa. Que família! Faziam mais por debaixo dos panos que fotógrafo lambe-lambe em dia de parque lotado. Ela estava mais certa sobre o xerife e Everett do que Nate havia reconhecido, mas ainda não fazia ideia do que o jardineiro estava escondendo. Ela desejou ter uma boa e longa conversa com a Dona Minnie, em vez de ter que esperar pelo relatório de Ardell. Faria bem a ela conversar com Dona Minnie.

No curso de História e Cultura Africanas que ela havia feito na Biblioteca da Liberdade, lá pelos anos 1960, Blanche aprendeu que entre alguns povos africanos havia sábias anciãs que escolhiam os chefes e os aconselhavam. Se Dona Minnie tivesse nascido entre essas pessoas, sem dúvida teria sido uma dessas mulheres. Dona Minnie conhecia uma boa parcela dos assuntos particulares de praticamente cada pessoa preta em sua comunidade. Em tempos de atribulação, quase todo mundo se via conversando com Dona Minnie. Havia gente que simplesmente ia vê-la e derramava sua dor nos pisos de madeira encerados e tapetes de retalhos feitos à mão, deixando que ela os serenasse com palavras sábias e chá de sassafrás. Outros a encontravam aparentemente por acidente e se viam contando todos os seus assuntos, embora nunca tivessem planejado fazer tal coisa. Todos saíam fortalecidos. Blanche podia vê-la, em seu vestido de algodão de ficar em casa, manchado de gordura, dando seus passinhos curtos com os pés de gordos calcanhares em pantufas masculinas maiores que seu número, o cabelo alisado com pente aquecido, emperiquitado em cachos cinzentos cheios de brilhantina que despontavam por debaixo do lenço de cabeça sempre presente, e o lábio inferior abarrotado de rapé.

Pelo fato de conhecer a comunidade negra, Dona Minnie também tinha bastante informação sobre a comunidade branca. Blanche se perguntava se as pessoas que contratavam empregados domésticos tinham alguma ideia de quanto seus funcionários aprendiam sobre eles ao prepararem as refeições, fazerem as camas e esvaziarem o lixo. Será que já havia ocorrido ao tipo de mulher para quem ela trabalhava que suas vidas eram tópico frequente de conversa e às vezes objeto de zombaria ou de pena entre os amigos e as famílias dos empregados? Ela trancou a porta dos fundos e foi para a frente da casa para ver se alguém queria alguma coisa antes de ir para a cama.

No meio de outro sonho com ônibus — centenas de milhares de ônibus subindo acelerados uma íngreme colina, seus pneus zumbindo feito um milhão de abelhas —, ela de súbito despertou. Não precisava ir ao banheiro, não estava com sede; tudo estava mergulhado no silêncio. Mas a mera lembrança de um baque abafado cintilou em um canto de sua mente. Ela separou a cacofonia da noite no campo em várias partes: grilos esfregando as patinhas traseiras uma na outra, sapos inflando a garganta, uma tênue brisa nos ramos dos pinheiros, o som de algo rolando lentamente sobre cascalho.

Ela se livrou das cobertas e saiu correndo da cama. Desabalou pela porta do quarto e cruzou o corredor o mais rápido que podia. Conseguiu chegar à janela a tempo de ver a limusine descendo pela passagem, com as luzes e o motor desligados.

Havia algo de onírico na cena. As flores rosadas de azaleia quase fluorescentes eram luzes pálidas flutuando na escuridão. O carro era um denso negrume contra a folhagem verde prateada. Um monstro se movendo lentamente, esgueirando-se contra alguém, pensou.

Enquanto ela observava, o motorista baixou a janela, apoiou um dos cotovelos nela, se inclinou e virou-se para olhar a casa. A luz da lua fluiu pela janela e atingiu em cheio o rosto de Everett logo antes que a limusine fosse engolida pela profunda escuridão entre as árvores que ladeavam a passagem. Quando alcançou o fim dela, ligou os faróis. As copas das árvores criavam toalhinhas rendadas contra o céu.

É claro que não havia sono nenhum lhe esperando quando voltou para a cama. Ficou deitada, encarando o quadrado de azul meia-noite do lado de fora da janela.

Everett provavelmente estava a caminho para dizer a sua amiguinha que estavam prestes a ser expostos se ele não pagasse o xerife. Blanche se perguntou quem seria a mulher. Decerto era alguém que Grace tratava amigavelmente, isso se não fosse uma de suas amigas íntimas. Blanche já tinha visto isso tantas vezes que nem se admirava mais: gente rica demais para se preocupar com demissão ou ordem de despejo, parecendo buscar a ameaça do desastre total que as pessoas pobres buscavam evitar. Essas pessoas alcançavam esse estado de risco transando com o irmão do marido ou a melhor amiga da esposa. Blanche havia visto empregadores entediados e apáticos se tornarem dinâmicos e vivazes pelo barato de colocarem um chifre em seus parceiros com a ajuda de alguém que era parte de seu círculo íntimo. Ela balançou a cabeça, fez um muxoxo e, com o tempo, caiu no sono.

OITO

Pela manhã, Blanche girou o seletor do rádio até encontrar uma estação que prometia um noticiário. Na maioria das manhãs, tentava escutar o jornal antes de sair para o trabalho. Mas estava sempre ocupada demais, passando um vestido para Taifa usar na escola, polindo os sapatos de Malik e se aprontando para ir ao trabalho, para fazer mais do que escutar pela metade as notícias do início da manhã. Naquele dia, a distração era fazer biscoitos para o café da manhã de seus patrões. Ela levou alguns instantes até entender o que o homem estava dizendo. Parou no meio do ato de moldar a massa do biscoito em uma bola e se virou para encarar o rádio como se ele fosse uma televisão. Suas mãos pairavam flácidas sobre a tigela. Pedacinhos de massa se dependuravam de seus dedos.

"... afirmou que o aparente suicídio do xerife pode estar ligado à investigação. Mais notícias às 10h, bem aqui na..."

Toda a tensão no pescoço e nas costas de Blanche se dissipou de uma vez. Ela ficou momentaneamente zonza. Recostou-se na mesa para se equilibrar. Ele não vai mais me fazer perguntas, pensou. Ela derramou um pouco mais de leite na tigela e apertou a massa até tornar-se uma bolha úmida. Esperou pela pontada, como a de uma corda se partindo, que sempre sentia quando ficava sabendo da morte de algum conhecido, mas ela não veio. Virou a massa já elástica em uma tábua de mármore e começou a sovar. A massa criou vida própria, tornando-se mais elástica e responsiva sob suas mãos. Um inimigo a menos no mundo, concluiu. Um racista a menos. Ela fez um rolo com a massa.

Ele não havia simplesmente morrido. O noticiário relatou que havia cometido suicídio. "Eu não vou a lugar nenhum. Absolutamente lugar nenhum", dissera ele a Everett. Por que um homem que havia pouco estava falando sobre como queria continuar a viver em um determinado lugar pega e se mata na mesma noite, ou no início da manhã seguinte? A massa, perfeita, flutuou do cortador de biscoitos para a assadeira. Blanche desejou ter demorado um pouco mais no alpendre na noite anterior. Do jeito que foi, a última coisa que tinha ouvido Everett proferir fora uma ameaça contra o xerife. Daí Everett sai no meio da noite e o xerife aparece morto pela manhã. Ela parou o que estava fazendo e pôs a mão na barriga, como se pudesse apertar o oco de advertência por trás de seu diafragma até ele sumir. Estava na casa de um assassino. Também estava fugindo da lei. O xerife a havia encontrado ontem e, no dia seguinte, apareceu morto.

Ela abriu a porta do forno e colocou os biscoitos lá dentro. Se o mundo decidisse que o xerife tinha sido assassinado, ela era uma das principais suspeitas. Se ela fugisse e fosse capturada, quem sabe que tipo de acusações armadas imputariam a ela? Tinha certeza de que todos os interessados prefeririam prendê-la em vez de Everett pela morte do xerife.

Claro, era possível que o xerife tivesse se matado. A vida às vezes dava o tipo de reviravolta rápida e séria para o pior que leva as pessoas a fazerem coisas que nunca tinham nem cogitado. Havia acontecido com ela uma série de vezes, incluindo alguns dias antes. Só haviam se passado cinco dias desde quando ela deu no pé do tribunal e se encaminhou para aquela direção muito equivocada? Ela ajustou o cronômetro para vinte minutos. Ficou se perguntando se Grace sabia. Muito provavelmente ele havia feito isso para impedir que ela descobrisse o que o xerife sabia. Para manter seu ganha-pão. Seria melhor esquecer as visitas do xerife, as conversas com Everett e a limusine correndo sem fazer ruído pela passagem abaixo. Não seria um grande problema. Blanche tinha bastante experiência em não ver o que se passava nas casas de seus clientes, como olho roxo, grãozinhos de pó branco deixados em espelhos de moldura prateada, abotoaduras com as iniciais erradas embaixo da cama e receitas de remédios para herpes. Ela era particularmente boa em não ver nada que pudesse ser perigoso ou ilegal. Mas por mais que fosse boa em ser cega, havia certas coisas que não podia ignorar. Já havia feito uma série de ligações anônimas para pais sem a guarda, contando de abusos a crianças.

Mas nenhuma criança indefesa estava ameaçada pela morte do xerife. Porém, aquilo martelava em sua cabeça. Ela transferiu os biscoitos dourados e roliços do forno para uma estufa. Como Everett havia feito para que parecesse suicídio? Ela misturou ovos, leite e manteiga, adicionou sal, pimenta e uma pitada de tabasco, e mexeu tudo. Imaginou que tivesse sido algum comprimido na bebida, uma mangueira do escapamento para a janela da frente do carro do xerife, um golpe na cabeça, veneno, uma bala nos miolos.

Ela levou os biscoitos e o réchaud com os ovos para a sala de jantar, depois o aquecedor com bacon e linguiças. Todos os membros da família estavam à mesa, exceto Emmeline, que, Blanche suspeitava, nunca descia — pelo menos não enquanto estava de porre. Blanche se concentrou na comida para não encarar Everett bebericando o café com toda a calma. Ela se sentia transparente feito filme plástico. Ele com certeza sabia que ela sabia, que ela o tinha visto, que era um perigo para ele.

"Bom dia, Blanche." Mumsfield sorriu entre colheradas cheias de cereal.

Tanto Grace quanto Everett ergueram os olhos. O olhar de Everett foi rápido e distraído. Grace moveu a cabeça tão devagar que era como se fosse uma mulher debaixo d'água. Os dois responderam ao cumprimento de Blanche com acenos de cabeça: o de Everett, curto, o de Grace, lento e cuidadoso, como se sua cabeça pudesse sair rolando se ela não se movesse com cautela.

Blanche pôs a estufa e os outros pratos no aparador. Afastou tigelas e outros utensílios, retirou os pratos com toranja e observou Everett de soslaio. Ele estreitou os olhos, como se algo inquietante o estivesse cutucando por dentro, pensou. Em sua mente, ela o ouviu alertando o xerife em uma voz tão suave quanto um escorpião deslizando pela areia. Ela o viu sentado na limusine, que rodava lenta e silenciosamente pela passagem, a luz da lua conferindo à pele já pálida dele um tom vampiresco de azul. E agora o xerife estava morto. Ela conteve seu forte anseio pela privacidade da cozinha e se preparou para servi-lo. Ficou grata quando ele a dispensou com um aceno. Mas antes ela notou que, apesar do bebericar constante, a xícara de café ainda estava cheia. E embora ele estivesse com a cabeça inclinada como se lesse o jornal ao lado do prato, ele na verdade estava observando a esposa. Grace parecia tão molenga que era como se tivesse sido estofada com serragem. Sua expressão era superficial, o rosto amarelo como a lua cheia no equinócio de outono. Ela ainda usava pantufas, e as pernas estavam nuas. Ela sabe, pensou Blanche, e ficou feliz por Everett não ser o homem dela. Grace pegou uma porção de ovos e uma fatia de bacon, mas não os comeu. Mumsfield lanceava quantidades gigantescas de bacon e linguiça, três biscoitos e uma grande concha de ovos mexidos.

Mas por que ela estava com tanta certeza quanto a Everett e o xerife? Ela remexeu a água da louça em busca de talheres perdidos dentro da pia. Eles tinham uma lava-louças, é claro, mas aquilo a ajudava a raciocinar quando tarefas mais simples também exigiam sua atenção. As pessoas ameaçavam umas às outras o tempo todo. Mas não costumava acabar em morte. Só porque tinha visto Everett saindo de fininho da casa na noite em que o xerife morreu não significava necessariamente que ele era um assassino. Ela ficara sabendo por Nate que Everett estava traindo Grace. Quando parava para pensar a respeito, não tinha razão concreta para suspeitar dele e nenhuma razão para pensar que a morte do xerife havia sido outra coisa além do que informaram no rádio: suicídio. Mas pensava. Ela já era muito bem vivida para se fiar apenas em evidências concretas para definir algo como verdade. Pensou que era provável que o xerife tivesse achado uma saída para seu problema de investigação além da própria morte. Pensou que a solução do xerife incluía molhar a mão de alguém com dinheiro que ele esperava arrancar de Everett por não contar a Grace que ele andava trepando por aí. Isso seria uma mancha negra no casamento deles. Blanche logo buscou outra palavra em sua mente, como aquela que começava com "má". Ela tentava não usar termos que fizessem negro soar como algo ruim. Quando não se lembrou da palavra que queria, contentou-se com "macho branco" e ficou satisfeita com a precisão com que a expressão descrevia o caso. Usou o chuveirinho auxiliar para dar uma última enxaguada na louça.

Ela girou o seletor do rádio, passando por músicas, programas de entrevistas e comerciais em busca de algum noticiário. Olhou por cima do ombro para o relógio de parede. Eram 9h45, três minutos tinham se passado desde a última vez em que havia conferido. Era improvável que houvesse qualquer noticiário antes das 10h. Ela desligou o rádio e deixou a água da pia escorrer pelo ralo. Pela janela, viu Nate passar claudicante pela horta rumo à porta dos fundos. Limpou as mãos no avental e abriu a porta antes que ele tivesse a chance de bater. Deu um passo para trás para deixá-lo entrar.

"Soube do xerife?", perguntou ele sem nenhum cumprimento. E nem esperou pela resposta. "Uma pena, hein?", acrescentou. Mas o largo sorriso que transformou seu rosto no de um homem muito mais jovem e despreocupado não combinava com suas palavras.

Eram acontecimentos como a morte do xerife que provavelmente tinham dado aos seus ancestrais escravizados a reputação de alegres, infantis e capazes de sorrir ante ao pior dos desastres. Ela até podia ver algum velho escravizador tentando achar uma razão para os escravos terem feito uma dança quando o feitor morreu.

"O que houve?" Ela puxou a cadeira. Nate se sentou e se abanou com o boné surrado.

"Caiu com o carro pela Ribanceira de Oman… Uns cinco quilômetros descendo a Estrada Kerry", explicou, acenando com a cabeça para o leste. "Explodiu." Ele fez outra pausa. Blanche foi afundando na cadeira em frente. "Dizem que ele tava roubando dinheiro a toque de caixa. Claro, ninguém ficou surpreso com isso." Nate mastigou a parte interna da bochecha e olhou para Blanche de canto de olho.

Tem algo errado, pensou Blanche. Nate é um contador de histórias. Ele não entraria ali e começaria a despejar os fatos de um acontecimento como esse, assim como sua Tia Mabel, que geralmente era considerada a mulher mais bem-vestida da igreja, não iria para o culto de domingo usando suas pantufas desgastadas.

Nate torcia o boné. Suas mãos escuras eram enodadas como raízes de árvores. As unhas bronzeadas tinham terra nas pontas. Ele cruzou e descruzou as pernas.

"Tão dizendo...", continuou, ainda olhando para Blanche de canto de olho, "... tão dizendo que ele se matou porque ia sair tudo no jornal, sobre ele tá roubando, digo." Ele parou, girou o tronco inteiro para encará-la com um olhar perplexo e preocupado. "Mas por que alguém dessa casa aqui taria deixando o lugar exato onde aconteceu? Não pode ter sido mais ninguém!", ele acrescentou depressa, como se ela estivesse discordando. "Ninguém mais nessas partes tem um paletó rosa." Ele disse as palavras "paletó rosa" de um modo que deixava claro o que achava da peça. Blanche não disse nada. Ela sabia que havia mais. "Já faz mais ou menos cinco anos que eu não sou de dormir muito." Nate apertou o boné entre as mãos enquanto falava. "A maioria das noites me pego zanzando pela minha casa velha, meu quintal velho. Só pensando nas coisas e... e tando ali, se é que você me entende. Dormir não parece a melhor forma de usar o tempo quando não te resta mais que uma ou duas gotas dele."

Ele olhou pela janela por um instante. Quanto ele deve saber?, ela se perguntou. Quanto deve ter aprendido, após todos esses anos tão junto da terra? Ela imaginou noites em que o escutava falar sobre tempos idos e a importância que tiveram.

"Tem noites que fico só ali sentado no alpendre, no escuro. Só me sento e me balanço um pouco. Foi assim que acabei vendo o paletó rosa. Eu moro do lado da Estrada Kerry... não é muito longe da Ribanceira de Oman, onde o xerife... onde o xerife morreu. A questão", acrescentou, estremecendo com um suspiro profundo, "é que o atalho pra Ribanceira de Oman passa bem de frente ao meu jardim, logo ali do outro lado da estrada, de frente pro meu jardim. Um galho velho de pinheiro, grande, caiu naquela trilha anteontem. Qualquer um passando por essa trilha tem que dar a volta no galho."

Nate hesitou uma vez mais. Ele passou a mão por todo o rosto.

"Meus olhos não são o que costumavam ser, mas quando ele saiu do caminho pra dar a volta naquele galho de pinheiro, eu vi aquele paletó rosa tão claro como..." Ele arregalou os olhos levemente ao erguer o olhar do rosto de Blanche para o batente da porta atrás.

Mumsfield, Blanche disse para si mesma.

"E as cenouras também tão com uma cara bem boa." Nate ainda estava olhando por sobre a cabeça de Blanche. Ele se levantou da cadeira. "Bom dia, seu Mumsfield." Nate caminhou para a porta dos fundos enquanto falava.

Blanche virou o rosto. Mumsfield estava apenas com a cabeça para o lado de dentro da porta vaivém.

"Olá, Nate. Olá, Blanche." Mumsfield terminou de entrar no cômodo. Sua voz mal era audível. Ele parou com a cabeça pendendo, olhos baixos e mãos enfiadas no fundo dos bolsos.

"Bom, é melhor eu cuidar dessas verduras." Nate deu bom-dia a Mumsfield mais uma vez, balançou a cabeça para Blanche, lançou um olhar que ela não conseguiu interpretar e sumiu pela porta dos fundos.

Blanche virou a cadeira e encarou Mumsfield. Seus olhos castanhos geralmente brandos estalavam de contrariedade — mais uma vez, ela sentiu a presença dele antes que seus olhos e ouvidos tivessem qualquer informação como indicativo. Como se ele fosse algum parente meu, pensou, e a ideia a irritou.

Blanche de repente comparou sua afeição pelas pessoas a um lago amplo, cujas margens eram um declive para um centro muito fundo. Algumas pessoas — Mama, os meninos, Ardell, prima Maxine e Carla Sanchez, a amiga de Blanche de Nova York — flutuavam no meio do lago. Muitas outras pessoas — os vizinhos que tivera ao longo dos anos, colegas de escola, velhos amores, coisas assim — chafurdavam nas águas mais rasas de sua afeição. Mas ela sabia que, quando necessário, podia varrer os indesejados para fora de sua praia, incluindo Mumsfield. Ela o olhou com dureza. Não vou passar muito mais tempo aqui, Blanche lembrou a si mesma.

Mumsfield a chamou de volta de sua angústia imediata com um suspiro úmido pela proximidade das lágrimas.

"Mumsfield está muito triste, Blanche", disse ele, como se ela tivesse lhe feito uma pergunta. "Mumsfield ouviu o Tio Everett contar pra Tia Grace sobre... sobre..."

"O xerife?", perguntou ela.

Mumsfield levantou a cabeça e olhou para Blanche com os olhos vítreos pelas lágrimas. Blanche quase se estourou de rir. Ela fabricou uma tosse e educadamente cobriu a boca com a mão. Ela se virou de Mumsfield até que pudesse retomar a expressão séria. Não queria que ele pensasse que ela estava rindo dele, quando sua risada na verdade era uma celebração do próprio bom senso. Ela não havia acabado de se alertar sobre aquele jovem? E ali estava um perfeito exemplo do porquê. Chorando pelo xerife!

"Mumsfield, meu bem, todo mundo morre." Ela tentou deixar sua voz tão gentil quanto possível.

Ela se levantou, guiou-o até uma cadeira e deu tapinhas em seu ombro enquanto ele soluçava gentilmente nas mãos em concha. Blanche crispou a boca em uma reta roliça, desaprovando uma família em que um membro tinha que procurar a empregada para ser consolado.

Quando os soluços de Mumsfield se dissolveram em estremecimentos e fungadas, ela perguntou a ele sobre sua relação com o xerife. Pela resposta, parecia que o xerife mal tinha falado algum dia com Mumsfield além de "Oi" e "Tchau".

É o xerife da América-do-faz-de-contas que ele está pranteando, ela disse a si mesma. O menino anda vendo TV demais.

Quando ela terminou de explicar que a morte é o que vem depois da vida, do mesmo modo como a juventude sucede à infância e que isso parecia ser o que mantinha as pessoas e o planeta vivos, Mumsfield estava atento e de olhos secos. Ele se sentou com as mãos cruzadas na mesa, como um estudante na carteira da escola, até que estava confortado e pronto para cuidar de seus assuntos.

Assim que ele se foi, Blanche se apressou pela cozinha, fazendo chá, torradas e cozinhando no leite duas colheres de sopa de polenta, para acompanhar os ovos que ela estava prestes a mexer para o café da manhã de Emmeline. Eram quase 10h30. A qualquer segundo, Grace estaria chegando para pegar a bandeja. No primeiro dia deles naquela casa, Grace havia dito que ela mesma levaria as refeições de Emmeline. Blanche não estava presumindo que isso havia mudado só porque tinha sido solicitada a fazê-lo por duas vezes.

Quando a torrada começou a murchar, Blanche saiu à procura de Grace. Ela encontrou Everett no corredor, falando ao telefone. Ele desligou. Estava de costas para ela e parecia ignorar sua presença. Blanche se perguntou se ele era tão raro quanto deveria ser. Ela trabalhava entre pessoas que pensavam ser donas do mundo. Era provável que outras delas ao menos pensassem que tinham o direito de fazer o que aquele ali tinha feito. Ele bagunçou o cabelo e o endireitou com as mãos graciosas e de dedos longos. Seus movimentos eram menos rígidos do que quando ele havia estado com o xerife. Mais irritado e raivoso, pensou.

"Senhor, com licença, está na hora de levar a bandeja lá para cima." Ele se virou e a encarou como se Blanche tivesse falado em iorubá. "O café da manhã de sua tia..."

"Minha esposa está indisposta. Você terá que resolver isso." A voz dele estava estrangulada, como se o que o estivesse preocupando o segurasse firmemente pela garganta. Ele deu as costas e continuou andando de um lado para o outro.

Blanche preparou uma nova torrada e esquentou a polenta e os ovos no micro-ondas. Ela içou a bandeja e se dirigiu para a escada dos fundos. Parou em frente à porta de Grace, mas não ouviu nada. Bateu na porta de Emmeline e anunciou que estava levando o café da manhã. Ela hesitou, esperando que Grace saísse de seu próprio quarto e levasse a bandeja para a velha senhora. Mas a mulher não apareceu, e Emmeline não respondeu. Blanche apoiou a bandeja no quadril e abriu a porta.

Ela ficou surpresa por ver Emmeline de pé no meio do quarto, olhando por cima do ombro de Blanche como se esperasse que mais alguém também entrasse. Sua careta se desanuviou, e quando ficou claro que Blanche estava só, ela soltou a frente do robe que estava apertando. Ela quase saltou sobre a bandeja que Blanche colocou na mesa.

"Como a senhora está hoje?" Blanche estendeu a mão para o cinzeiro, que já transbordava.

"Deixe aí." A voz de Emmeline fez Blanche pensar em duas pedras grandes sendo raspadas uma contra a outra. "Me traga mais ovos e umas linguiças também. Rápido!"

Emmeline enfiou metade da fatia de torrada na boca enquanto falava. Tomou em um gole só o suco de laranja e limpou a boca com as costas da mão antes de misturar a polenta e os ovos e partir para cima deles.

Blanche se virou para sair do quarto. Emmeline esticou o braço e agarrou a saia do uniforme de Blanche. A mão esquelética se parecia com um pé de galinha.

"Onde *ela* está?" Emmeline olhava feio para Blanche, ainda a segurando pelo uniforme.

Blanche pensou em fingir que não sabia de quem Emmeline estava falando, mas um certo lampejo no olho da velha a deteve. Ela não parecia no clima para palhaçadas.

"Está indisposta. Acho que está no quarto dela."

"Aposto que está indisposta, sim." Emmeline apertou os olhos avermelhados para Blanche. "Onde está Everett?"

"Na sala de estar. Parece que tá de cabeça cheia." Com total indiferença, Blanche puxou a saia do agarro de Emmeline. Seus olhos se encontraram. Ao contrário do episódio anterior de contato visual com Grace, nem mesmo ocorreu a Blanche desviar o olhar. Ela também não estava no clima para palhaçadas.

"Não se esqueça do seu lugar, menina!" Emmeline estendeu a mão e deu um intenso, mas breve puxão na saia de Blanche. "Esqueça os ovos e as linguiças. Traga o que estiver pronto. Agora! E não diga a ninguém. Ouviu, menina? Rápido!"

Blanche se inclinou e lentamente alisou os vincos reais e imaginários que Emmeline havia feito em seu uniforme. Mais uma vez, encarou a velha até que ela virasse a cabeça para o outro lado.

Toda criatura nessa desgraça de casa é pirada! Puxando minhas roupas como se eu fosse propriedade dela!, indignou-se. Na cozinha, fez para si mesma uma xícara de chá e sentou-se por um bom tempo antes de partir para os sanduíches. Desfrutou a insubordinação à ordem de Emmeline para se apressar tanto quanto desfrutou de seu chá.

Os dois sanduíches de presunto que ela enfim levou para o andar de cima tinham pelo menos cinco centímetros de altura. Porém, quando Blanche terminou de esvaziar os cinzeiros, lavar o copo de bebida de Emmeline e fazer a cama, os dois sanduíches haviam desaparecido. Blanche pensou nas bandejas parcamente tocadas que eram devolvidas à cozinha. Estaria Emmeline fingindo ser frágil? Que razão poderia ter para esconder sua fome?

"Como a senhora pode estar com tanta fome?" As palavras saíram pela boca de Blanche antes que ela pudesse impedi-las.

"Não é da porcaria da sua conta." Emmeline apanhou um cigarro. "E não abra sua boca para ninguém. Está me ouvindo? Agora fora!"

Blanche ficou em frente à porta por alguns instantes, resistindo à ânsia de voltar ao quarto e dizer a Emmeline o que ela podia fazer. Era um pensamento agradável, mas não havia nada que Blanche pudesse fazer sem colocar a si mesma em risco. Ela respirou fundo algumas vezes para se acalmar. Não havia esquecido suas outras razões para querer ir ao andar de cima.

NOVE

Blanche abriu cuidadosamente a porta do quarto de hóspedes, entrou depressa e fechou a porta atrás de si. Sabia que estava correndo perigo. Já haviam dito a ela que não se preocupasse com esse quarto, mas ela estava certa de que poderia lidar com Grace contando uma história sobre ter ouvido um barulho ou alguma coisa assim.

As roupas estavam penduradas no closet, como Mumsfield havia dito. E Blanche tinha razão sobre os sapatos: oxfords com saltinho, aqueles com cadarços e de couro preto brilhoso. Um vestido de linho verde-escuro, um cardigã preto e um conjunto de roupas íntimas gastas, limpas e caras, da variedade não sensual, completavam o visual. Imediatamente lembrou-se dos cigarros Piedmont proibidos de seu Tio Will, escondidos no galpão de ferramentas, apenas esperando a Tia Mary ir para a igreja para que ele fosse até o barracão acender um. Aquelas roupas tinham o mesmo ar de disponibilidade imediata. Não pode ser isso, é ridículo demais, pensou. Mas o que mais poderia significar? Ela já tinha visto acontecer com outros patrões alcoólatras. Não importava quanta birita tivessem em casa, alguns beberrões precisavam estar entre os seus, assim como algumas pessoas não conseguiam rezar sem ir à igreja. E Emmeline de repente estava cheia de disposição e exigindo mais comida. Um comportamento lógico para alguém que se preparava para dar uma volta, embora Blanche não conseguisse imaginar onde ela esperaria encontrar companheiros de copo ali no campo.

Ao se virar para sair do quarto, ela se deu conta de que havia certa perturbação para um cômodo tão pouco usado. Era uma sensação de segredos, idas e vindas. Ela olhou bem devagar ao redor da cama alta e antiga, das cadeiras cobertas por lençóis, da pesada cômoda e suas gavetas. Uma delas não estava bem fechada. Blanche a puxou. Parecia mais pesada que o comum, até que viu seu conteúdo: cinco garrafas de gim Seagram, aninhadas em um cobertor verde como ovos em um ninho, perto o bastante para a própria Emmeline buscá-las. Ela saiu do quarto de hóspedes e foi até o quarto de Everett.

Por um instante, apenas ficou ali, diante do closet, de braços cruzados sobre o peito. Seu lado otimista havia dito que talvez Nate estivesse enganado. Algum outro homem tinha um paletó cor-de-rosa. Ela deu um longo suspiro e deslizou a porta do closet para abri-la.

Na verdade, era de uma cor mais próxima do pêssego, ou do salmão, muito mais suave e sutil do que a cor de algodão-doce que ela estava imaginando. Mas para alguém sem interesse nas maiores nuances das cores, definitivamente era um paletó cor-de-rosa. Como as flores de azaleia na noite anterior, o paletó parecia brilhar entre os tons de cinza e bege que o rodeavam. Ela deu um passo à frente e estendeu a mão para a manga direita. Tinha vincos perto do punho, onde havia sido dobrada. O mesmo com a esquerda. Havia uma pequena e rígida mancha vermelho-escura no pálido forro acetinado. Um dos botões havia sido arrancado com uma força que tinha rasgado o tecido. Ela se sentiu impactada pela arrogância, pela total falta de preocupação que permitiam que ele mantivesse uma evidência que poderia provavelmente condená-lo. Ela revistou os bolsos. Disse a si mesma que era uma perda de tempo e um risco desnecessário. O que esperava encontrar? O distintivo do xerife? E o que ela diria se Everett entrasse?

O paletó cheirava levemente a um perfume forte, rançoso, nada a ver com Grace. Ela se perguntou se ele teria tido duas razões para sair na noite passada. Estremeceu com a ideia de fazer amor com um homem que tinha um assassinato em mente. Havia grãozinhos de areia e casca-lho no bolso externo da mão direita. No bolso do peito, seus dedos toca-ram algo pequeno, liso e frio. Ela o ergueu à frente dos olhos com dois dedos, tomando cuidado para não derrubar. Era uma tarraxa de brinco prateada, do tipo oblongo com um furo no meio. Olhou, então a devol-veu. Blanche teria que prestar uma atenção particular a Grace na pró-xima vez que a visse, mas já tinha certeza de que as orelhas da mulher não eram furadas. O homem não só é perigoso, pensou, como é descui-dado. Era possível que a única razão para que Grace não soubesse do caso dele fosse porque ela não queria saber.

O telefone estava tocando quando ela chegou à cozinha.

"E essa do xerife ser gentil o bastante pra dar um fim ao nosso tor-mento?", disse Ardell quando Blanche atendeu. "Mas antes de entrarmos nesse assunto, mulher, tenho uma coisa séria pra te contar!", acrescentou com certa urgência. "Acabei de vir lá da Dona Minnie. Ela me disse que viu sua mãe e deu a ela algumas notícias pra você. Mas a Dona Minnie não contou tudo porque não queria que a Dona Cora se preocupasse. Você tem que sair daí, mulher!" Ardell parecia estar com pouco fôlego, como se tivesse corrido para chegar ao telefone e ligar para Blanche.

Blanche se recostou tão pesadamente no balcão da cozinha que po-dia senti-lo abrindo caminho por sua bunda. Algo na voz de Ardell lhe dizia que ela precisaria de um apoio.

"Esse Everett era casado com uma mulher chamada Jeannette. Mas ela morreu. Suicídio. Pelo menos foi isso que disseram nos documen-tos e tudo o mais. Mas você sabe que a polícia não dá muito acocho nesse pessoal. A Dona Minnie falou que tinha muito disse-me-disse sobre isso em Atlanta, onde tudo aconteceu. Algumas pessoas diziam que Jeannette e Everett não tavam se dando muito bem, que ele an-dava pulando a cerca e que ela andava falando em se divorciar. Quem tinha dinheiro era ela, então já sabe que ele não queria saber dessa con-versa de divórcio!"

"Como ela morreu?", Blanche não gostava do som diminuto, miúdo, da sua própria voz, como uma criancinha com medo do escuro.

"Ela pulou da janela do hotel Central Plaza, em Atlanta."

"O que ela estava fazendo lá?"

"Ninguém sabe. Ela se hospedou com um nome falso."

Blanche de repente ansiou por Everett não ser o responsável pela morte da qual Ardell estava lhe contando, nem por aquela da qual ela mesma suspeitava. Quanto mais cristalina sua culpa, mais concreto era o perigo para ela. Ela se viu discutindo com Ardell, tentando amenizar as notícias.

"Ela pode ter se hospedado lá porque queria pular pela janela", disse ela.

"Claro. Mas por que se hospedar com um nome de mentira? E ela não deixou bilhete."

"Só porque ele pode ter casado com a mulher por dinheiro não quer dizer que ele a matou. Talvez a mala dele fosse tão boa que fez ela pensar que podia voar!"

"Isso não é hora pra piadas, mulher! A gente tem que tirar você daí!", Ardell a repreendeu, então suavizou um pouco. "Mas talvez você tenha razão quanto à namorada. Ele tinha um álibi pra hora em que ela morreu. Um álibi que tem gente que diz que confirmava a história dele. Como se fosse impossível pra ele estar indo pra cama com duas mulheres ao mesmo tempo!"

"Que tipo de álibi? Está falando de Grace? Ela estava com ele quando... Você acha que ela sabe? Você acha que ela..." Blanche não queria terminar a frase, não queria aventar a possibilidade de estar em uma casa com dois assassinos. Ela arriou em uma cadeira.

"Parece que ela não quer saber", disse Ardell. "O pessoal lá de Atlanta tinha pena de Grace por ela ser tão apaixonada por Everett que não conseguia ver quem ele era de verdade." Ela pausou por um instante. "Bom, ela pode ser burra e ele pode ser assassino, mas pelo menos a família não é toda ruim", argumentou ela. "Tem aquele primo advogado, Archibald Symington. A velha passou anos sem falar com ele porque ele era do movimento pelos direitos civis. Ele foi o advogado que processou o xerife do condado de Jefferson por ser envolvido com a Klan, lá nos anos 1960."

Blanche não se deixou impressionar.

"É, mas isso já faz quase trinta anos. Agora ele é do movimento dos puxa-sacos de Emmeline, pelo que eu vi."

"E aí, amiga, o que você vai fazer?" A preocupação criou uma aspereza na voz de Ardell. "Como eu disse, posso pegar um carro e ir te buscar."

Blanche hesitou por um momento.

"Não é tão simples, Ardell", explicou Blanche, contando à amiga sobre o xerife e Everett no alpendre, Everett saindo com a limusine na noite em que o xerife morreu e sobre o que Nate tinha a dizer sobre tudo aquilo. "E vai parecer o quê? Se eu for embora daqui e eles decidirem chamar a polícia, dizendo que eu roubei algo, talvez até afirmando que o xerife veio aqui me pegar e que essa foi a última vez que eles o viram vivo?"

"Que merda!", exclamou Ardell.

"Não vou perder a cabeça e fazer uma idiotice." A declaração de Blanche era dirigida a ela mesma tanto quanto a Ardell.

"Não vou contrariar sua lógica, mas como eu queria que você desse o fora daí..."

"Se eu não ligar pra você depois de amanhã, me ligue", disse Blanche. "E se outra pessoa atender o telefone, diga que precisa falar comigo. Diga que é uma emergência. Se encontrar minhas crianças, dê um beijo nelas por mim. E na Mama também. Tchau."

Blanche continuou recostada no balcão. Ecos das frases de sua conversa com Ardell quicavam nas paredes de seu cérebro. Eu posso morrer por causa disso, pensou antes que pudesse se conter. Sabia que era idiotice se assustar, mas ela sabia de casos demais de pessoas pretas inocentes que foram para a cadeia e nunca saíram para não ter medo. A famosa frase "a justiça é cega", para ela, tinha mais a ver com intenção que isenção. Ela se perguntou se Everett seria insano e chegou à conclusão de que todos os assassinos provavelmente são loucos, pelo menos durante o crime. Mas e quanto àqueles que os apoiam? Seria verdade a fofoca sobre Grace que havia circulado por Atlanta? Será que ela era mesmo tão cega de paixão por Everett? Como podia ser? Embora não pudesse responder todas as perguntas, Blanche tinha algumas ideias a respeito da última. Já havia tido sua cota de relacionamentos nos quais os personagens principais eram ela e o homem que ela imaginara que seu parceiro era. O verdadeiro homem com quem estava namorando era apenas a moldura na qual ela havia encaixado a imagem de seu homem dos sonhos. E como era chocante acordar certa manhã e descobrir um homem suado, carente, assustado, de carne e osso que agia como se tivesse algum direito sobre ela. Somando-se à síndrome do amante inventado, que Blanche sabia que ultrapassava os limites de classe e cor, Grace havia crescido na elite sulista em uma época em que, sem dúvida, havia pressão para se arranjar um marido, mesmo que ele estivesse estragado.

Mas ela ainda estaria encantada o suficiente para ignorar o fato de Everett ter uma amante, dado o que havia acontecido com sua última esposa? Grace também não agia como uma mulher com esse tipo de fissura por um homem. Blanche decidiu que precisava de uma xícara de chá para matutar a questão.

Ela levou a chaleira até a pia e estendeu a mão para a torneira de água fria. Uma sensação de formigamento ao longo dos braços a fez colocar a chaleira na pia e girar nos calcanhares. Everett a estava encarando através do vitral no topo da porta dos fundos. Ela agarrou a pia com as duas mãos e se forçou a ficar parada, embora todo o seu corpo gritasse para que ela corresse.

Por um longo instante, ele ficou com as mãos em concha protegendo os olhos, e seu nariz quase tocava o vidro. Apenas ficou ali, olhando para ela com olhos que ela podia ver, mas não conseguia decifrar.

Quando ele enfim abriu a porta e entrou na cozinha, Blanche obrigou seus ombros a relaxarem e deu um jeito de fazer seus braços e mãos abandonarem a tensão, para que pudesse largar a pia. Mas seu corpo não deu a menor atenção às suas ordens. Ela continuou agarrada à pia como se esse fosse seu último esteio de segurança.

Ele parece bem maior aqui fora, pensou. Acenou com a cabeça e relaxou a expressão em um semblante de amabilidade, tentando parecer que não estava tão assustada a ponto de estar prestes a perder o controle da bexiga.

"Posso providenciar alguma coisa para o senhor?"

Everett passou os olhos pela cozinha como se procurasse algo que pudesse solicitar.

"Eu gostaria de um copo d'água, por favor."

Blanche ficou feliz pela tarefa que a forçaria a soltar a pia — se tivesse que correr, com certeza não podia arrastar o diabo da pia junto. Pegar a água também a municiava de uma arma. Ela serviu a água de uma garrafa da geladeira em um copo de vidro, colocou dois cubos de gelo e entregou a ele com a mão esquerda. Manteve a forma de gelo na mão direita. Não era muito, mas se ele tentasse agarrar seu pulso, ela planejava usar a forma para quebrar o nariz dele.

Everett pegou o copo d'água e agradeceu. Dava pequenos goles no copo em vez de bebê-lo todo de uma vez. O tempo todo, ele observava Blanche. Quando terminou, entregou-lhe o copo e se virou na direção da porta dos fundos.

"Ah", disse ele, com a mão na maçaneta. "Você viu Nate?" Everett virou a cabeça e olhou para ela por cima do ombro.

Blanche hesitou por não mais que meio segundo.

"Não recentemente."

"Mas ele esteve aqui mais cedo." Ele não estava perguntando, estava afirmando. Blanche não falou nada. "Vocês dois não bateram um belo papo hoje de manhã?"

Os lábios de Everett estavam repuxados para trás e para cima em algo totalmente desvinculado de um sorriso de verdade. Ela nem tentou retribuí-lo.

"Nate veio tomar um copo d'água. Assim como o senhor."

Everett ainda estava olhando para ela por cima do ombro. Então se virou para encará-la. Seus movimentos faziam Blanche pensar em criaturas que se arrastavam junto ao chão e atacavam rápidas feito um raio. Em sua mente, ela percorreu o caminho até a porta da frente e então para a estrada.

"O senhor deseja mais alguma coisa?"

"Ah, sim! Quase me esqueci", falou Everett em uma voz que não denotava esquecimento. "Mumsfield e eu estamos indo ao barbeiro. Comeremos alguma coisa na cidade. Ou depois. Minha esposa está com enxaqueca. Ela tomou um sedativo. Já dei uma olhada em minha tia. Ela está meio rabugenta. Melhor deixá-la na dela. Você entende. Ela também não vai querer almoçar." Ele esticou os lábios para ela mais uma vez. "Quando vir Nate, diga que quero falar com ele." Ele abriu a porta dos fundos com cuidado.

Blanche não respondeu e não se moveu até vê-lo descer a trilha do quintal em direção ao viveiro de plantas. Ela cruzou os dedos e torceu para que Nate não estivesse lá. Só de pensar em Everett sozinho com Nate naquele barracão pequeno e escuro a deixou extremamente apreensiva. Mas Everett apenas botou a cabeça para dentro, deu a volta na casa e foi para a passagem da frente. Blanche fez um passo de dança em direção ao banheiro quando ouviu a limusine saindo, mas se moderou depois de se aliviar. Ardell tem toda razão, pensou. Isso não é hora para brincadeiras. Blanche não duvidou que Everett tivesse a capacidade de matá-la. Ou de entregá-la. Ou ambos. E ele com certeza iria querer a morte dela se soubesse o que tinha visto. Voltou para a área de serviço, tirou os lençóis já secos da máquina de lavar e os dobrou. Quando terminou, saiu puxando o aspirador de pó, o espanador, o limpador em spray e a esponja até a sala de estar. Estacionou os utensílios no meio da sala e escolheu uma poltrona de frente para a escada, para o caso de Grace não estar tão indisposta quanto Everett havia dito.

Blanche se perguntou se, caso Everett a tivesse atacado na cozinha, ela poderia revidar como tinha planejado. Ou estava tão programada para ser a vítima de alguém que não conseguiria se libertar nem para salvar a própria vida? O telefone tocou antes que tivesse tempo de ponderar sobre a questão. Ela correu para a cozinha e agarrou-o no terceiro toque. Ficou escutando antes de falar, caso Grace tivesse atendido à extensão em outro lugar.

"Alô? Alô? Esse é o cinco-dois-dois-zero-nove-quatro-nove?"

Blanche notou que Mama estava usando seu tom mais respeitável. Sua voz tornou-se mais afetuosa e mais alta quando se deu conta de que estava falando com a filha. Depois de responder às perguntas sobre a saúde, o bem-estar e o paradeiro das crianças, ela repetiu o que tinha ouvido de Dona Minnie sobre a casa em que estava.

"Não precisa se preocupar com os empregados fixos voltarem e interromperem alguma coisa. Eles foram pro litoral, pra Topsail. Vão pra lá todo ano, e lá não têm telefone. E de jeito maneira iam falar com gente do nosso tipo. Moram lá pro Monte Airy. Metidos a besta, ouvi dizer. Não são batistas. Mas deixa eles pra lá. Essa madame velha aí que é calejada, uma raposa ardilosa."

"Emmeline? O que tem ela?"

A história que sua mãe contou surpreendeu Blanche.

"Tem certeza, Mama?", interrompeu Blanche a certa altura. "Essa criatura velha nunca tá sóbria o suficiente pra saber o que é serra e o que é cerrado, muito menos encher a burra na bolsa de valores. Quanto dinheiro? Cacete! Perdão, Mama, mas isso é uma montanha de dinheiro. Não admira Everett e Grace estarem tão dispostos a virem morar com Emmeline."

Ainda assim, a ideia de Emmeline ganhando uma nota no mercado de ações era tão inverossímil que Blanche se perguntou se talvez Dona Minnie não tivesse extrapolado o levantamento de informações.

"Talvez a Dona Minnie tenha entendido errado."

Dona Cora riu.

"Menina", disse ela, "tentar esconder a verdade é como tentar ser invisível. Você está certa em se preocupar, mas isso não faz as coisas deixarem de ser o que são. E é melhor ficar aí por um tempo", acrescentou. "Isso não é hora de chamar atenção saindo do emprego."

"Sim, Mama... sim, estou tomando cuidado."

E então as crianças estavam ao telefone, reforçando todas as advertências de sua mãe sobre ter cuidado. Taifa e Malik não suportariam perder outra mãe. Blanche procurou escutar o ressentimento, o medo e a desconfiança que acompanhavam a sensação de abandono. Encontrou ternura e disposição suficientes para se assegurar de que não estavam se sentindo rejeitados. Quando desligou o telefone, Blanche retomou seu lugar na sala de estar.

Engraçado que nada nunca é o que parece ser, pensou. Para ela, Emmeline era só uma velha bêbada e desagradável. Ela certamente não se encaixava na imagem de maga das finanças. Porém, Mama afirmava que Emmeline havia transformado os 50 dólares do dinheiro que seu marido lhe deixara em 35 milhões de dólares no mercado de ações. Dona Rachel, que costurava para Emmeline, estivera no quarto dela fazendo a marcação para uma bainha enquanto Emmeline provocava Everett com quanto ela valia, como tinha conseguido e em quanto daquilo ele podia ter qualquer esperança de um dia pôr as mãos.

Blanche olhou ao redor. A sala era até bonita, mas comparada a outras casas onde havia trabalhado em Long Island, não passava nem perto do tipo multimilionário. Então se lembrou dos Jamison, para quem tinha trabalhado assim que se mudou para Nova York. Harold e Christine Jamison viviam em um apartamento não muito melhor do lugar onde Blanche estava morando. Mas, um dia, encontrou no lixo uma declaração do contador deles. Os Jamison tinham dinheiro suficiente para comprar o prédio e ainda mais alguns. Ela imediatamente pediu um aumento.

Blanche se levantou da cadeira, afofou algumas almofadas, catou alguns fiapos do carpete e passou o espanador pela sala. Estava na hora de começar o jantar.

Quando o galeto assado, recheado com broa de milho, acompanhado de alho-poró refogado, tomates recheados e pãezinhos crocantes foram dispostos na sala de jantar, Blanche saiu em busca da família. Grace havia emergido de sua indisposição e estava sentada na sala de estar, sem ler, sem nem sequer olhar pela janela, apenas ali com a expressão de quem escutava, como se esperasse a porca torcer o rabo. Mumsfield estava na entrada do carro, com a cabeça nas entranhas da limusine. Everett abriu de supetão a porta de seu quarto quando Blanche bateu nela de leve, e pareceu aliviado por ser apenas o jantar que Blanche tinha ido anunciar.

No jantar, Everett estava em um estado de grande tagarelice, como se tivesse sido contratado para garantir que o silêncio não se infiltrasse na sala. Sua voz golpeava Blanche conforme ela servia a comida. Grace observava Everett e assentia enquanto ele prosseguia com a história sobre a vez em que ele e Bill Seiláquem estavam no campo de golfe e começou a chover e... A voz de Everett tinha em si um risinho, dando a entender que era esperado que achassem divertido em algum momento. Mumsfield olhava de um para o outro, como se estivesse assistindo a uma partida de tênis, mas não parou de comer para escutar.

De volta à cozinha, o primeiro sinal da fresca brisa da noite fez as cortinas dançarem. Os pássaros baixaram suas vozes, preparando-se para deixarem as ondas sonoras a cargo das criaturas que fazem música com patas traseiras. Na rua de Blanche, as crianças estariam correndo desvairadamente para cima e para baixo, gritando a plenos pulmões, frenéticas pela iminência da hora de ir para a cama. Ela estaria passando uma saia para o dia seguinte, ou talvez lendo o jornal, ou se perguntando se conseguia economizar dinheiro para ir a Greensboro ver Patti LaBelle no mês seguinte — apenas sendo ela mesma em sua própria casa, atada com firmeza às pessoas, aos lugares e às coisas que constituíam o cabo denso que a conectava àquilo que ela conhecia como sua vida, uma vida que não incluía viver sob o mesmo teto que alguém que já havia matado e que sem dúvida a mataria se sentisse que fosse benéfico de alguma forma. Ela enfiou um ramo de salsinha por baixo do galeto na bandeja de Emmeline e sentiu-se desprendida como nunca, e esperou poder evitar a sensação eternamente.

Quando Grace foi buscar o jantar de Emmeline, Blanche estava acabando de encher uma pequena jarra com chá gelado com bastante açúcar e limão. Grace a cumprimentou pelo "belo jantar", pegou a bandeja e saiu. Blanche tinha a impressão de que ela mal tinha saído quando voltou com a bandeja. A comida nem havia sido tocada.

"Ela não tem muito apetite, né?", disse Blanche ao pegar a bandeja de Grace.

"Ela é velha e melindrosa", comentou Grace. "Não tem nada a ver com sua comida."

Blanche esvaziou o conteúdo da bandeja de Emmeline no triturador de lixo e olhou de relance para Grace.

"No almoço, ela estava com bastante fome."

Grace não respondeu. Ela fazia Blanche se lembrar de um jogo da infância no qual alguém girava você pelo braço, no mesmo lugar, e quando soltava, era preciso manter a pose em que tinha parado. Grace estava parada como se a força de seu rodopio a tivesse obrigado a manter a boca entreaberta. A cabeça pendia para a esquerda. As pernas estavam espaçadas, e o tronco, inclinado para a frente. Mas embora parecesse de algum modo entorpecida, sua voz era afiada como cacos de vidro quando finalmente falou. Seus olhos intensos perfuraram Blanche.

"O que ela disse? O que falou para você?" A pose de Grace agora havia se desfeito. Ela se movia na direção de Blanche, com os olhos cravados no rosto dela.

"Ela só parecia muito faminta." Blanche desejou ardorosamente ter mantido a boca fechada. Ela se afastou de Grace e colocou o saleiro e o pimenteiro da bandeja de Emmeline no armário próximo à pia.

"O que foi que ela disse para você achar que ela estava com fome?"

"Não foi o que ela disse, senhora. Só parecia muito ávida pelo almoço. Claro, pode ter sido minha imaginação, já que eu não costumo levar as refeições dela."

Grace continuou a inspecionar o rosto de Blanche.

"Ela... ela pediu algo em particular para comer... ou beber?"

Então é isso, pensou Blanche.

"Não, senhora", respondeu em uma fala arrastada que tinha o intuito de denotar a falta de preocupação com a conversa, como evidenciado pela vaga lembrança do episódio. "Ela mal falou, se bem me lembro."

Blanche se virou para a pia e ligou a torneira para lavar o prato e o copo de Emmeline. A tensão no cômodo era como um calor crescente. Atrás dela, Grace de repente desabou com um baque em uma cadeira. Ela começou a falar depressa e em voz baixa:

"Claro, isso não teria acontecido se eu estivesse bem, se eu tivesse levado a bandeja como deveria ter feito. É culpa minha, na verdade. Mas é tão difícil! Tão pesado! Você nem imagina. Claro, ninguém sabe. Nem mesmo Mumsfield. Nós conseguimos dar um jeito de esconder isso dele. Se ao menos ela parasse, ou pelo menos diminuísse. Agora ela está lá em cima, roncando, babando e..."

Ao contrário da última vez em que Grace havia tentado desabafar com ela, Blanche estava tão interessada em se inteirar da vida de Grace quanto esta parecia estar em contá-la. Ela ficou tentada em se lançar em um número completo de chore-aqui-no-meu-colo, acompanhado de olhos úmidos e tapinhas na mão, mas aquele papel era muito informal para o tipo Senhora da Casa Grande de Grace. Em vez disso, Blanche deixou os braços caírem junto ao corpo e fez um silêncio atento. Com a cabeça levemente curvada, ela aguardou a patroa lhe conceder o privilégio da confiança.

"Você é casada, Blanche?"

Blanche ergueu a cabeça.

"Sim, senhora", mentiu.

"Tem filhos?"

"Não, senhora." Ela não queria nem em sonho que soubessem de seus meninos naquela casa. "Aquele homem já é criação demais pra mim." Ela deu a Grace uma versão daquele olhar dolorido, intrigado e indignado que é parte do vocabulário sobre homens de todas as mulheres.

Grace suspirou, apoiou os cotovelos na mesa e descansou a cabeça nas mãos, como se não aguentasse o peso dos próprios pensamentos.

"Ele não é insensível de verdade, sabe." Ela ergueu a cabeça e olhou para Blanche. "Na verdade, é bem gentil, bem carinhoso. Só que ele não entende quanto é difícil. Ela não é uma pessoa fácil." Grace suspirou profundamente. "Mas, até aí, às vezes o Everett também não é... A Tia Emmeline está errada quanto a ele. Ele jamais..." Grace deu um pulo como se tivesse sido beliscada.

"O que sua tia disse?" Blanche manteve a voz o mais neutra possível.

Grace se levantou.

"Estou falando demais." Ela pôs um punho em cada lado da cabeça, como se estivesse equilibrando as duas metades. "E minha cabeça está rachando." E saiu apressada da cozinha.

Blanche despencou contra a pia. Tinha consciência da umidade debaixo de seus braços e em sua virilha. Ralhou consigo mesma por ter afugentado Grace. Sabia que a pergunta era arriscada, mas achou que Grace estava tão próxima da histeria que poderia ser impelida. Uma pena. Mas Blanche tinha certeza de que ela voltaria. Tentou imaginar o que Emmeline poderia ter dito a Grace sobre Everett e como seria possível que ela soubesse de alguma coisa, sentada lá no quarto dela, bêbada. Por um instante, Blanche se permitiu sentir como seria estar no lugar de Grace naquele momento, sabendo, ou ao menos suspeitando, que seu marido era um assassino. Ele não só era um assassino; Grace também tinha o dedo podre para homens. Mas pelo que Ardell havia dito, talvez a mulher tivesse se casado com ele sabendo que era um assassino. Seus lábios se curvaram em um sorriso sardônico ante a ideia de que Grace poderia ser uma mulher que levava ao extremo a crença de que seria capaz de mudar um homem se casando com ele. Terminou de lavar a louça de Emmeline e guardou a bandeja.

Ela queria ir para a cama. Estava muito cansada, como se tivesse passado o dia fazendo serviços pesados. Mas também estava empanzinada com outras pessoas, como se Emmeline, Mumsfield, Everett e Grace tivessem possuído seu ser, com ordens, necessidades, perguntas e medos. Se fosse deitar, provavelmente se engasgaria com eles. Abriu a porta dos fundos e saiu. No mesmo instante, foi envolvida pela noite do leste da Carolina, úmida e branda, barulhenta com as canções das criaturas e os sussurros dos pinheiros. Blanche afundou no degrau e libertou seus habitantes indesejados em uma série de lentos e profundos suspiros. Ela se levantou, voltou à cozinha e apagou as luzes. Lá fora outra vez, deixou sua versão Garota Noturna percorrer o quintal e caminhar lentamente entre as duas metades da horta, com cenouras e milho de um lado, tomates e ervilhas do outro. As folhas de repolho eram delicados leques tremulando na brisa que impedia a noite de ser abafada. Ela sentiu a noite descer flutuando do céu, atravessando seus poros, entrando em sua corrente sanguínea, seus ossos e em seu coração. Ela respirou fundo, acelerando a entrada da noite. Ela sorriu com a volta da sensação de Garota Noturna da infância, de que podia saltar tão alto quanto o teto das casas, se assim decidisse, ou até mesmo montar as estrelas, como a Prima Murphy tinha dito.

Naquele estado, sua mente de súbito se esvaziou de todas as pequeninas porções de preocupação e comentários que interfeririam em sua habilidade de se agarrar a um pensamento. Ela tomou distância mental de si mesma e olhou para onde estava. Minha vida inteira pode depender do que vai acontecer nesta casa, pensou. Virou-se para olhar a casa. Ela dava a Blanche a impressão de ter um ar meio preocupado, como se soubesse que um assassinato havia sido cometido por um de seus habitantes. Ela sabia quem o assassino era e tinha uma vaga ideia de por que havia matado. Podia ver que saber disso era perigoso para ela, mesmo que ninguém mais parecesse achar que o xerife havia sido assassinado. Exceto Nate. Ela se perguntou por que ele não tinha voltado para terminar a conversa.

Talvez ele tenha ido à polícia, cogitou, já que parte de si mesma era dada ao pessimismo e ao pânico. Mas sua mente ainda estava repleta de noite, que não tolerava disparates. Nate não tinha chegado à velhice, sendo um homem preto, com atitudes como ir até a polícia para acusar de assassinato homens brancos da alta roda.

"Nate", sussurrou ela suavemente. Pousou a mão aberta na porta do viveiro. Seus dedos, a madeira e a noite formaram um padrão de sombras na escuridão. Ela se virou, caminhou de volta para a escadinha da entrada e se sentou. Decidiu esperar um pouquinho. Ele ainda podia aparecer.

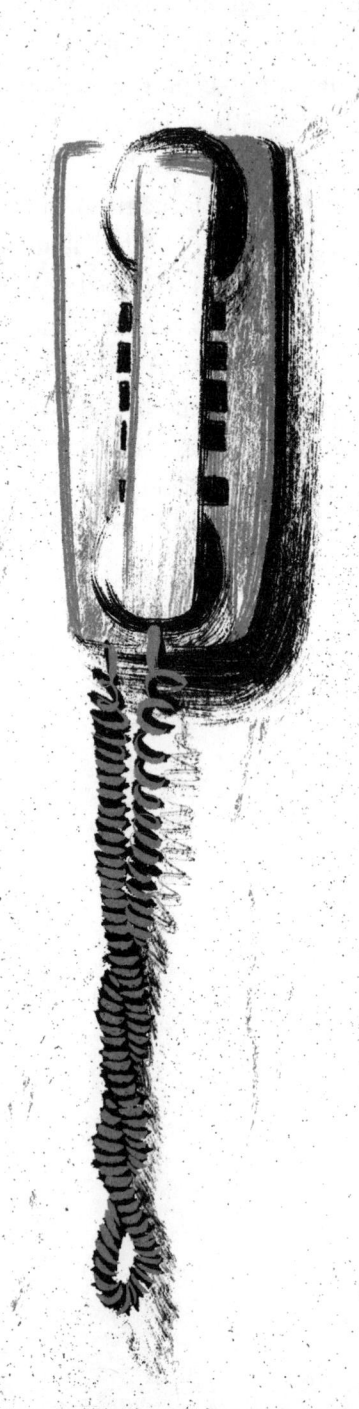

DEZ

Ela teria dormido a noite inteira na escadinha dos fundos se um mosquito com um ferrão do tamanho de um cabo de vassoura não tivesse atacado seu cotovelo. Foi se arrastando até a cama para salvar a própria pele.

Despertou com a lembrança de um barulho na noite. Alto. Agudo. Um apito de trem? Freios de carro? Um grito? Ela jogou o lençol e o fino cobertor azul para o lado, plantando os pés firmemente no piso frio.

Algo havia mudado. Ela sentiu no momento em que pisou fora do quarto. Primeiro pensou que a casa havia sido invadida e que sua privacidade tivesse se estilhaçado. Mas não viu nada fora do lugar ao passar pelo corredor do segundo andar na ponta dos pés. Esticou os ouvidos para as portas de todos os quartos e não ouviu nada. Parecia não haver nada errado. Porém, algo havia acontecido. Assim que chegou, a casa havia passado uma sensação meio tímida, como um cão que já foi chutado muitas vezes. Quando, na noite passada, olhou para a casa do lado de fora, nos fundos, ela parecera preocupada. Agora a casa parecia ter de algum modo se divorciado da família, tão seguramente como se um advogado tivesse entregado os documentos.

"O que houve, Blanche?" Mumsfield estava esperando na cozinha, sentado, imóvel, com as mãos dobradas sobre a mesa.

"Mumsfield, meu bem, eu não sei."

Ela não estava nem um pouco surpresa por ele também sentir. Cruzou o cômodo e ligou o radinho verde no batente da janela. Tamborilava os dedos no balcão e trocava o pé de apoio enquanto algum bom e velho rapaz convidava todos a irem até sua concessionária de carros usados e uma mulher com uma voz rouca tentava vender apartamentos em um condomínio à beira-mar, inferindo que vinham com um suprimento de um ano de buceta. Blanche pegou uma faca e começou a cortar laranjas pela metade para fazer o suco. A programação continuou, agora com o noticiário nacional. Foi depois das notícias nacionais que um jovem, tentando suprimir seu sotaque sulista, disse a ela que o barulho que ela escutara durante a noite havia sido um carro de bombeiros a caminho do "fatal incêndio na cabana de Nate Taylor, próximo à Ribanceira de Oman — cenário de uma outra tragédia fatal, recentemente".

Mumsfield começou a soluçar baixinho com as mãos em concha no rosto. Seu corpo balançava lentamente de um lado para o outro. Blanche permaneceu com os olhos secos, embora seu corpo estivesse embebido em dor, como o de Nate devia ter estado até ser devorado pelas chamas.

Ela desligou o rádio quando o repórter seguiu adiante para contar sobre a reunião do prefeito com representantes do Comitê de Embelezamento da Cidade. Por um segundo, ela se permitiu fingir que aquele era outro Nate, perto de alguma outra Ribanceira de Oman. Aquilo tudo era demais! Já não bastava que o homem fosse tratado feito máquina, fosse tratado sem respeito, vivendo na pobreza a vida toda. Não bastava que seu tempo houvesse sido propriedade de outras pessoas, que decidiram quanto ele poderia levantar os olhos e sua voz, onde e como ele poderia viver. Também tinha que ser assassinado por conta das merdas dessa gente branca que não tinha porcaria nenhuma a ver com ele.

Uma raiva quente e espessa começou a se encrespar em seu estômago quando pensou nas mortes de todos os Nates pretos e pobres, das Blanches nas mãos dos Everetts brancos e privilegiados desse mundo.

Hoje em dia, as pessoas queriam lhe dizer que classe não existia e que cor não importava mais. Olhe para a Miss América e para o presidente do Estado-Maior Conjunto. Mas a Miss América e o presidente não eram mais do povo preto do que a Madre Teresa era do povo branco. Homens feito Nate e mulheres como Blanche eram o povo, a gente, a lama da qual todo o resto era feito. Tinham sido suas mãos, seu sangue e seu suor que haviam construído tudo, da mansão do governador da Carolina do Norte até o primeiro semáforo. Eles deveriam receber o reconhecimento por serem as vigas que mantiveram essas paredes de pé. Em vez disso, eram descartáveis, intercambiáveis, raramente queridos, dificilmente considerados, facilmente esquecidos. Não dessa vez! Ela não tinha dúvidas de que Everett tinha matado Nate, não importava o que haviam dito no rádio.

Por que ela não tinha imaginado que isso iria acontecer? Ou será que tinha? Se tivesse feito algo quanto à sua preocupação pelo paradeiro de Nate na noite passada, em vez de ficar passando o tempo sentada na escada dos fundos, esperando que ele aparecesse, talvez ele ainda estivesse vivo. Eu podia ter tentado encontrar a casa dele na noite passada, ou procurado por ele mais cedo, censurou a si mesma. Se o tivesse encontrado e acrescentado as suspeitas dela àquilo que ele já sabia, tinha certeza de que ele teria entendido o perigo e se afastado por um tempo, como as pessoas pretas do Sul sempre foram forçadas a fazer quando chamavam a atenção do branco errado. As lágrimas se acumularam quando ela imaginou Nate em algum lugar seguro e distante, fazendo um novo jardim só dele. As lágrimas fizeram manchas escuras na frente de seu uniforme cinza.

"Não chora, Blanche. Não chora." A voz de Mumsfield estava estrangulada por suas próprias lágrimas. Ele se ajoelhou na frente dela, hesitou e deu tapinhas desajeitados em sua mão. "Todo mundo tem que morrer, Blanche."

Blanche deu um sorriso zombeteiro. Ele era um bom pupilo. Mas o fato de que todos temos que morrer um dia com certeza não dá a ninguém o direito de matar, pensou. Ela deu tapinhas nas mãos de Mumsfield, agora um tentando confortar o outro.

O homem no rádio disse que os bombeiros suspeitavam que Nate havia adormecido enquanto fumava. Blanche era muito sensível a fumaça. Quando estivera com Nate, nunca havia captado nem mesmo um vestígio do cheiro que todos os fumantes carregam nas roupas e no cabelo.

Só um louco sai matando e matando mais gente, refletiu, e logo se deu conta de que não tinha razão alguma para achar que Everett não era louco. Ele era um homem branco rico, e possuir esse conjunto específico de características significava que a pessoa podia, basicamente, fazer o que bem entendia a quem quisesse — como um cão sem adestramento, roendo tudo e cagando por todo lado. Blanche tinha certeza de que ter todo esse poder havia enlouquecido muitos homens. E de acordo com Ardell, Everett já havia exercido seu privilégio do modo mais letal antes. Ela pensou no dia anterior, quando Everett havia perguntado sobre sua conversa com Nate. Everett tinha farejado suas respostas como um cão de caça com o cheiro de um gambá em seu nariz.

"Tenho que ir pra longe daqui!"

"Não, Blanche! Não! Por favor, não vai embora, Blanche, por favor!" Mumsfield agarrou a mão dela.

Blanche abriu um sorriso triste. Era uma pena que ele fosse parente dessa gente, uma pena que não fosse preto nem menos estivesse do seu lado na composição da casa. Uma pena que não pudesse dizer a ele que, apesar de seu rompante, ele não precisava se preocupar com a partida dela — não até que ela pensasse em algo horrível para seu primo Everett.

"Melhor eu começar a fazer o café."

"Você não vai abandonar o Mumsfield, né, Blanche?"

"Não sem avisar, meu bem." Ela esperava estar falando a verdade. Retirou sua mão das dele e se levantou da cadeira.

Enquanto ela cozinhava, Mumsfield ficou sentado, observando-a se mover da geladeira para a pia, então para o fogão e tudo de novo. Em geral, ter alguém de bobeira na cozinha vendo-a cozinhar a teria deixado irritada. Hoje, havia um conforto em seu luto partilhado. Provavelmente seria a última vez que falaria com ele e estariam juntos nesse momento cotidiano. Ele era membro da família de Everett. Ela teria que tratá-lo como alguém com mais interesse em salvar Everett do que em vingar a morte de Nate. Ela se sentiu muito só, mas não se entristeceu. A fúria que queimava o estômago e o gelo envolvendo seu coração a deixaram incapaz de companheirismo humano. Só o longo e miserável aprisionamento de Everett, ou sua morte, iria fazer com que voltasse ao normal.

"Ele não vai se safar dessa", balbuciou baixinho enquanto mexia a manteiga na frigideira. "Não vai!"

Mumsfield a ajudou a pôr a mesa. Enquanto Blanche terminava de preparar os ovos, ele carregou para a sala de jantar a bandeja com toranjas cortadas ao meio e suco de laranja, então foi chamar Everett e Grace.

Everett entrou primeiro. Suas costas estavam tão duras que ele até parecia estar usando um colete ortopédico. Grace o seguiu. Seus olhos estavam cravados na nuca dele. Os dois pareciam se mover conjuntamente, presos nas pontas opostas de uma faixa de borracha esticada que reverberava com a tensão.

Blanche dispôs a comida no aparador. Afastou a ideia de atirar a comida e tudo o mais em que pudesse alcançar na cara presunçosa de Everett — o café escaldante, a polenta grossa e grudenta. Ela respirou fundo, relaxou os ombros e prestou atenção naquilo que poderia ser dito assim que Mumsfield botasse para fora o que tinha acabado de ouvir no rádio da cozinha. Mas ele ficou em silêncio. Blanche olhou por cima do ombro. Ele havia se atracado com uma toranja com a mesma obstinação com que se dedicava a todas as outras tarefas. Uma hora para prantear e outra para tomar café da manhã, pensou, e reconheceu a naturalidade do mundo de Mumsfield, no qual o luto não influenciava o apetite. O corpo não deixava de precisar de nutrição porque o coração estava partido; os vivos tinham que viver. Era uma filosofia que Blanche tinha certeza de que Nate teria apreciado. Ela se preparou para o contato mais próximo com Everett.

Ela tirou os pratos de frutas da mesa, então serviu os ovos, o bacon, os bolinhos de batata e a polenta.

Grace dispensou a comida com um aceno sem desviar os olhos de Everett. Seu rosto estava pálido, os olhos vermelhos e arregalados. Ela é como uma TV que só pega um canal, pensou Blanche. Perguntou-se o que aconteceria com Grace se a estação ficasse muda ou, como agora, simplesmente se recusasse a transmitir em sua frequência.

Everett continuou a agir como se nada nem ninguém existisse além do seu jornal, assim como havia feito na manhã seguinte ao assassinato do xerife. Blanche se manteve em alerta total ao se aproximar, mas não estava preparada para a súbita onda de repugnância que fez a pele dela gelar quando suas mãos acidentalmente se tocaram. Everett serviu-se de ovos e bacon, que logo ignorou. Mumsfield, como de costume, serviu-se de uma porção considerável de cada prato.

Quando ela se inclinou sobre Everett para encher a xícara de café dele, um leve tremor farfalhou o jornal. Ele o pousou na mesa depressa e ergueu os olhos para Blanche, como se para ver se ela tinha notado. Ele é como um refém ou um homem se afogando, pensou Blanche no momento em que seus olhares se encontraram. Ele alisou o cabelo impecável em um gesto que ela entendeu como sendo a versão dele de retorcer as mãos. Ela sorriu diante do desconforto. Aliviava a dor de servi-lo. Porém, o rosto dela enrubesceu de vergonha. Havia dito a si mesma que não tinha escolha além de agir como já vinha agindo. Blanche aceitou aquela verdade, mas de algum modo não era o bastante para impedi-la de se sentir traindo a si própria e a Nate, de algum modo. Vou acabar com ele, ela disse a Nate enquanto voltava à cozinha. De um jeito ou de outro, vou fazê-lo pagar. Eu juro.

Ela esperava que Mumsfield voltasse à cozinha quando terminasse o café, mas foi Grace quem cruzou a porta. Ela ficou de pé perto da mesa, retorcendo as mãos bem devagar.

"Meu marido e eu vamos almoçar fora", disse rapidamente, como se esperasse ser interrompida ou que a mandassem se calar. "Minha tia teve uma noite agitada e está de péssimo humor. Então, se preparar uma garrafa térmica de sopa e talvez alguns sanduíches para o almoço dela, eu levo lá para cima quando subir com a bandeja do café. Assim, não vai precisar incomodá-la enquanto estivermos fora."

"Sim, senhora." Blanche esperou ela sair. Grace piscou algumas vezes.

"Você ouviu a notícia no rádio, não ouviu?", perguntou Grace.

"Senhora?"

"Sobre Nate, sobre o incêndio... Eu queria vir lhe contar antes do café da manhã, assim que fiquei sabendo, mas meu marido disse que..."

Blanche não entendeu por que quis mentir para Grace, mas decidiu seguir seu instinto.

"O que tem o Nate, senhora?"

"Ele morreu."

"Meu Deus!" Ela ergueu seu avental para o rosto, como havia visto Butterfly McQueen fazer em *...E o Vento Levou*. Se o assunto fosse qualquer outro que não a morte de Nate, ela teria tido dificuldades em manter a expressão séria. Era o tipo de cena que dava a ela um prazer particular. Mas agora ela só queria parecer simplória, e de forma convincente. Esfregou os olhos para deixá-los úmidos e vermelhos, então ergueu a cabeça para fitar a ajudante de seu inimigo. "O que houve com ele, senhora?" Seu rosto parecia duro e penetrante, como se ela tivesse limpado toda a delicadeza com o avental.

"Houve um incêndio na noite passada, na casa dele. Ele devia estar dormindo." As mãos de Grace continuavam a lutar uma contra a outra.

Blanche cruzou os braços sobre o peito.

"É uma pena mesmo." Ela balançou a cabeça de um lado para o outro. "Ele parecia um bom velho... A esposa dele...?"

"Ah, não", interrompeu Grace. "Ele não tinha esposa nem nenhum outro parente. Estava sozinho quando... quando a casa pegou fogo."

Sim, é claro, pensou Blanche, a casa pegou fogo. Ninguém pôs fogo nela. Ninguém nocauteou Nate nem jogou um cigarro aceso nos jornais velhos e o assou vivo. A casa pegou fogo.

Grace continuou falando:

"Talvez ele tivesse um sono muito pesado. Talvez o teto tenha caído antes que ele pudesse chegar à porta."

Blanche baixou a cabeça e repuxou o avental até que toda a rigidez tivesse se esvaído de seu rosto. Ela piscou para afastar as lágrimas escaldantes.

"Uma pena", continuou Grace. "Mas, é claro, você não o conhecia de verdade, não é?"

Blanche não se deu o trabalho de dizer a Grace que estava conhecendo Nate melhor e mais verdadeiramente em vinte e quatro horas do que qualquer vaca branca e rica pudesse ter conhecido em toda uma vida.

"Ele trabalhava pra vocês há muito tempo?", perguntou em vez disso.

Grace arregalou os olhos.

"Ora, ele estava aqui desde que eu era criança." Havia uma nota de melancolia em sua voz.

"A senhora vinha aqui quando era menina?" Blanche fez a pergunta como se houvesse algo profundamente fascinante nessa fração específica da história de Grace. Na verdade, tinha sido sua necessidade de mudar de assunto que instigara a pergunta. Ela não sabia quanto de indiferença pela morte de Nate seria capaz de aguentar. Melhor deixá-la atiçada no assunto favorito de todo mundo.

Grace escorregou para uma cadeira e cruzou os braços sobre a mesa.

"Eu tinha só 5 anos naquele primeiro verão. Lembro que estava usando uma..." Os olhos de Grace se encheram de recordações. Um sorriso agridoce curvou seus lábios finos enquanto ela falava dos vestidos de poá sem manga e do sorvete caseiro. Não havia menção a Nate na descrição de Grace de sua percepção de menina sobre a casa e seus habitantes. Ele também foi esquecido em seu conto dos verões de sua infância, que passou fazendo traquinagens pelas assombrosas matas em volta da casa. A história da KKK que Nate contou obviamente não havia sido um marco na vida de sua salvadora.

Enquanto Grace divagava sobre a infância, Blanche lutava para manter seu temperamento sob controle. Ela pensou que era improvável que Grace soubesse das particularidades das mortes de Nate e do xerife, principalmente porque não conseguia imaginar Everett contando isso à esposa.

"... foi no terceiro verão que conheci Everett. Ele..."

Blanche reagiu ao nome de Everett.

"É como se tivesse escrito desde quando eram crianças que a senhora ia se casar com ele, não é?" Blanche usou seu tom de voz e sua expressão facial para dizer quanto ela achava aquela ideia romântica.

"Ah, sim!" Grace pescou a ideia como um gato faminto sobre um pedaço de fígado, como Blanche previra. Blanche entendia o alívio que era achar uma lembrança agradável e terna para distrair a mente do aluguel vencido, do amor perdido, do filho doente, do marido assassino. Quando Grace por fim parou para tomar fôlego, Blanche ajustou o rumo da conversa.

"Deve ser maravilhoso estar com o mesmo homem desde a infância."

"Ah, sim...! Quero dizer... nós não estivemos juntos esse tempo todo, exatamente... ele..."

Blanche deu um risinho.

"Ah, eu sei como é com homem! Ele vê alguém diferente, mais jovem, mais bonita ou...", Blanche deixou espaço para Grace acrescentar mentalmente "mais rica" e depois prosseguiu: "E lá vai ele, igual a um cachorrinho atrás de um coelho. Daí ele volta, com o rabo entre as pernas, pedindo comida."

Grace passou tanto tempo sem responder que Blanche achou que tinha cometido um erro ao usar um estímulo tão chulo e óbvio.

"Se ao menos ele confiasse mais em mim, conversasse comigo!" Ela lançou a Blanche um olhar angustiado. Havia mais ternura e sentimento em sua voz do que Blanche tinha ouvido antes. Círculos vermelhos pontilhavam suas bochechas e seu pescoço. "Seja o que for, eu sei que poderia ajudá-lo. Sei que poderia!" Ela ergueu as mãos e abriu os braços e os dedos, como se agarrasse um Everett invisível e o puxasse para seu peito. "Eu poderia tomar providências para que... Nossa família tem contatos!", acrescentou, balançando a cabeça. Então retomou o fôlego e fitou o nada, com um olhar vazio, de perda e dor, como se tivesse sido confrontada por alguma visão horrível.

Ela ficou bem quieta por alguns instantes, depois pareceu desabar sobre si mesma. Os ombros se arquearam, as mãos caíram pesadamente junto ao corpo. Lágrimas se empoçaram em seus olhos e começaram um lento curso até o queixo.

"De que adianta?", murmurou. Grace balançou a cabeça devagar, de um lado para o outro. "De que adianta?" Enfim se levantou, deu meia-volta, tropeçou pela porta vaivém e foi abrindo caminho até a sala de jantar.

Blanche ficou satisfeita. Grace poderia não saber de nada, mas estava claro que suspeitava de algo. Blanche abriu uma lata de canja de galinha e admirou-se diante do tipo de mulher que pensava que poderia consertar tudo para o seu homem, mesmo que não soubesse o que era, assim como podia transformá-lo de cafajeste em um príncipe. Apesar de sua cegueira e seu delírio romântico, Grace não deveria ser descartada. Ela poderia acabar sendo útil.

Enquanto a canja esquentava, Blanche cortou as cascas de quatro fatias de pão. Grace nunca entregaria Everett para a polícia. Mas ela devia saber de algo que poderia ser usado para convencer outras pessoas da culpa dele, seja lá o que fosse. E Blanche estava preparada para dar um belo aperto em Grace para conseguir. Ela fatiou a carne das sobras do frango e amoleceu um pouco de creme de queijo. Teria que encontrar um modo de começar outra conversa com a mulher. Desligou o fogo da canja que fervia levemente, achou uma garrafa térmica na despensa e a encheu.

Blanche tinha a sensação de que toda a coisa com a canja e os sanduíches ia beneficiá-la. Fatiou umas azeitonas e as colocou nos sanduíches, então cobriu o prato com um cloche prateado. Cortou em cubos um pouco de presunto para a omelete de Emmeline, quebrou dois ovos em uma tigela e os temperou enquanto a frigideira esquentava. Sabia que era terrível desperdiçar tanta comida, mas tinha que fazer sua parte. Pôs a omelete com cuidado em um prato aquecido.

"Já está pronto?" Blanche saltou alguns centímetros do chão ao ouvir a voz de Everett. Um leve rangido no outro lado da porta da sala de jantar havia dito a ela que alguém estava a caminho da cozinha, mas esperava que fosse Grace. Everett se encontrava logo depois da porta. "Vim buscar a bandeja. Já está pronta?"

"Quase." Blanche cobriu com água as folhas de chá e pensou em atirar o líquido escaldante no rosto dele.

Everett alisou o cabelo e fez uma pequena careta ao olhar pela janela. Blanche pôs a bandeja na mesa. Ela não confiava em si mesma para entregá-la.

"Ela não está bem, sabe", disse ele, sem se mover para pegar a bandeja. "Não... não fisicamente doente. Só... às vezes, ela imagina... Ela está passando por uma tensão muito grande. Espero que não tenha... sabe o que eu quero dizer?", perguntou quando Blanche não lhe respondeu.

"Ela está velha", disse Blanche.

"Não. Quis dizer minha esposa."

Pela primeira vez desde que ele havia entrado na cozinha, Blanche olhou diretamente no rosto dele.

"Apenas achei que você deveria saber", Everett falou após uma longa pausa. "Caso ela venha a dizer alguma coisa..."

Caso ela venha a dizer alguma coisa sobre você ser um psicopata, pensou Blanche. E armar todo esse número batido da mulher louca! Ela queria ter ganhado alguns centavos cada vez que um homem tinha lhe dito que era maluca bem no momento em que ela deixava claro para eles que passara a vê-los como realmente eram.

O silêncio entre eles começou a incomodar.

"Vou levar isso, então." Everett apanhou a bandeja da mesa e rapidamente voltou pela porta da sala de jantar.

Assim que ele foi embora, Blanche se deu conta de que não havia tido medo. Ficara cautelosa, sim, e pronta para gritar e correr, mas não amedrontada. Provavelmente porque não fazia sentido os dois se sentirem daquela maneira, pensou. Tinha certeza de que era temor o que ela sentira emanando dele, como a névoa em um lago congelado. Não dela, mas de algo, de alguém. Talvez ele de fato achasse que Grace estava a ponto de desmoronar. Blanche ficou satisfeita. Se ele estava com medo, estava também muito mais perto de fazer algo idiota, talvez algo que mesmo o dinheiro e a influência não poderiam esconder — embora fosse um custo para ela imaginar o que poderia ser. Porém, se ele tivesse tido a atitude arrogante de costume, nunca teria feito o discursinho sobre Grace. Blanche cantarolou enquanto lavava a louça do café.

Quando Mumsfield foi até a cozinha, não era em Nate que ela estava pensando, pelo menos não na primeira vez.

"Blanche! O carro tá amassado. No para-choque!" Ele apontou em direção à entrada de carros. Ele disse "amassado" como se fosse sinônimo de "destruído". "Quando foi isso, Blanche? Quando?" Ele começou a zanzar pela cozinha.

"Calma!" Blanche bloqueou seu caminho. "Nada de esbravejar e correr aqui dentro! Sente e me conte."

"Um amassão!", exclamou ele outra vez quando se sentou, e no mesmo tom de voz incrédulo.

"Imagino que você não tenha batido em nada."

"Nunca, Blanche! Nunca!"

"Há quanto tempo acha que isso está assim, Mumsfield, meu bem?"

"Desde hoje! De manhã! Não tinha amassão ontem, Blanche." As sobrancelhas dele formaram uma linha reta sobre seus olhos.

"Então quem mais poderia ter feito isso?", perguntou com uma voz neutra.

A boca de Mumsfield formou um círculo perfeito. Blanche forneceu mentalmente o "Oh" que o acompanhava e se perguntou o que o havia causado. Mumsfield com certeza não estava pensando, como ela, que Everett havia usado o carro para matar Nate. Suas palavras seguintes deixaram claro o que se passava em sua mente.

"O Primo Everett bateu o próprio carro", declarou Mumsfield, com o cenho bem franzido. Blanche pensou ter ouvido um timbre da entonação de Nate quando Mumsfield se referiu a Everett.

"Você não gosta dele."

Mumsfield corou, baixou os olhos e começou a remexer os dedos.

"Você não precisa gostar dele, sabe." Ela ficou tentada a dizer que ela mesma odiava o homem.

"Mas ele é meu primo, Blanche. A Tia Em diz..."

"Assim como você não precisa gostar de todos os seus parentes, você também não precisa concordar com tudo que uma pessoa diz só porque a ama."

"Ele também ri de mim, Blanche."

Foi a vez de Blanche formar um "Oh" sem som e desviar os olhos do divertimento agridoce nos dele. Não tem nenhum bobo por aqui, só um monte de jeitos diferentes de se chegar ao mesmo lugar, pensou.

Blanche estava colocando toalhas na máquina de lavar quando Grace devolveu a bandeja do café de Emmeline. A maioria da comida tinha sumido. Pela descarga, pensou Blanche. Grace disse que ela e Everett estavam saindo, que Mumsfield estava em algum lugar pela casa e lembrou Blanche de não incomodar a "pobre Tia Emmeline".

Blanche foi até uma janela frontal, de onde viu a limusine deslizar passagem abaixo. Sentia que Mumsfield estava na cozinha à sua espera. Ele andava de um lado para o outro pelo cômodo, quase saltitando. Seus olhos brilhavam.

"Mumsfield vai pegar uma coisa especial pra gente, Blanche. Uma coisa que a gente precisa!"

"E o que seria?"

Mumsfield sorriu.

"Você vai ver, Blanche, você vai ver!"

"Bom, você vai me contar quando estiver pronto, creio eu."

"Eu te mostro, Blanche. Vou pegar agora mesmo, agora mesmo!" A porta dos fundos se fechou com uma pancada.

Blanche mal deu atenção a ele. Sua concentração já estava no andar de cima.

O closet do quarto de hóspedes, quando ela o abriu, estava vazio como esperava. Agora estava em frente à porta do quarto de Emmeline, tentando decidir o que fazer. E se ela tivesse se enganado e a velha estivesse lá dentro? A velha senhora sem dúvida reclamaria com Grace por Blanche bater na porta. Ela agarrou a maçaneta de porcelana fria, com estampa de rosas, e girou-a lenta e firmemente o máximo que podia para um lado, e então tudo para o outro. Trancada. Ela hesitou mais alguns instantes antes de a Garota Noturna resgatá-la.

"Com licença, senhora." Bateu com suavidade na porta. "Sei que a senhora não quer ser incomodada, mas estava sentindo cheiro de madeira queimada aqui no corredor e fiquei pensando se... Senhora? Senhora?" Blanche bateu mais forte, mas não teve resposta e também não esperava nenhuma.

Ela tinha razão. A velha mocinha tinha fugido, e Everett e Grace foram procurar por ela. Só podia ser isso. Everett não queria a polícia bisbilhotando por aquelas bandas por qualquer razão que fosse. E nenhum deles queria que alguém encontrasse Emmeline bêbada em alguma espelunca de beira de estrada.

Blanche estava de volta à cozinha quando o telefone tocou.

"Sou eu, menina. Não finja que não sabe quem é." A voz de Emmeline estava bem enrolada. Blanche levou alguns segundos até identificar quem era. Segurou o fone no ouvido e esperou. "Agora escute com atenção. Quero que dê um recado a Everett. Diga a ele que eu escrevi uma carta. Está tudo nela. Tudo. Eu a enviei para Archibald. Disse a ele para abri-la caso não tivesse notícias minhas até sexta. Diga isso a ele!"

Blanche desligou o telefone e pôs água na chaleira. Quando a água estava quente, fez um bule de chá e se acomodou na mesa da cozinha para pensar. Como Emmeline poderia ter descoberto o que Everett havia feito? As janelas do quarto dela davam para a frente da casa. Teria ela visto Everett deixando a casa na noite da morte do xerife também? Blanche espremeu algumas gotas de limão no chá. Fosse lá o que Emmeline sabia, ela não tinha motivos para fugir. Poderia simplesmente ter ligado para Archibald e contado a ele, ou pedido que fosse visitá-la ali, se estivesse com medo. Havia um telefone no quarto dela. Será que ela estava tão abalada mentalmente a ponto de fingir que tinha escrito uma carta para obrigar Everett a garantir que ela tivesse alguns dias de bebedeira ininterrupta? Era um jogo perigoso de se fazer. Mesmo que houvesse uma carta, fazer com que fosse lida não significava que Everett iria para a cadeia.

Blanche se lembrou de quando o menino dos Holder esfaqueou o filho de 15 anos de um meeiro na fazenda de seu avô. A conclusão da polícia foi de legítima defesa. O advogado da família — o homem para quem Blanche trabalhava, na época — colocou o garoto em uma confortável clínica psiquiátrica por seis meses, até o caso esfriar. Daí a mãe do garoto o levou para esquiar na Suíça e viajar pela Europa por um ano. Os jornais davam a entender que o filho do meeiro havia feito avanços inapropriados sobre o menino dos Holder. Todo mundo que trabalhava nas cozinhas da cidade sabia que era mais provável que tivesse sido o contrário.

Blanche bebericou o chá, que estava esfriando, e se perguntou se Everett pensava que seu discursinho a havia convencido de que Grace poderia inventar histórias sobre ele, ou se ele tinha evidências da insanidade da esposa reservadas. Talvez Blanche não fosse a única que precisasse se preocupar em ser incriminada. Ela puxou a calcinha para uma relação mais confortável com sua virilha e levou a xícara e o bule para a pia. Nenhum dos pensamentos a liberavam de suas outras tarefas. Então reuniu seus utensílios.

Já que era quarta-feira, subiu as escadas até o armário de roupas de cama e enumerou lençóis limpos antes de ir para o quarto de Everett.

A ordem que havia imposto no quarto dele no dia anterior tinha sido soterrada por uma nova camada de meias usadas, shorts, camisetas, toalhas úmidas e sapatos jogados pelo quarto.

O que estou procurando?, perguntou a si mesma enquanto revirava o conteúdo já bagunçado das gavetas da escrivaninha de Everett. Blanche pensou em revistar o quarto em busca de algo nitidamente fora do lugar, mas pouca coisa ali parecia ter um lugar definido. A cadeira que ficava perto da janela da última vez em que ela esteve no quarto agora estava ao pé da cama, em frente ao baú de cobertores.

Blanche se sentou na cadeira, inclinou-se para a frente e correu os dedos pela reentrância entalhada na beira da tampa do baú. Não sabia o que esperava encontrar dentro dele, mas o que encontrou, sob um cobertor e um travesseiro, foi um par de algemas. Ela tentou imaginar Everett algemado à cabeceira da cama enquanto Grace lhe dava uns belos tapas, ou vice-versa. Não funcionava de nenhum dos jeitos. Ela manuseou a peça, como se esperasse que o metal azul acinzentado lhe dissesse se elas tinham ou não pertencido ao xerife — ou se tinham sido usadas no assassinato de Nate. Suas mãos esfriaram de repente, mesmo usando luvas de borracha. Ela se apressou em guardar as algemas outra vez. Não vai demorar muito, disse a si mesma. Não muito. Saiu depressa do quarto de Everett e fechou a porta com firmeza atrás de si.

Antes de trocar os lençóis da cama de Grace, ela folheou a caderneta de endereços da patroa até encontrar o número de Archibald. Usou uma folha dos papéis de carta timbrados de Grace para anotar os números do escritório e da casa dele. Blanche tomou o cuidado de recolocar a caneta no mesmo lugar onde a tinha encontrado, juntou os lençóis e os levou para a área de serviço. Talvez o melhor a fazer fosse esquecer aquela ligação e torcer para Archibald não ter notícias de Emmeline na sexta. Mas e se a carta fosse uma farsa?

Mumsfield irrompeu pela porta dos fundos, com o rosto comprimido em um sorriso.

"Aqui está, Blanche. Pra você." Ele pôs cuidadosamente na mesa da cozinha uma pedra verde-petróleo, suja de terra avermelhada. "Pronto!" Blanche tinha certeza de que conseguia sentir o calor do sorriso dele. "Agora a gente tem ele pra sempre, Blanche."

Blanche olhou para a pedra por alguns instantes, então virou para Mumsfield. Estava claro, pela atitude dele, que a pedra era importante. A alegria dele a fez perceber que ele estava bastante satisfeito consigo mesmo por tê-la pegado e dado a ela. Alertou a si mesma para seguir pisando em ovos.

"Me conte sobre pedras."

Mumsfield pareceu crescer alguns centímetros enquanto ela o observava.

"Claro, Blanche. Eu conto pra você sobre pedras. Eu entendo de pedras. Pedras têm partes profundas, Blanche. Nate me contou." Ele olhava para a pedra na mesa enquanto falava. "Pedras contêm coisas. Lá no fundo. Para sempre. Pedras se lembram. Pedras da casa de Nate têm o Nate dentro delas." Ele segurou a pedra nas mãos e a estendeu para Blanche.

"Está sentindo o Nate rindo, Blanche?", perguntou Mumsfield depois que ela pegou a pedra. "Está ouvindo ele, Blanche?" Mumsfield se inclinou, deu um tapa em seu joelho e balançou a cabeça de um lado para o outro, em uma imitação sem som de Nate dando uma boa risada. Senhor! Que maravilha é esse menino, pensou. Ela piscou para afastar as lágrimas e o agradeceu por trazer Nate de volta à vida. Fez um tapetinho para a pedra com uma toalha de papel dobrada e colocou-a no batente da janela.

"Pra ele poder ver a horta crescer", explicou a Mumsfield.

Eles ficaram de frente a janela por alguns minutos, olhando para a pedra e para a horta mais adiante. Mais cedo, Blanche havia se perguntado sobre o funeral de Nate, e se ela poderia comparecer. Agora já não se importava mais com o ritual.

Mumsfield encerrou o memorial deles com uma pergunta sobre a possibilidade de almoçarem mais cedo. Blanche fritou meio quilo de bacon e fez para ele quatro dos maiores sanduíches de bacon, alface e tomate do mundo. Mumsfield os devorava com três copos de leite quando o entregador bateu de leve na porta dos fundos. Mumsfield foi até o andar de cima para colocar seu suspensório vermelho e saiu para trabalhar em alguma caminhonete em alguma oficina perto de alguma estrada.

Blanche lavou a louça e começou a varrer o chão. Em vez de poeira e migalhas, cada varrida que dava parecia agitar o frio que havia se assentado na casa, apesar do dia ameno. Não era um frescor bem-vindo, que providenciava abrigo do calor, mas a frigidez da desolação que fazia o dia ensolarado parecer desbotado, avançando pouco a pouco em direção ao cinza. Ela escorou a vassoura na geladeira e ligou para as crianças. Antes, falou com sua mãe.

"Eu falei com a Dona Minnie hoje mesmo, de manhã", disse a mãe de Blanche. "Ela me contou que aquele procurador ministro é parente dessa gente com quem você tá."

"Procurador o quê, Mama?"

"Você sabe de quem tô falando, menina! O que está investigando o xerife."

"O procurador-geral do estado?"

"Isso, ele mesmo." O tom dela parabenizava Blanche por finalmente ter entendido.

"Ele é parente dessa gente?"

"Blanche, para de ficar repetindo tudo que eu digo, parece um papagaio ensinado! E nem venha me fazer um monte de perguntas sobre ele, porque ele não quis mais assunto com eles desde que sua filha única se afogou na lagoa daí."

Blanche se perguntou se não falar com eles incluía não receber o dinheiro deles. Claro, o procurador-geral poderia não ser a pessoa que o xerife pretendia subornar. Se fosse, ele poderia não saber ou não se importar de onde o xerife estava conseguindo o dinheiro.

"Mama, pergunte a Dona Minnie se o procurador-geral está precisando de dinheiro rápido."

"Claro que sim! Você sabe que o negócio de gente branca que tem dinheiro é arrumar mais dinheiro."

"Bom, peça pra ela descobrir se essa necessidade dele anda maior que de costume e, se estiver, por quê."

"Eu vou ficar muito feliz mesmo quando você sair da casa desse povo!"

Blanche lembrou sua mãe do cheque de restituição do imposto de renda que era a chave para sua escapatória. Mas ela não mencionou a outra razão para ainda não estar pronta para partir.

"Uma pena, esse homem daí. Deve ser terrível ser queimado assim."

Blanche concordou, mas não se aprofundou. Ficou grata quando percebeu que a mãe não queria se demorar no assunto.

Demorou alguns minutos depois de as crianças pegarem o telefone até que Blanche sentisse a calidez que estava procurando quando ligou. Para se proteger, teve que esconder seu lado que se conectava a eles, esperando pela hora em que poderia ser ela mesma plenamente, outra vez. Agora estava se sentindo uma prisioneira com permissão para um momento com a família. Tinha que se esticar para poder alcançar o outro lado do abismo, para de fato estar com eles. Ela se lamentou com Taifa por ter perdido o primeiro lugar na corrida do parquinho. Quando Malik veio ao telefone, ela ouviu solidariamente e concordou — sem tirar a autoridade da sua mãe nem tolerar seu uso ocasional de força bruta — que sua avó não entendia os meninos tão bem quanto entendia as meninas.

Quando desligou, os arrepios tinham sumido, e embora a casa não tivesse ficado um pouco mais receptiva, o frio não chegava até sua medula. Ela ligou para Ardell.

"Sou eu, Ardell. Como você tá, mulher?" Blanche acomodou-se em uma cadeira da cozinha.

"Eu soube do Nate. Que coisa mais triste", comentou Ardell.

Algumas horas antes, uma observação como essa teria lançado Blanche em uma ardente tempestade de ódio e lágrimas. Agora ela calmamente contou a Ardell o que achava que havia acontecido de verdade.

"Eu mesma queria ver esse puto a sete palmos debaixo do chão", disse Ardell. "Mas, mulher, ele não é nenhum frouxo. Tá me parecendo que esse menino é tão louco quanto se pode ser sem espumar pela boca!"

Blanche havia esperado que Ardell ficasse preocupada com sua determinação em apanhar Everett.

"Você sabe como fica quando tá muito braba, amiga. Vê se não fala nada que vai te criar mais encrenca do que pode aguentar."

Blanche riu.

"Essas aulas de diplomacia que você anda fazendo tão dando resultado!"

"Bom, a gente faz o que tem que fazer quando se está lidando com um cacto espinhento, Blanche."

"Tá certo. Mas você sabe que não posso ignorar tudo isso."

E, é claro, ela sabia. Mas também sabia que era mais provável a polícia prender Blanche do que interrogar Everett. Enquanto conversavam, Blanche se mantinha atenta ao som da limusine e esperava pelo formigamento em seu couro cabeludo que a avisava de que havia alguém por perto.

"Você acha que a carta existe mesmo?", perguntou Ardell quando Blanche contou da ameaça. "Talvez seja só invenção pra que deixem ela farrear até sexta-feira."

"Mas ela deve saber de algo perigoso ou a ameaça não significaria nada, né? Talvez eu deva contar a Grace. Isso pode impedir que Everett mate Emmeline." Ela não queria o sangue de ninguém além do de Everett em sua consciência.

"A Dona Minnie diz que provavelmente estão os dois metidos nisso. Sabe o Samuel, irmão de Coreen? Bom, ele tem um velho colega de albergue que mora em Atlanta. A vizinha de porta desse colega estava trabalhando pro pessoal da Grace quando a esposa do Everett morreu. Ela disse que a Grace contou à polícia que estava com ele a noite toda, desde o fim da tarde. Mas não estava. Essa mulher que estava trabalhando na casa diz que bem na hora em que fechava a porta para a escada dos empregados, prestes a subir pro quarto dela, por volta das 22h, ela viu a Grace sair do quarto. Disse que a mulher estava muito pálida, mas não histérica nem chorando, nem nada assim. E desceu a escada na carreira, como se quisesse sair escondida. É claro que nenhuma autoridade nunca perguntou a ela o que tinha visto, então ela nunca contou a nenhuma autoridade."

"Ou seja, Grace mentiu. Ele não tinha mesmo um álibi."

"Ah, e não para por aí, não. O seu homem, Everett, foi visto por mais alguém além de você e Nate na noite em que o xerife morreu. A Dona Minnie anda assuntando na encolha seu interesse nesse pessoal. Recebi uma ligação de Bennie Jackson, que é motorista de táxi. Ele disse que pegou Everett na casa da família em Farleigh e levou ele até o hotel Pouso Distante, lá na Rota Nove."

Blanche não precisava perguntar o motivo da visita de Everett. O Pouso Distante era um ponto de encontro das prostitutas locais. Homens brancos que buscavam apenas hospedagem eram mandados para o hotel Bom Sono, no fim da estrada e de propriedade do mesmo bando de empresários. Claro que, quando era procurado por homens negros e aqueles com sotaques estrangeiros, diziam que os dois estabelecimentos estavam lotados. Muitos dos clientes do Pouso Distante preferiam entrar e sair de táxi do hotel, principalmente se tivessem carros fáceis de se reconhecer. O estacionamento do lugar ficava bem de frente para a rodovia.

"A que horas Bennie deixou o cara lá?"

"Depois da meia-noite. O jornal disse que o xerife morreu por volta de três da manhã, tempo suficiente pra Everett transar, sair e matar o xerife. Eu pedi pro Bennie perguntar por aí e ver se conseguia descobrir quem levou esse otário de volta pra casa."

ONZE

Blanche estava varrendo o alpendre da frente quando Grace e Everett voltaram. Everett foi o primeiro a sair do carro. A tensão em seus olhos havia aumentado. Ele entrou depressa na casa, a passos largos. Grace caminhou devagar até o alpendre. Tinha aquela aparência exaurida e acabada que as mulheres costumam ter depois de passar uma manhã com uma criança rabugenta. Parecia meio atordoada.

"Blanche, por favor, queremos almoçar, no fim das contas. Algo rápido, por favor."

Blanche seguiu Grace até o interior da casa. Na cozinha, reuniu alguns ingredientes para uma omelete de cogumelos e uma salada verde. Não parecia que tinham encontrado Emmeline. Isso sem dúvida era suficiente para deixar seus nervos à flor da pele. Ela pôs só uma pitada de sal a mais na omelete e deixou o molho da salada um pouco ácido. Sabia que uma refeição mal temperada podia ser a irritação que faltava para aflorar os nervos de uma pessoa, levando-a a dizer ou fazer algo precipitado.

Apesar do exagero de sal e vinagre, tanto Grace quanto Everett pareciam ter passado de um extremo para o outro do apetite. Como nenhum dos dois fez mais do que bebericar o café e esfarelar torradas de manhã, comeram como se esperassem que suas refeições fossem ser cortadas. Terminaram depressa a sopa fria de pepino, e foi bom ela ter feito uma omelete de seis ovos. Comeram rápida e silenciosamente. Mas, apesar de toda a atenção que deram à comida, eles bem que poderiam não estar comendo nada. O clima era de discussão. Quando Blanche foi à sala de estar avisar que o almoço estava pronto, Everett falava em um tom baixo e urgente, como se tentasse convencer Grace a fazer algo que ela não queria. Blanche havia se demorado fora do cômodo antes de entrar, esperando escutar o que ele estava dizendo, mas tudo que conseguiu captar foram os sibilos e estalos de faíscas lampejando pelo ar e as tentativas da mulher de refreá-las. Eles pararam de falar no momento em que Blanche entrou. Everett estava de pé no meio da sala, com as mãos nos bolsos e um olhar cortante feito as facas de um açougueiro. Grace havia se afundado totalmente na poltrona, como se tivesse sido imobilizada por um vento tempestuoso.

Blanche movia os pratos e os talheres sem um só tilintar, caminhando pela sala a passos leves, chamando o mínimo de atenção possível para si. Esperava que a necessidade de continuar a briga sobrepujasse a discrição deles.

"É só isso, Blanche. Obrigado."

"Sim, senhor." Blanche escapuliu para a cozinha pela porta vaivém. O ribombar das vozes começou antes que a porta se fechasse por completo. Ela decidiu não escutar da despensa. Havia uma vigilância em Everett que a deixou cautelosa. Limpou o balcão e fez um sanduíche para comer. Mais tarde, um clique suave no outro lado da porta da sala de jantar fez com que ela se virasse, ansiosa. Everett parecia uma pessoa com um caso grave de azia.

"O que você queria quando bateu na porta da minha tia enquanto eu estava fora?"

"Perdão, senhor?" A confusão de Blanche era fingimento apenas pela metade. Ela tentou rememorar o que havia feito à porta de Emmeline. Não conseguia tirar os olhos dele, mesmo que fosse a última pessoa que gostaria de ver.

"Por que você bateu na porta da minha tia? O que você queria?" A voz dele era tão fria e hostil quanto o olhar.

"Não bati, eu não bati na porta. Posso ter esbarrado nela enquanto passava o aspirador no corredor, mas não tinha razão para bater. Não, senhor." Manteve a voz firme e estável. Manteve-se o mais imóvel possível, pronta para a próxima pergunta ou ação.

Ela podia sentir os olhos dele em seu rosto. Everett ergueu as mãos e passou-as pelos cabelos algumas vezes, então deixou o braço cair.

"Talvez ela estivesse sonhando", disse ele, finalmente.

"Sim, senhor."

Blanche sorriu para si mesma e murmurou sua não canção depois que ele foi embora. Era uma boa sensação vencer uma rodada contra Everett e ter a confirmação de que o quarto de Emmeline estava vazio. Mas que canalha dissimulado! Contudo, ele havia criado uma brecha para ela. Estava preparada para Grace quando ela apareceu, mais tarde.

"Seu marido está bem, senhora?" Blanche exigiu saber antes mesmo de Grace terminar de passar pela porta.

Grace quase derrubou a pesada bandeja.

"Como assim? Por que a pergunta? O que houve?"

Blanche apanhou a bandeja das mãos de Grace e saracoteou até a pia em uma falsa indignação. Pôs a bandeja nela com força suficiente para os pratos retinirem, então se virou, com a mão no quadril, para Grace.

"Ele entrou aqui me acusando de bater na porta da sua tia. Como se eu fosse fazer uma coisa dessas depois de a senhora me pedir pra não incomodar! Eu disse que não tinha batido, mas ele agiu como se não acreditasse em mim. Não gosto de ser tratada como se faltasse com a verdade! Não tenho motivo pra mentir. E ele também não tava normal. Tava agindo... estranho." Ela fez a última palavra soar como insanidade incipiente. "Bem estranho", acrescentou.

Grace se aproximou de um jeito que parecia que ia explodir a qualquer momento, mas, em vez disso, lágrimas afloraram em seus olhos.

"Eu não sei o que fazer! Simplesmente não sei!"

Blanche trincou os dentes e se forçou a se aproximar de Grace e dar tapinhas gentis em seu ombro.

"Calma, calma, a senhora só sente bem aqui." Ela acomodou Grace em uma cadeira, então saiu do lado dela para pegar um copo de água gelada, no qual fez flutuar uma rodela de limão. "Se a senhora continuar assim", disse a Grace enquanto lhe entregava a água, "vai acabar adoecendo." Ela buscou os lenços de papel no balcão e entregou-os a Grace. "Qualquer um vê que a senhora é uma mulher gentil e sensível. Mas tá com um peso muito grande nos ombros."

A demonstração de gentileza de Blanche trouxe uma nova carga de lágrimas. Blanche retomou a posição dos tapinhas nos ombros.

"É essa sua tia, não é?"

Blanche prendeu o fôlego. Esperava que fosse mais fácil fazer Grace falar de sua tia do que de seu marido.

Grace balançou a cabeça em confirmação.

"Ela foi embora."

Blanche recuou, com um olhar que ela esperava que fosse de surpresa e angústia.

"Embora? Como assim... Ela faleceu?"

"Não, ah, não! Ela fugiu de novo!"

"Como assim de novo, senhora? Fugiu pra onde?"

"Não é a primeira vez. Ela... É a bebida. Ela vai... Ela bebe com qualquer um que..." Mais soluços, até Grace dar um grande suspiro trêmulo e erguer a cabeça. "Por favor! Não deixe ele saber que eu contei. Ele disse que seria melhor não contar... e esconder de Mumsfield também." Seus olhos reluziam por trás das lágrimas.

"Tudo bem, senhora. Eu sei como é, mas a mim parece que ele não..." Blanche parou e deu a Grace um olhar perscrutador, como se estivesse medindo se era seguro continuar.

"O que quer dizer? O que tem meu marido?"

"Bom, senhora, é que não me parece que ele seja de grande ajuda pra senhora, pra cuidar de sua tia e da casa e tudo o mais..."

Grace assoou o nariz e enxugou os olhos discretamente.

"Por favor, eu não quero... Não posso discutir com meu marido... Ele..."

"Como a senhora quiser. Mas a mim parece que a senhora precisa é de uma amiga. De alguém pra ajudar com essa confusão."

Como Blanche havia esperado, o comentário arrancou ainda mais lágrimas.

"Ah, Deus, espero que ele não tenha feito nada horrível", lamuriou Grace. "Espero que ele não tenha... machucado ninguém." Ela lançou um olhar de súplica para Blanche.

"Não tenha o quê? Machucado quem?" Blanche estava mais uma vez dando tapinhas nas costas dela.

"Ele é tão... Ele fica com tanta raiva. Depois que o xerife saiu daqui da última vez, Everett estava furioso. Ele disse... disse que ia dar um fim no tormento do xerife. E no dia seguinte..."

Por mais que odiasse fazê-lo, Blanche rapidamente ergueu a mão, pedindo silêncio, o que sobressaltou Grace. Um segundo depois, a porta da sala de jantar se abriu.

"Por que está demorando tanto?"

Grace deu um pulo ao som da voz de Everett.

Blanche se virou para encará-lo, escondendo Grace com seu corpo, dando a ela alguns segundos para se recompor.

"Temos que sair", anunciou ele.

Grace se levantou da cadeira bem devagar e seguiu o marido para fora da cozinha. Mantendo o rosto baixo para esconder as lágrimas, encarou Blanche com desolação antes que a porta se fechasse. Foi só depois que eles saíram da casa que Blanche percebeu que não tinha contado a ela sobre a ligação de Emmeline.

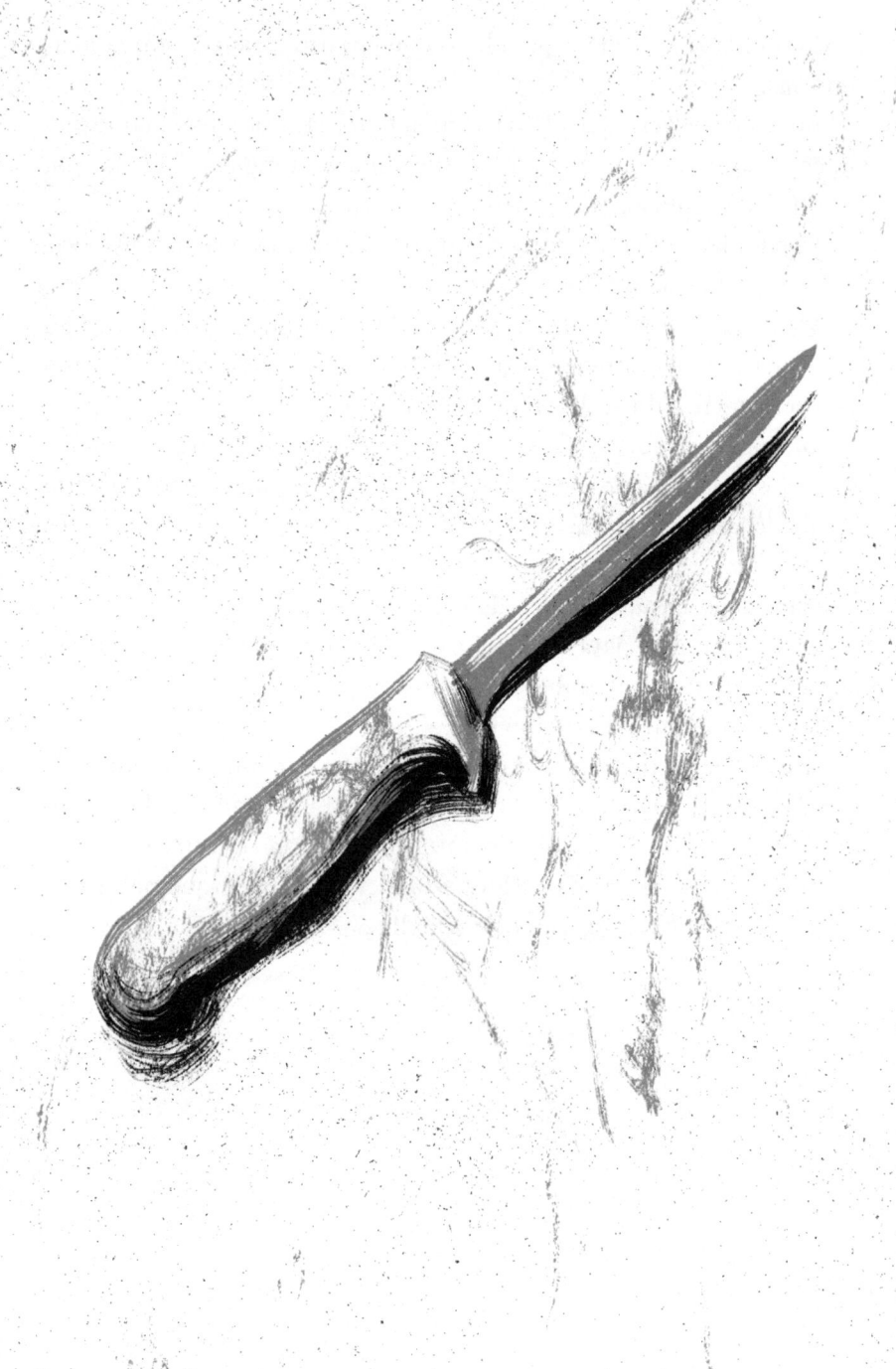

DOZE

Mumsfield estava faminto quando voltou. Ele ficou matraqueando sobre carburadores e outras coisas que cheiravam a graxa enquanto Blanche fatiava presunto e tomates para os sanduíches.

"Seus primos saíram de novo", avisou Blanche.

"Eu sei, Blanche. Eu ouvi eles conversando. Foram achar aquela velha vaca bêbada." A voz dele estava adornada por algo que Blanche achou ser raiva. "Quem é aquela velha vaca bêbada, Blanche?"

"Mumsfield, meu bem, você sabe o que é um alcoólatra?"

"Ah, sim, Blanche. Como o sr. Hoaglin, lá da oficina. Ele sempre tem uma garrafa escrito 'Wild Turkey'[1] no bolso de trás. E, às vezes, ele cheira mal."

Blanche esperou que ele desse outro exemplo, mais próximo, mas apenas olhou para ela com expectativa.

[1]   Uma marca de uísque.

"Você não conhece outra pessoa que às vezes bebe demais?"

Mumsfield ficou em silêncio. Blanche podia vê-lo repassando sua lista de pessoas conhecidas em busca de alguém que tivesse problemas com bebida.

"Não, Blanche", respondeu ele, por fim.

Ela se sentou na cadeira do outro lado da mesa e estendeu as mãos em direção a ele, com as palmas para cima, embora não o tenha tocado.

"Mumsfield, meu bem", começou. "Às vezes, quando pessoas que amamos fazem coisas que não gostamos, nós fingimos que essa coisa que não gostamos não existiu." Ela hesitou outra vez, mas ele não disse nada, ficou apenas olhando para o rosto dela, esperando. "Às vezes", prosseguiu Blanche, tomando um outro rumo, "pessoas que são próximas da gente nos dizem para não acreditar em coisas que sabemos que estão acontecendo. Você entende, Mumsfield, meu bem?"

"Claro, Blanche", respondeu ele sem um instante de hesitação.

"Bom, eu acho que sua Tia Emmeline bebe muito gim de vez em quando, e é por isso que ela não quer vê-lo. E sua Tia Grace diz a você que a Tia Emmeline está doente pra você não descobrir que ela, na verdade, está embriagada."

Mumsfield deu um salto da cadeira.

"Não, Blanche! A Tia Emmeline não bebe demais!" Ele balançava a cabeça de um lado para o outro, não com veemência, mas com certeza, como alguém que vê que o dia está ensolarado enquanto ouve que está chovendo. "Um xerezinho para o sangue, meu menino, é todo o álcool que alguém precisa beber", acrescentou Mumsfield em sua voz de Emmeline.

"É assim que ela soa pra você? Ela soa diferente pra mim", comentou Blanche em tom de desafio.

"Mas ela nunca falou com você, Blanche." Mumsfield deu a ela um sorriso compreensivo.

Blanche sentiu o rosto corar de constrangimento. Apesar da alegação de ter mais respeito por Mumsfield do que a família dele, ela também havia caído na armadilha de não escutar de fato o que ele estava dizendo. Ele havia tentado contar a ela sobre Emmeline várias vezes.

Blanche virou a cabeça e olhou pela janela enquanto encaixava o que Mumsfield havia acabado de lhe dizer no mosaico de informações que já tinha. Deu uma risadinha de si mesma. Então a raposa perdeu na raposice, pensou. Todas aquelas lágrimas! Poderiam realmente ser de mentira? Ou Grace decidira que tinha ido longe demais e queria desistir? Mas por que me dizer qualquer coisa sobre a suposta Emmeline estar fora na bebedeira? Por que confiar essa informação a uma funcionária que não conhece muito bem? A menos, é claro, que a intenção fosse mantê-la na ignorância e do seu lado. De qualquer forma, agora estava óbvio o que o xerife sabia sobre Everett e por que havia sido morto. Mas como ele tinha descoberto? Ela virou a cabeça e olhou para Mumsfield.

"Você contou ao xerife que aquela velha bêbada não era sua Tia Emmeline?"

"Sim, Blanche."

"O que ele disse?"

"Ele disse que o Mumsfield não precisava se preocupar. Ele disse que a Tia Emmeline estava segura e muito bem, e que ele cuidaria de tudo e que tudo estaria esclarecido em alguns dias. Ele disse que Mumsfield não devia..."

"Contar nem à Prima Grace nem ao Primo Everett?"

"Segredo, Blanche. Assunto de polícia." As palavras irromperam de sua boca. Ela podia ver os ombros dele se erguendo com a tensão enquanto as perguntas faziam o rosto dele se franzir e criar vincos na testa.

Aquele canalha podre! Deve ter achado mesmo um barato mangar do menino. Naquela parte do país, as pessoas não se davam o trabalho de fingir que os Estados Unidos eram uma sociedade sem classes. Agora entendia por que Mumsfield havia ficado tão abatido com a morte do xerife. Ele não tinha mais ninguém a quem recorrer. Ele sem dúvida tinha notado que ela não queria falar de Tia Emmeline. E mesmo com a morte do xerife, ele não podia procurar Grace nem Everett.

"Ah, querido, eu sinto muito."

"Mas cadê a Tia Emmeline, Blanche? Mumsfield tá... eu tô tão preocupado com ela..." As lágrimas que ele vinha tentando conter começaram a se derramar por seu rosto.

"Eu não sei onde ela está, Mumsfield." Era apenas uma mentira parcial. Agora que ela sabia sobre a troca, tinha quase certeza de que Emmeline estava morta, provavelmente no porão da casa da cidade. Por que mais trancariam a porta do porão quando Mumsfield havia dito que o freezer e a máquina de lavar ficavam lá embaixo? Blanche sentiu-se nauseada por ter vivido em meio a essa gente. "O que exatamente você ouviu seus primos dizendo?"

O rosto de Mumsfield adquiriu a expressão inflexível que sempre surgia quando ele imitava as pessoas. A voz que agora saía de sua boca era pura Grace, só que era a voz de uma Grace que Blanche nunca tinha visto, uma Grace tão raivosa que suas palavras chiavam.

"Eu disse que ela não valeria o trabalho que ia dar. Mas você insistiu. Agora ela está por aí, cambaleando pelo campo, prestes a..."

A voz de Mumsfield decaiu para um registro mais baixo e se tornou a de Everett.

"Ela não vai longe."

"Não importa até onde ela vai. O que importa é quem ela encontra, com quem ela fala", respondeu Grace.

"Lembre-se, Grace, de que ela não pode nos entregar sem entregar também a si mesma. Ela não vai falar."

"Talvez não enquanto estiver sóbria. Mas quanto tempo você acha que isso vai durar?"

"Está muito tarde para ver isso a fundo. Vamos procurá-la depois do café da manhã", decretou Everett.

Mumsfield fez uma pausa e inspirou profundamente. Quando falou de novo, foi em sua própria voz:

"Ela tá morta, Blanche?"

Blanche olhou bem para ele, sem saber o que esperar.

"Não sei ao certo, Mumsfield, mas temos que descobrir."

"Sim, Blanche." Ele secou os olhos.

Ela tirou do bolso do avental os números dos telefones de Archibald. Tinha sido ele quem aceitara a assinatura da falsa Emmeline. Ele também estava envolvido. Sua única outra escolha era ligar para a polícia, e se colocar voluntariamente nas garras do gabinete do xerife era impensável. Ela foi até o telefone e discou.

Quando a recepcionista terminou de recitar os nomes dos sócios do escritório de Archibald em uma inexpressiva corrente de sons, Blanche pediu para falar com o sr. Symington e foi transferida para uma voz mais precisa. A voz disse a ela que Archibald estaria em uma conferência durante todo o dia.

"Por favor, diga a ele que a Dona Emmeline Carter gostaria de vê-lo em sua casa de campo o mais rápido possível", disse Blanche à mulher no telefone. "E Dona Emmeline pede que ele traga a carta que ela enviou recentemente a ele, por favor."

A voz precisa foi envolvida por uma camada de gelo quando Blanche pediu para que ela repetisse a mensagem, mas seguir ordens era assim mesmo.

A mulher que atendeu o telefone no segundo número, que Blanche presumiu que fosse o número residencial de Archibald, estava mais interessada em saber quem ela era do que em entregar informações sobre o possível retorno de Archibald. Blanche deixou a mesma mensagem e desligou.

Agora só lhe restava esperar. Era uma prescrição difícil. Esperar que um homem branco adulto aparecesse e endireitasse as coisas tinha a aura do fracasso garantido. Ela afundou lentamente na cadeira no lado oposto a Mumsfield.

Mumsfield deslocava seu copo pela mesa, respirando fundo e bem devagar.

"Eu tô com medo, Blanche." Ele soltou o copo e esticou os dedos úmidos e frios na direção dela. Blanche deu um aperto nas mãos dele.

"Eu também", disse. "Mas não podemos só ficar aqui sentados, tremendo de medo. Você tem que ir buscar Archibald. Aquele povo do escritório não vai me dar a menor atenção."

Blanche apanhou a lista telefônica, procurou o endereço do escritório de Archibald e anotou-o em um pedaço da folha de papel que tinha pegado no quarto de Grace.

"Tome." Ela entregou o papel a Mumsfield. "Qualquer pessoa na cidade pode lhe dizer como chegar lá."

Mumsfield se inquietou na cadeira. Ele balançou a cabeça de um lado para o outro.

"Você quer saber onde está sua Tia Emmeline, não quer? Quer descobrir o que aconteceu com Nate, não quer?"

"Nate?"

"Alguém o matou." Ela viu os olhos dele se arregalarem.

"Posso pegar uma carona no posto de gasolina", disse ele.

Blanche deu um abraço nele.

"Mas não pode falar com mais ninguém sobre isso." Ele balançou a cabeça em resposta. "E quando chegar lá, faça com que eles levem você direto ao Archibald, não importa onde ele esteja. Consegue fazer isso?"

Mumsfield começou a se balançar de um lado para o outro. Ele jogava os braços para a frente e para trás.

"Tenho que ver o primo Archibald agora. Agora! Tenho que ver o primo Archibald agora. Agora!", entoava seguidamente, cada vez mais rápido. Parecia prestes a rebentar em mil pedaços. Blanche se perguntou se não havia exigido demais.

Tão abruptamente quanto começou, ele parou.

"Assim?", perguntou Mumsfield, abrindo um sorriso travesso.

Blanche estava bem impressionada. Acompanhou-o até a frente da casa e abriu a porta. Ficou olhando enquanto ele seguia pela passagem e não deixou de notar sua crescente afeição por ele. Não gostou do que viu, mas sabia que era inútil negar. Ela acreditava que cada pessoa era única. Também acreditava que algumas pessoas eram mais obviamente especiais do que outras. E Mumsfield era muito especial, pelo menos para ela. Não sabia se ele era capaz de se conectar com outras pessoas do mesmo jeito que fizera com ela, mas a cada vez que conversavam, Blanche sentia que, se tivessem tempo, poderiam aprender a conversar sem palavras.

Apesar de ser muito especial e da aparente afinidade entre eles, Mumsfield ainda era um homem branco. Ela não queria se derramar em preocupações a respeito de uma pessoa cujos ancestrais provavelmente haviam comprado e vendido os ancestrais dela como sapatos ou máquinas. Será que ela sempre acharia alguma razão — deficiência mental, cegueira ou pura incompetência — para acalentar pessoas que haviam sido criadas para acreditar que ela não tinha nenhum outro propósito na vida além de ser sua "menina"? Teriam os escravizadores marcado o mãe-pretismo em seus genes quando estupraram suas bisavós? Se tivessem, ela estava decidida a provar o poder da determinação sobre o sangue. Quando perdeu Mumsfield de vista, fechou a porta devagar e pensou em seu próximo passo. Como Grace havia se revelado uma cobra criada, Blanche decidiu fazer uma busca mais minuciosa no quarto dela.

Começou pelo closet — um estudo sobre organização — e deslizou a mão embaixo e no meio das gavetas cheias de calcinhas e sutiãs, todos da mesma seda de cor creme. Ela apalpou camisolas e inspecionou pilhas de combinações até que restasse apenas uma gaveta para revistar.

Quando abriu a última gaveta, uma nota do perfume floral de Grace invadiu o ambiente. Lenços de pescoço muito bem dobrados descansavam uns sobre os outros como nuvens empilhadas e multicoloridas. Com a mão esquerda, Blanche gentilmente ergueu alguns e os segurou. Enfiou a mão direita por entre os lenços, guiando-a pela base até os fundos da gaveta. Encontrou apenas mais lenços. Um deles se enganchou no punho de sua luva de borracha.

Era um grande quadrado de seda, com um fundo creme e grandes flores rosas e malvas com folhas verde-escuras, como gardênias já muito abertas. Eram ao mesmo tempo exóticas e vitorianas. Blanche cumprimentou Grace pela escolha. Ela dobrou o lenço de modo que uma sutil flor rosa ficasse centralizada na parte de cima. A cor chamou a atenção de Blanche e deteve seus olhos. Ela fazia Blanche se lembrar de algo que vinha tentando recordar. Algo sobre a noite em que Nate foi assassinado. Algo...

Everett saindo de mansinho com a limusine pela passagem. Ela o viu com clareza enquanto o carro se afastava lentamente da casa. Seu braço apoiado na janela era branco-azulado sob a luz do luar. Branco-azulado. Ela baixou o olhar para o lenço em suas mãos. Seu corpo havia entendido o que aquilo significava muito antes que o cérebro juntasse os fragmentos da verdade. Lembrou-se dos vincos nas mangas do paletó cor-de-rosa, dobradas para acomodar braços mais curtos. Ela estremeceu. A porta da frente se abriu com um baque. Blanche derrubou o lenço e se apressou para a escada dos fundos.

Grace estava na cozinha, reclinada contra a parede. Pela primeira vez, Blanche notou que os olhos de Grace não combinavam. Um olho — o direito — tinha um formato quase amendoado, mas o esquerdo era redondo e firme como mármore azul. Grace começou a choramingar, mas não havia lágrimas. Seu cabelo estava cheio de gravetos e pedaços de folhas. Havia arranhões, como tiras de carne crua, no rosto e no pescoço. Ela segurava o cotovelo direito com a mão esquerda, como se estivesse ferida. Terra e gravetos estavam grudados em sua saia e em sua blusa.

"O que houve?", perguntou Blanche.

O rosto de Grace se retorceu como se a pergunta lhe causasse dor. Ela empurrou a parede, afastando-se dela. Foi mancando até a mesa, inclinou-se pesadamente sobre ela e então afundou em uma cadeira.

"O que houve?", perguntou uma vez mais.

Grace jogou o cabelo para trás, em um daqueles gestos de garota branca que costumavam magoar o coração de Blanche (quando era jovem e tinha certeza de que ter cabelo crespo era um impedimento para ser bela). Agora reconhecia o gesto como uma jogada para ganhar tempo.

"Ele... ele disse que ia matar nós dois. Ele estava louco, balbuciando... disse que era o único jeito. Eu agarrei o volante... Meu Deus!" Ela encarou Blanche com uma expressão selvagem, com lágrimas nos olhos. Blanche deu um passo para trás, afastando-se da mesa. "Foi tão horrível! Eu fiquei tão assustada! Não tenho palavras para dizer quanto fiquei assustada!"

Blanche se sentiu como alguém que é enganada por uma carta de espadas vermelha. Tinha ficado ocupada demais menosprezando Grace para notar aqueles olhos. E como tinha se permitido acreditar que uma pessoa com o intento de um assassinato oculto na escuridão usaria um paletó cor-de-rosa — a menos que desejasse ser vista por uma testemunha? Mas então por que matar a testemunha? Como alguém cujo sustento dependia de sua habilidade em julgar caráter, Blanche ficou ao mesmo tempo chocada e assustada. Ela não teria como sobreviver com o juízo embaralhado.

"Machuquei meu braço."

Grace o mostrou para a inspeção de Blanche. Ela sabia que Grace esperava que ela se aproximasse e soltasse interjeições reconfortantes, pedindo proteção e misericórdia ao Senhor enquanto zanzava pela casa, reunindo itens de primeiros-socorros e insistindo que ela a deixasse ligar para um médico e para a polícia. Foi a combinação da lembrança do braço pálido de Everett descansando na janela do carro e do inflexível olho esquerdo de Grace que a fez, em vez disso, dar um passo para trás.

"Você matou Nate." A acusação saltou sem solicitação da boca de Blanche, com uma certeza calma.

"Por favor", gemeu Grace. "Meu braço." Mais uma vez, mostrou o braço a Blanche.

Blanche não se moveu nem falou. Ela fitou Grace. Depois de alguns instantes, Grace deu um risinho e relaxou contra as costas da cadeira. Com um movimento gracioso, deixou o braço cair sobre a mesa. Um sorriso agridoce, de boca fechada, despontou de seus lábios. Ela parecia alguém que tinha acabado de perder um jogo de pôquer que julgava vencido.

"Você o matou, não foi? Dá na mesma você me contar. Está planejando me matar, de qualquer forma. Eu e o menino. Vai botar fogo nessa casa também?" Havia medo e raiva presentes em sua voz.

"Estou surpresa, não vou negar."

Blanche sabia bem o que Grace queria dizer. Na opinião das Graces da vida, empregados não pensam, não têm curiosidade, não são observadores e muito menos capazes de chegar até mesmo à mais óbvia das conclusões. Quando é que iam aprender?

"Por que você o matou?"

"Nate." Grace deu de ombros como se não conseguisse pensar em assunto mais chato.

Blanche trincou os dentes para repelir a ânsia de chamá-la de vaca assassina. Ela estava em busca de informação, não de briga. Seria verdade que assassinos gostam de se gabar de seus feitos?

"Bom, você com certeza me enganou", confessou ela. Grace sorriu, mas não começou a falar. Blanche deu corda. "Claro, Nate não foi o único. Cadê a verdadeira Emmeline?"

Grace se levantou da mesa.

"*Dona* Emmeline", corrigiu. Ela andava pela cozinha tocando em tudo: cadeira, pote, mesa, cortina, porta, fogão, balcão, como se estivesse fazendo um inventário. "Ela não precisava ter sido tão difícil." Grace bem poderia estar falando sobre uma criança que se recusava a terminar o almoço. Ela deu a volta na mesa e se aproximou de Blanche. Enquanto avançava aos centímetros, continuava a tocar os objetos pelo cômodo; os mesmos objetos, pensou Blanche, que havia tocado antes. Blanche acompanhou os movimentos dela, para que a distância entre as duas nunca se estreitasse. Grace parou quando estava paralela à pia. "Ela devia ter escutado, tentado entender quanto era importante que eu..." A fala de Grace foi morrendo enquanto ela olhava para a pia.

"Ficasse com o dinheiro de Mumsfield?" Blanche não tomou cuidado algum para disfarçar os sentimentos de sua voz.

Grace fitou-a com olhos desdenhosos.

"O dinheiro não é *dele*. É da minha família! Meu bisavô..." Ela se virou para a pia. "Eu era a parente mais próxima. A parente *normal* mais próxima, pelo menos. Que impressão ela achou que isso ia causar?" Havia fogo em sua voz. Ela abriu as torneiras de água fria e quente, testou a temperatura da água e girou as válvulas até estar satisfeita. Pegou o tubo de detergente e olhou o rótulo. Derramou mais ou menos uma colher de chá do líquido branco e perolado na palma da mão esquerda, acrescentou um pouco de água e parecia totalmente absorvida em observar as bolhas ficarem espessas e cremosas entre suas mãos.

"Você matou sua tia quando foi com Mumsfield pra igreja, na cidade. Por isso não podia deixar ele entrar na casa, não foi?"

"Eu disse a ele que ela havia tido um ataque cardíaco enquanto eu estava com ela, no porão. O babaca acreditou!" Grace lavou os bocados de lama e os pedacinhos de grama dos braços e das mãos.

"Está falando do seu marido?"

"Eu realmente fiz você acreditar que o amava, não fiz?" Ela jogou a cabeça para trás e abriu a boca para soltar uma risada abusada e estridente que sobressaltou Blanche. "Ah, ele vinha sendo útil. Como um véu, uma pequena camuflagem. Mas amar aquele idiota?" Ela soltou outra risada aguda a plenos pulmões.

"Por que se casar com um idiota desses?"

"Já disse. Ele foi útil." Grace estendeu a mão e destacou um punhado de toalhas de papel do rolo pendurado na parede. "Foi crueldade de papai me deixar o dinheiro apenas com a condição de eu me casar. Ele queria que eu tivesse um tutor, alguém para... me vigiar." Ela secou as mãos minuciosamente, então usou o papel para tirar a poeira e os gravetos da roupa e dos sapatos. "Mas achei alguém que não o faria... Há outras formas de prender um homem a você além de sexo e filhos." Ela examinou as mãos com bastante cuidado, virando-as de um jeito, depois de outro, conferindo as unhas, empurrando uma cutícula.

"Como ajudá-lo a matar a esposa dele?" Blanche se afastou mais um pouco.

"Você andou *bem* ocupada." Grace deu alguns passos na direção de Blanche.

"Foi assim que amarrou ele a você? Ajudando a se livrar da esposa dele?" Blanche recuou.

Grace gargalhou.

"Ajudá-lo? Não foi nem de longe o que houve. Você entendeu errado." A voz de Grace tinha o mesmo tom exasperado, porém triunfante, que usara quando conduziu Blanche pelo portão da casa na cidade. "Eu sempre a odiei, com aquela vozinha chorosa e aquele cabelo lindo. Sempre de sorrisinhos com o papai, roubando minha..."

Blanche se lembrou do que Nate havia dito sobre os rumores maldosos quando a jovem prima de Grace se afogou na lagoa. Ela se deu conta de que ela e Grace estavam falando de vítimas diferentes. Cuidado, ela alertou a si mesma.

"Seu pai gostava mais da sua prima do que de você, não era?"

Manchas vermelhas vívidas apareceram no rosto de Grace.

"Não! Não! Eu era a favorita do papai, sempre. Ele..." Ela parou no meio da frase, com uma expressão de alguém que havia acabado de acordar em um lugar desconhecido.

Sua quietude era arrepiante. Blanche engoliu em seco.

"E quanto ao seu marido? Você também era a favorita ou teve que ajudá-lo a matar sua primeira esposa pra poder ficar com ele?"

Grace se sobressaltou, mas permaneceu calada. Parecia estar escutando ou tentando escutar algo. O silêncio na cozinha era como gás se acumulando para uma explosão.

"Achei que não o amasse." A voz de Blanche ficou alta e forte até mesmo para os seus ouvidos. "Por que matou a esposa dele? Poderia ter comprado outro homem pra você."

"Porque eu a odiava! Odiava!" Grace dobrou os joelhos e golpeou as coxas com os punhos fechados. Ela gritava cada palavra lenta e nitidamente. "Ela era igualzinha a..."

"Sua prima mais velha", completou Blanche, então recuou da mulher como fazia com lesmas e outras criaturas gosmentas. Ela mantinha a expressão perfeitamente sossegada, decidida a não demonstrar nada do que sentia por essa mulher que desde criança tinha sido insana e homicida. Mantenha a vaca falando e se gabando, ela alertou a si própria, e torça para Mumsfield e Archibald chisparem logo para cá! Ela tentou relaxar. Podia continuar levando a conversa, meter o dedo em várias das feridas de Grace para mantê-la concentrada em si mesma, em oposição àquilo que Blanche estava certa de que a mulher tinha ido fazer ali. "Se não o ama, por que está tentando protegê-lo?", desafiou-a Blanche.

"Ele nem estava lá!", berrou Grace, com todo o seu fôlego. Salpicos de saliva espumante se juntaram nos cantos de sua boca. Blanche deu mais dois passos para longe. "Ele nem mesmo sabia que eu tinha matado ela até depois de nos casarmos."

"Então o álibi na verdade era pra você!"

Grace seguiu cutucando o próprio peito um pouco mais.

"Um golpe de mestre, se me permite dizer. Ele era suspeito de ter matado Jeannette. Eu sabia que seria. Providenciei o álibi do qual ele precisava desesperadamente, provando assim minha imortal devoção e garantindo um álibi também para mim. Claro, ele ficou feliz em se casar comigo quando soube do dinheiro. É o único sustento de Everett. Ele não recebeu um centavo do dinheiro de Jeannette. A família dela tratou disso. Eu sabia que eles o fariam. Casando comigo, ele tinha acesso a uma nova fonte de dinheiro. Não só o meu, mas também o de Tia Emmeline. Everett precisa de muito dinheiro para ser feliz. Nós dois precisamos. Eu disse que havia o suficiente para ambos." Ela revirou os olhos e lançou um olhar conspiratório a Blanche. "E dizem que é o sexo que embota a cabeça dos homens!" Grace balançou a cabeça e sorriu como se Everett e todos os seus irmãos com fome de dinheiro fossem só um bando de diabinhos arteiros. Ela passou as mãos pelos cabelos de um modo parecido com o de Everett.

"Cadê ele?", perguntou Blanche outra vez.

Ela não respondeu de imediato. Quando falou, não foi para responder.

"Everett era um homem muito útil, mas ganancioso... e não muito inteligente também", acrescentou com um risinho baixo. Ajustou a blusa pelo cós e endireitou a saia. "Estou sendo redundante?" Ela deu a Blanche um olhar frio e especulativo. "Você sabe o que é redundância? Fiquei na dúvida." Grace deu um sorriso presunçoso e derrisório.

Blanche associou o sorriso zombeteiro de Grace a cada pessoa branca que algum dia já a havia ridicularizado pelo que era e pelo que não era. Por um instante, sentiu um gosto amargo na boca; gosto da ignorância. Ela pesquisaria "redundância" na primeira chance. Se tivesse chance. Nesse meio-tempo, não pretendia deixar Grace saber que havia tocado em um ponto fraco.

"Onde ele está?", insistiu.

"Vou chegar lá no devido tempo. Estou gostando disso. Afinal, tudo que eu disser a você está fadado a permanecer em segredo, não é mesmo?"

O sorriso que acompanhou a pergunta foi tão frio quanto o auge do inverno. Seu significado era um tanto óbvio e nada surpreendente. O que será que ela acha que vou fazer enquanto tenta me matar?, perguntou-se Blanche. Ela dirigiu a Grace um olhar perscrutador. Grace não tinha nenhuma arma aparente, e Blanche não via nenhum lugar em que pudesse esconder uma. Era possível que Grace não soubesse qual das gavetas da cozinha tinha facas ou outros utensílios afiados. Mas eu sei, pensou Blanche. Ela usou o fato de estar próxima de um cutelo como uma armadura contra Grace.

"Sim, a redundância", prosseguiu Grace, retomando o fio da meada do monólogo e contando a Blanche como ela e Everett tinham drogado Emmeline e a deixado amarrada em um catre no porão. "Ela estava bem confortável", acrescentou, como se para demonstrar sua preocupação familiar. "Foi ideia dele. Começou quando ele achou aquela mulher."

"Está falando da sósia?"

Grace respondeu afirmativamente à pergunta de Blanche com um piscar de suas pálpebras.

"Quem é ela, afinal?"

"Isso não lhe diz respeito." Grace a mirou com um daqueles olhares de a-patroa-falou, ao qual o silêncio recatado era a única resposta correta.

"Essa merda toda me diz respeito. Desde que você matou o Nate."

Em vez de responder à pergunta de Blanche, Grace delineou o plano que Everett tinha apresentado a ela: drogar Emmeline e substituí-la pela sósia para assinar o novo testamento, então devolver Emmeline à sua cama mais tarde, na mesma noite.

"Eu sabia que não ia funcionar, é claro. Não posso imaginar como aquele idiota acreditou que aquela vaca esperta poderia ser convencida de que tinha dormido por um dia inteiro ou que tinha se esquecido disso! Mas eu tinha meu próprio plano, é claro, e funcionou divinamente!" Grace estava radiante de orgulho. "Eu dissolvi as pílulas na sopa dela, e Everett a carregou até o porão. Então fechamos a casa e viemos para cá com aquela mulher." Grace falava com um tom de voz explicativo, de quem dá receita de bolo, o que deixou Blanche nauseada.

Grace se movia de novo, caminhando pela cozinha em passos uniformes e vagarosos. Ela pegou o saleiro do balcão.

"Achei a seringa hipodérmica no quarto da Tia há meses." Ela pôs o saleiro de volta no balcão para que ele se alinhasse ao pimenteiro. "O dr. Richard esqueceu por lá. Nunca voltou para procurar." A voz dela registrava sua indignação com o descuido do médico.

"O que tinha na seringa?"

"Nada!" Grace ajeitou um pegador de panela no gancho até que ele ficasse no mesmo ângulo do pegador ao lado. "Só ar." Ela encarou Blanche como se a desafiasse a comentar.

"Mas seu marido não suspeitou de nada? Digo, primeiro a esposa dele, depois sua tia?"

Era preciso que houvesse uma palavra além de "sorriso" para descrever a expressão maliciosa e cheia de dentes de Grace.

"Ele era ganancioso demais para suspeitar de qualquer coisa, muito autocentrado. Ela não tinha mais utilidade para ele. Já tinha cortado a mesada dele." O risinho enroscado nas palavras de Grace era quase infantil. "Enfim, falei que o amava desde criança. O mesmo disparate que disse a você. Ele acreditava em tudo que eu dizia, até..."

Blanche estava ciente do contínuo uso do pretérito imperfeito quando ela falava sobre Everett. Também estava ciente de que Grace estava preparada para matar, com facilidade e por motivos banais.

"Até o quê?" Ela queria saber. "Onde ele está?"

Grace deu de ombros e balançou a cabeça.

"Foi a morte do xerife que fez Everett deixar de acreditar em você?"

"Você ficou sabendo sobre o xerife!" A voz de Grace continha o tipo de surpresa que pais demonstram quando uma criança nova sabe de algo precocemente. "Mas nunca vai adivinhar como!" Ela riu e fez uma pausa para dar a Blanche a chance de tentar adivinhar. Blanche recusou. "Com a única arma que eu sabia que funcionaria." Ela correu as mãos bem devagar pelos lados do corpo e moveu o quadril com uma sensualidade que surpreendeu Blanche. Ela não pensou que Grace pudesse ter tanto viço assim. A recapitulação da patroa de como convenceu o xerife a ir até a Ribanceira de Oman era igual a muitas histórias que Blanche tinha ouvido de outras mulheres, histórias sobre como tinham feito um homem pagar por andarem por aí pensando com a cabeça de baixo. A própria Blanche tinha histórias desse tipo. Sua familiaridade com a arma tornou ainda mais assustador e arrepiante o relato homicida da mulher privilegiada, protegida, supostamente de alta classe e, ao menos superficialmente, reprimida, que brandia a arma mais antiga do mundo. "Foi como se ele tivesse se esquecido de tudo que sabia sobre mim."

Sim, pensou Blanche, é sempre assim.

"Não deixei que ele percebesse que eu estava no banco de trás até já estarmos na estrada. Ele quase pulou pelo para-brisa quando apareci. Ah, mas isso não foi nada comparado à sua reação quando pus meu sutiã no ombro dele! Ele botou o carro para fora da estrada!" As palavras de Grace estavam quase ininteligíveis pela risada. "Quero resolver nosso problema de um modo que espero que não possa recusar, Xerife", Grace sussurrou em uma voz suave, carregada do sotaque refinado da Geórgia que normalmente era só o fantasma de uma presença em sua fala.

Blanche imaginou o xerife se felicitando por sua boa sorte enquanto seu pau se intumescia em total atenção dentro de seu short pegajoso.

"Não deixei ele parar o carro até chegarmos à Ribanceira de Oman. É claro que fiquei longe do alcance dele. Eu não tinha a menor intenção de deixar que ele botasse aquelas mãos nojentas em mim!" Grace estremeceu delicadamente diante da ideia. "Disse a ele que queria fazer tudo do jeito mais certo. Me inclinei para a frente e sussurrei todas as coisas que faríamos assim que chegássemos à Ribanceira de Oman. Você tinha que ter visto! Ele virava a cabeça para me olhar o tempo todo, como se quisesse ter certeza de que eu não ia sumir. Os olhos dele me lembravam os de uma criança vendo luzes de Natal. Ele ficou lambendo os lábios até eles ficarem bem brilhosos." Grace estremeceu e se interrompeu.

Blanche se preparou para o relato do que Grace havia feito em seguida; em outra parte de sua mente, ela ainda não conseguia acreditar que estava mesmo ali, escutando detalhes de assassinatos relatados pela pessoa que os tinha cometido.

"Foi bem simples, na verdade." Grace poderia estar descrevendo como tinha bolado um arranjo de flores particularmente elegante. "Quando ele foi passar para o banco de trás, peguei a chave inglesa no banco atrás de mim e..." Ela fez o movimento lateral de um golpe uma vez, depois mais duas. Cada pancada era acompanhada de um grunhido baixo e satisfeito. Blanche se encolheu. Ela pensou no xerife despencando, com metade do corpo pendurado sobre o banco da frente como uma boneca largada por uma criança. Os olhos de Grace cintilavam. "Só tem cascalho por lá, sabe, então não tive que me preocupar com pegadas. Simplesmente manobrei o carro até a beirada, saí e..." Grace fez um gesto imitando um empurrão. As veias dos braços e do pescoço se destacavam enquanto ela empurrava o carro enorme. Mas havia um bocado de força naqueles braços, o bastante para fazer com que as rodas do carro girassem devagar, que o carro avançasse centímetro a centímetro. Grace complementou o gesto com um "Unhh" ofegante. Seus lábios estavam entreabertos e pareciam mais cheios; a cor avivava seu rosto.

"Não acredito em você!" Blanche quase gritou com Grace. "Acho que está tentando proteger Everett!"

"Ele! Aquela lesma? De onde ele tiraria coragem?" A voz de Grace se elevava. "Mas ele dá um suspeito perfeito, não acha?" Seu sorriso ardiloso estava de volta.

"Então você pôs as algemas do xerife no baú de cobertores de Everett."

"Você é *bem* xereta, não é? Não que vá adiantar alguma coisa."

"Ainda não acredito em você. Everett matou Nate e o xerife."

Blanche atiçou a irritação de Grace ao pôr as proezas dela na conta de Everett. Ela já havia até superado o fato de Blanche ter usado apenas o primeiro nome dele.

"Seu amigo Nate tinha um canto bastante organizado. Bem exótico, na verdade."

Blanche fechou as mãos. O rosto e o pescoço dela de repente ficaram quentes.

"Por que você o matou? Ele achou que tinha visto seu marido no caminho para a Ribanceira de Oman, não você. Não foi isso o que tinha planejado?"

"Ribanceira de Oman?", repetiu Grace, como se nunca tivesse ouvido falar do lugar. "Não teve nada a ver com a Ribanceira de Oman. Aquele paletó dá toda a evidência para a polícia de que meu marido matou o xerife. Foi aquela mulher! Como eu ia saber que Nate a reconheceria? Dizem que seu povo sempre se reconhece, não importa quão clara seja a pele. Mas ela era tão branca... Claro, eu devia ter pensado nisso... Ele estava aqui há tanto tempo..."

A ideia de que todas as pessoas pretas reconheciam umas às outras, não importando o quão diluído fosse seu sangue africano, agradava a Blanche, mas ela era a prova de que não era bem assim. Com certeza não havia lhe ocorrido que existia qualquer conexão ancestral entre ela e aquela velha bêbada.

"Mas como soube que ele a reconheceu?"

Grace deu a ela um olhar de você-não-vai-acreditar-nisso.

"Senhora, eu sei que não é da minha conta, e a senhora me perdoe por dizer, mas esse seu marido vai lhe botar numa encrenca das grandes", disse Grace em uma imitação vulgar e zombeteira de Nate.

Pensar que Nate havia perdido a vida porque tinha tentado ajudar Grace fez Blanche formigar e arder, como se todos os seus membros estivessem dormentes.

"O que você fez com ele?" O ódio dava fisgadas em seus lábios.

"Derrubei minha bolsa", respondeu Grace. "Claro que ele se apressou em pegá-la. Nem chegou a ver a chave de roda na minha mão, na dobra da minha saia. A mesma chave... Quando ele se abaixou..." Grace deu uma risadinha.

Blanche se encolheu diante da possibilidade de que Nate tivesse sobrevivido tempo o bastante para saber que estava prestes a morrer por tentar ajudar alguém que sempre o vira como um parteiro de cadela. Pensar nos últimos momentos de Nate fez Blanche avançar na direção de Grace com uma determinação veloz que paralisou a patroa por um momento. Ela arregalou os olhos, mas não parecia capaz de se mover. Quando enfim reuniu a presença de espírito para dar um passo para longe de Blanche, já era tarde demais.

A dor que alvejou o braço de Blanche quando os nós de seus dedos fizeram contato com os lábios e os dentes de Grace foi tão satisfatória que a fez soltar um "Aah" de prazer. Mas ela teve apenas um instante para saboreá-la.

Embora Blanche tivesse acertado Grace com força suficiente para quebrar os dentes dela, a mulher não vacilou. Nenhum gemido ou grito passou por seus lábios. Ela não se deu o trabalho de limpar o sangue que pingava na blusa de seda de cor creme.

Ah, merda! Blanche de repente se lembrou da velha Dona Carter, que ficou com todos os parafusos soltos e tirou a roupa toda na rotunda principal do palácio do governo. Foram necessários seis enfermeiros e uma camisa de força para botá-la na ambulância, mesmo aos 90 anos e magra feito uma vareta. E Grace tinha mais do que a força super-humana dos loucos ao seu lado.

A mulher tinha aberto a gaveta e pegado a faca de desossar antes que Blanche pudesse atinar totalmente o que estava acontecendo. Na mão de Grace, aquele familiar utensílio de cozinha parecia algo saído de uma briga de bar — delgada, curvada e de aspecto perverso. A visão dela dissolveu por um momento toda a sua coragem. Blanche desembestou para a porta no instante em que Grace ergueu a faca e rugiu como uma fera selvagem e enfurecida. Blanche derrubou uma cadeira da cozinha enquanto corria para a porta vaivém. Na sala de jantar, derrubou outra, bloqueando a porta por ambos os lados. Grace praguejou ao tropeçar na primeira cadeira.

Blanche escancarou a porta da frente e correu escada acima. Grace berrava ao correr para a porta da frente, com a faca nas mãos, os braços estendidos, como se o utensílio fosse uma varinha de rabdomante que a levaria até Blanche.

Do corredor do andar superior, Blanche olhava para baixo. A casa bateu todas as portas em sua cara. Não pode se esconder aqui, disse ela a Blanche. Grace conhece a casa desde criança. Todos os espaços secretos estavam à disposição dela. E quando ela me encontrar, pensou Blanche, e cedeu à urgência de olhar para trás.

Grace subia a escada devagar. Sorriu para Blanche como se fossem amigas há muito distantes. Ela segurava a faca como se soubesse exatamente como usá-la para penetrar e rasgar a pele. Blanche estava enraizada no lugar, hipnotizada pelos olhos arregalados e desvairados de Grace. Ela estava quase no topo das escadas quando Blanche se virou, correu pela escada dos fundos, saiu pela porta de trás e adentrou a mata.

A mata ao redor da casa era fechada pela vegetação baixa. Havia lugares em que só um animal pequeno conseguiria entrar. Dedos verdes e pontiagudos rasgavam os tornozelos e as panturrilhas de Blanche. Ela não sabia até onde ia a mata, então não queria perder a casa de vista. Procurou uma árvore para subir, mas não achou nenhuma com galhos baixos. Com o canto do olho, viu Grace correndo pela porta dos fundos.

Blanche caiu de joelhos atrás de um arbusto e tentou respirar mais devagar. Por uma fresta na vegetação, viu Grace virar a cabeça e o tronco de um lado para o outro aos trancos, golpeando o ar com a faca e procurando loucamente pelo quintal. Seus braços giravam bem distantes do corpo enquanto ela estocava primeiro para um lado, depois para o outro, como um brinquedo mecânico fora de controle. Então ela parou os movimentos frenéticos e se dirigiu ao barracão no pé do quintal.

"Você tá aí, sua vaca?", gritou em uma voz que pareceu ser de um homem, um homem grande e mau.

Grace chutou a porta do barracão e se lançou para dentro. Blanche podia escutá-la jogando coisas pelo chão, praguejando, gritando e rindo de um jeito barulhento e lúgubre. Blanche sentiu algo similar à vergonha. Primeiro um pervertido a botou pra correr de Nova York, depois a lei a botou pra correr para o meio daquela zona e agora ela estava correndo de uma branca maluca! Não parecia certo. Não parecia nada certo.

Grace saiu do barracão e olhou ao redor. Blanche reprimiu o instinto de correr. Respirou fundo, relaxou, respirou fundo mais uma vez e sentiu o coração começar a bater um pouco mais devagar. Ela conseguia ver que o rosto de Grace estava rosa-escuro e só com puxões seus cabelos poderiam ter se levantado naquelas moitas espetadas. O medo que havia martelado por todo o corpo de Blanche conforme ela corria feito uma fera em pânico agora se aquietara. Ela pensou ter ouvido a respiração entrecortada da patroa sobre o gorjeio e o grasnar dos pássaros.

Grace pisoteou os repolhos de Nate na beira da mata do outro lado do quintal, em diagonal oposta ao lugar no qual Blanche estava escondida. Ela começou a avançar aos poucos, lentamente e de lado, paralela à mata. Estava se movendo na direção de Blanche. A lâmina da faca reluziu branca sob a luz do sol. Blanche não podia ver o rosto de Grace, mas não precisava. O corpo dela, a lentidão de seus passos e a total quietude de suas pausas indicavam a procura por um movimento deslocado, pela escuta de um som fora de lugar.

Correr dela não era a resposta. Blanche mudou de posição até seus joelhos úmidos saírem do chão. Ela se acocorou de modo surpreendentemente confortável, as pernas espaçadas e a bunda balançando entre elas. De alguma forma, sentiu-se fortalecida. Inspirou fundo o ar da floresta que cheirava a terra-com-mato e procurou uma pedra ao redor. Achou uma pinha grande. Ergueu-a para se certificar de que era pesada o suficiente. Ela se levantou bem devagar e mirou a pinha à direita das costas de Grace.

Grace se virou na direção da pinha rachando no chão. Ela se agachou o máximo que pôde e serpenteou o tronco de um lado para o outro, como uma cobra esquadrinhando a presa.

"Estou te vendo! Não pode se esconder de mim!" Ela adentrou a mata no ponto onde a pinha havia caído.

Blanche mudou de esconderijo. Foi para mais fundo da mata, rodeada por arbustos e árvores jovens. Grace continuava se preocupando com a região onde tinha ouvido o som. Blanche começou a se deslocar para o barracão. Movia-se do modo mais silencioso possível, embora não fosse necessário. Ela podia ouvir Grace se estrebuchando. Vez por outra, Grace berrava o nome de Blanche outras palavras — como "puta", "neguinha vadia" e "piranha preta", termos que há muito tempo Blanche havia aprendido que não tinham nada a ver com ela e tudo a ver com a pessoa de cuja boca saíam.

"Ela nem sabe pronunciar direito", sussurrou Blanche para si mesma.

Blanche escapuliu para o barracão. Grace havia feito uma bela bagunça. Cacos de vasos se misturavam às entranhas derramadas de um saco de turfa. Blanche passou por cima de uma longa tábua, estacas de plantas e destroços variados. Ela se virou e pegou a tábua. Tinha cerca de um metro de comprimento e dez centímetros de largura. Ela a segurou como um bastão de beisebol retangular. Foi até a porta do barracão e usou o bastão para empurrá-la com toda força que podia, para que ela se abrisse e batesse na lateral do barracão com o estrondo de um tiro disparado. Ela se colocou ao lado do batente da porta e esperou.

Não demorou muito. Grace estava lá em segundos, fungando e grunhindo feito um porco selvagem. Pragas enunciadas pela metade e insultos quase incoerentes espumavam por sua boca. Blanche respirou fundo, ajeitou a postura e ergueu a tábua com as duas mãos. Quando o pé direito e a cabeça de Grace despontaram pelo batente, Blanche girou o corpo e imaginou a cabeça da mulher como uma enorme bola de beisebol.

O golpe fez Grace recuar de pernas e braços abertos, e ela se estatelou no chão, bem em frente ao barracão. Seu sapato direito caíra de lado. A faca escorregara para o meio dos repolhos. Blanche estava na porta, olhando para fora, para Grace. Um sorriso lento e satisfeito se espalhou pelo rosto de Blanche. Ela sempre se perguntara se retrucar aos patrões, usar a sala da casa e chamá-los pelo primeiro nome seria o suficiente para protegê-la contra o Mal de Escurinho. Ele podia ser contraído como um vírus, e sua preocupação por Mumsfield havia parecido ser um sintoma. Mas o corpo de Grace caído no chão era prova suficiente de sua própria saúde mental.

Ela passou por cima das pernas de Grace e procurou cautelosamente por uma pulsação na garganta da mulher. A pele da patroa estava úmida e pegajosa. Sua pulsação estava forte. Blanche afundou no degrau do barracão, junto aos pés de Grace, e equilibrou a tábua nos joelhos. Observou as lesões sob os olhos de Grace se tornarem dois gloriosos roxos e os tecidos ao redor de seu nariz começarem a inchar. Quebrado, diagnosticou Blanche. "Uma lembrancinha de Nate", ela disse ao corpo inconsciente de Grace.

TREZE

Blanche ainda estava sentada no degrau do barracão com um leve sorriso quando o carro de Archibald zuniu pela passagem e parou cantando os pneus.

"Aqui fora!", gritou ela quando ouviu pés correndo em direção à casa.

Archibald atravessou ligeiro o quintal e se ajoelhou ao lado de Grace. Ele pegou o pulso dela e levantou a pálpebra como se tivesse se formado médico em vez de advogado. Mumsfield chegou, ficou perto de Blanche e pegou a mão dela. Seus olhos pareciam estar lhe perguntando alguma coisa, mas a mente de Blanche não funcionava em um ritmo rápido o bastante para captar a pergunta.

"O que houve aqui?", inquiriu Archibald depois que sentiu a pulsação de Grace.

"Você trouxe aquela carta? Você leu?", perguntou Blanche.

"Eu perguntei o que houve aqui!"

"Ela caiu", disse Blanche. Até ele ler aquela carta, ela não diria nada. Archibald olhou de Blanche para a tábua entre os joelhos dela, mas nada comentou. Ele não quer saber mais do que eu quero contar, Blanche se deu conta.

"Onde está a Prima Emmeline?" O tom de Archibald era uma acusação.

"Quer mesmo falar disso agora?", perguntou Blanche.

Archibald olhou de Blanche para Mumsfield, que encarava Grace com uma expressão de choque e confusão.

"Talvez você tenha razão." Ele voltou sua total atenção para reanimar Grace, que estava começando a se mexer.

Mumsfield chegou mais perto de Blanche. Ela podia sentir o calor do corpo dele.

"Você precisa ler aquela carta", disse ela a Archibald.

Grace gemeu. Archibald se inclinou para ajudá-la a se levantar. Eram como dois dançarinos bêbados. Cada vez que ele tentava botá-la de pé, o peso de Grace o desequilibrava.

"Me dê uma mão!", pediu Archibald.

Blanche bufou. Mumsfield segurou a mão dela com um pouco mais de força. Nenhum dos dois se mexeu.

Archibald se postou atrás de Grace, pôs os braços por baixo das axilas dela e a suspendeu. Cambaleando e escorregando de lado, Archibald finalmente içou Grace e a levantou. Ela estava oscilante, mas de pé. Seus olhos eram meras fendas na carne púrpura e inchada. Ela olhou ao redor, intrigada, como se tentasse entender onde estava e como havia chegado ali. Seus joelhos continuavam a ceder. Ela agarrou Archibald para se apoiar. Blanche se deleitava. Se os sons que Grace fazia serviam de alguma indicação, ela estava se sentindo tão mal quanto aparentava estar. Blanche sentiu uma energia renovada fluir por seu corpo ante a visão de sua obra.

Grace se firmou com a ajuda de Archibald e olhou com dificuldade para Blanche.

"Ela... ela..." Grace ergueu um olhar suplicante para Archibald e apontou para Blanche. O rosto da mulher estava arrebatado e indignado. "Ela... ela..." Grace tentou de novo, parecendo cada vez mais agitada. Então, sem aviso, seus olhos ficaram vidrados, como se ela tivesse se recolhido e partido, deixando o corpo para trás. Ela seguiu para a porta dos fundos arrastando os pés de mansinho e se apoiando pesadamente no braço de Archibald.

Blanche disse a Mumsfield para esperar na cozinha. Ela seguiu Archibald e Grace até a sala de estar. Archibald acomodou Grace no sofá e foi até o telefone do corredor. Blanche continuou olhando para Grace com ceticismo. Ela parecia passiva o bastante, mas havia um brilho no fundo de seus olhos quando olhou para Blanche que fez ela pensar o quanto daquela cena de zumbi era só ficção. Blanche podia sentir a urgência na voz de Archibald enquanto ele solicitava um médico e uma ambulância. Quando ele pôs o telefone no gancho, Blanche foi falar com ele.

"Você já leu a carta?"

"Não sei do que está falando. O que está havendo aqui?"

Era exatamente a situação que ela mais temera. Não havia carta. A sósia tinha fugido. Everett estava morto em uma ravina qualquer e Grace era muito branquela, ou maliciosa, para contar ou ser responsabilizada pelo que havia feito. E adivinha quem tinha sobrado para pagar o pato?

"É melhor eu ligar para o xerife", anunciou Archibald.

"Grace matou Nate e o xerife."

"Escute aqui, você..."

Blanche o interrompeu:

"Você deixou uma impostora assinar o testamento de Emmeline. É bom checar o porão da casa na cidade antes de chamar qualquer pessoa."

Archibald encarou Blanche, mas não a interrompeu enquanto ela contava tudo que sabia e o que supunha. O médico que Archibald havia chamado chegou em uma van sem identificação com dois ajudantes. Mumsfield foi para a sala de estar quando ouviu a campainha. Ele parecia repelido e ao mesmo tempo fascinado pela palpação e pelos apertos no nariz e no rosto de Grace, e seus gemidos de dor. Ele deu alguns passos para a sala de estar, o medo e a confusão entalhando mais anos em seu rosto. Blanche o levou de volta para a cozinha.

Archibald foi até a cozinha depois de Grace ter sido levada — para algum lugar isolado, Blanche tinha certeza. A pele dele estava cinzenta e seca, como se tivesse perdido uma boa quantidade de sangue.

"Por favor, fique com o garoto até eu voltar", pediu.

Ele se virou e deixou o cômodo antes que ela ou Mumsfield pudessem falar. Blanche gesticulou para Mumsfield ficar ali e em silêncio. Ela esperou até que Archibald tivesse tido tempo suficiente de passar pela despensa e pela sala de jantar, então o seguiu.

Archibald foi direto para o telefone do corredor e fez uma ligação que Blanche fez de tudo e mais um pouco para escutar. Ela ouviu o bastante para saber que ele tinha falado com a esposa do procurador--geral e se dirigiu a ela como "Prima Julia". Blanche supôs que isso era menos ilegal do que falar com o procurador-geral, caso "toda a questão lamentável", como Archibald a descreveu, um dia viesse à luz. O que ele, é claro, estava disposto a evitar a qualquer custo. Ele então descreveu como a família poderia e deveria acobertar qualquer e todos os crimes. E ainda dizem que tem coisas que o dinheiro não compra!, pensou Blanche. Archibald deixou a casa pela porta da frente. Blanche voltou para a cozinha.

Ela se deixou cair pesadamente em uma das cadeiras, apoiou os cotovelos na mesa e enterrou o rosto nas mãos. Precisava pensar. Sentia como se pedaços dela estivessem espalhados pelo local. Ela desejou que Mumsfield fosse embora, mas sentiu que ele precisava de sua companhia. Fechou os olhos e mais ouviu do que viu Mumsfield buscar copos e a jarra de limonada. Ele se sentou na cadeira bem em frente a ela. Ambos ficaram em silêncio por um instante.

"A Tia Emmeline morreu, Blanche?" A voz de Mumsfield estava baixa e muito calma. Blanche se perguntou o quanto estaria custando a ele se manter daquele modo. Ela havia torcido para evitar aquilo. Tinha torcido para que fosse Archibald quem desse a notícia. "Morreu, Blanche? Por favor, me conta. Eu confio em você, Blanche."

"Sim, querido. Ela morreu."

Blanche olhou para o rosto dele e viu novas linhas. Não era mais o rosto de um menino. Ele baixou a cabeça quando começou a soluçar. Quando estava calmo o bastante, enxugou o rosto e a surpreendeu pedindo detalhes da morte da tia.

Blanche deu a ele uma versão simplificada do que Grace havia lhe contado — que ela e Everett tinham decidido tomar o controle do dinheiro de Emmeline fazendo alguém assinar o nome dela em um novo testamento, um ato que todos aprovaram e, sendo assim, ninguém questionaria; um testamento que tornava Grace e Everett guardiões financeiros de Mumsfield e colocava o dinheiro de Emmeline sob o controle deles. Não acrescentou o que suspeitava que Grace tinha planejado para ele.

"Não sei exatamente quem era aquela outra mulher, mas tenho certeza de que é aparentada de vocês", respondeu ela à pergunta de Mumsfield. Ela não teve condições de mencionar Emmeline sendo amarrada a um catre, ou a bolha de ar que Grace injetou em sua tia. "Seus primos trancaram sua Tia Emmeline no porão e ela morreu lá", disse. Essa foi a segunda vez em menos de uma hora em que ela havia cortado um dobrado para protegê-lo.

CATORZE

Archibald foi direto para a cozinha quando retornou. Ele encontrou Blanche e Mumsfield ainda sentados à mesa, bebericando a limonada. Um leve tremor sacudiu a mão de Archibald quando ele a estendeu para uma cadeira da cozinha. Ele se debruçou pesadamente no encosto da cadeira, exaurido, antes de se sentar. Tentou abrir um sorriso para Mumsfield, mas seus lábios o traíram e falharam na tentativa, e seus olhos estavam muito desnorteados para participar. Após alguns instantes, ele pediu ao rapaz que, por favor, deixasse o cômodo para que ele pudesse conversar em particular com Blanche. Ela notou o esforço de Mumsfield para desafiar Archibald. Por fim, ele perdeu.

"Você não vai embora, né, Blanche?", perguntou antes de sair pela porta dos fundos.

"Ninguém vai embora desta casa. Pode ter certeza disso", Archibald se adiantou. Ele tirou um lenço imaculado do bolso sobre o peito e enxugou o cenho com batidinhas. "Simplesmente não consigo acreditar! Pobre prima Emmeline. Morrer assim!"

Mas seu luto não era tão grande que ele não pudesse cuidar dos detalhes necessários. Ele fez Blanche repetir tudo que ela já havia lhe dito sobre os feitos de Everett e Grace — com a ajuda involuntária dele. Ele teve a elegância de enrubescer durante o relato dessa parte da história.

"Quem é ela, afinal?", perguntou Blanche sobre a impostora de Emmeline. Archibald se eriçou.

"Não creio... Quero dizer, não tenho liberdade para discutir a família..."

"Olha", interrompeu Blanche, "eu poderia ter sido morta por um membro desta família. Tenho o direito de saber!"

Archibald cedeu.

"Eu nunca tinha visto a mulher antes daquela noite em que a confundi com a Prima Emmeline. Claro, eu não percebi... Já tinha ouvido falar dela... Fofocas de família... Uma semelhança realmente notável. Ela teria enganado qualquer um que conhecesse Emmeline. Qualquer um. E ela parecia doente. Eu sou muito suscetível a germes, e meus olhos... Não estou tentando me isentar, mas..." Ele tirou os óculos do bolso, limpou-os e colocou-os gentilmente sobre o nariz. "Eu devia usar isto o tempo todo." Ele piscou para Blanche, que nada disse. Ela cruzou os braços e se preparou para repetir a pergunta, mas ele prosseguiu sem ser incitado. "Ela é filha do Tio-avô Robert, pai da Prima Emmeline. A mãe dela era empregada da casa. Dizem que, quando criança, ela parecia tanto com Tia Emmeline, que era a cara do pai, que Tia Clarissa, a mãe da Prima Emmeline, fez o Tio-avô Robert expulsar mãe e filha do condado. Ela se casou com um meeiro local. Não me recordo de ouvir o que aconteceu depois. Creio que o nome da criança era Lucille ou Lucinda, alguma coisa assim." Os lábios de Archibald formaram uma linha reta e tesa, como um zíper firmemente fechado que ele não tinha intenção de tornar a abrir.

"Olha", disse Blanche. "Quero saber a razão desta história toda. Eu poderia ter chamado a polícia. A essa altura, já teria saído em todos os jornais."

Blanche não esperava que Archibald visse com bons olhos nem seu tom, nem o que tinha acabado de dizer. Sua respiração perceptível e a vermelhidão de seu rosto apenas confirmaram sua teoria. Ela se virou para a porta da cozinha.

"Cadê a Tia Emmeline?" Mumsfield fechou a porta com firmeza e olhou para Blanche, para Archibald e de novo para Blanche.

Blanche havia estado tão concentrada em Archibald e no que ela queria e precisava saber dele que havia realmente se esquecido de que Mumsfield estava lá fora. Ela se perguntou se ele estivera escutando pela janela. Archibald pigarreou, no que Blanche imaginou se tratar de uma manobra para ganhar tempo.

"Seja firme, meu garoto", começou ele.

"Eu sei que ela morreu. Eu sei disso", interrompeu Mumsfield. Havia uma impaciência em sua voz que Blanche nunca tinha ouvido antes. "Você tirou ela do porão?" Ele não se deu o trabalho de enxugar as lágrimas. "Ela não devia ficar lá embaixo. Ela..."

"Nós cuidamos do corpo dela. Foi levado para..." Archibald se afundou ainda mais na cadeira. "É tão difícil de assimilar, de compreender..." Ele balançou a cabeça como se tivesse acabado de levar um soco.

Blanche entendia o choque de Archibald, mas estava muito mais interessada em Mumsfield. Ela odiava o modo como a infelicidade e a dor pareciam fortalecer as pessoas de maneiras que a boa sorte raramente parecia fazer, mas estava feliz por Mumsfield. Independentemente do resultado de tudo aquilo, ela estava certa de que ele sobreviveria. Mumsfield encontrou o olhar dela e deu-lhe um meio sorriso sério.

"Agora nos conte o resto", disse ela, virando-se para Archibald. "Fale sobre Grace."

Archibald olhou para Mumsfield. Blanche conseguia ver que ele queria pedir ao rapaz para que saísse da cozinha de novo. Mas qualquer um olhando para Mumsfield podia ver que de nada adiantaria. Ele se sentou e estendeu a mão por cima da mesa para segurar a de Blanche.

"Sempre houve falatório na família", começou Archibald. "Desde que ela era criança... Um gato mutilado, o afogamento de nossa prima Lorisa na lagoa ali na frente, acidentes com a criadagem das crianças." Ele parecia um homem absorto em fotos do passado, tentando entender a relação de uma com a outra. "Mas seus pais e avós não davam ouvidos a nada contra ela. Diziam que era inquieta, artística. Quando ela se envolveu com Everett, ninguém podia detê-la. Seus dois pais estavam mortos. Era filha única. O fato de que Everett já era casado..." Archibald deu de ombros. "De todo modo, eles se casaram e..."

"E a primeira esposa de Everett?"

O aperto de Mumsfield na mão de Blanche era quase incapacitante. Ela fez uma careta de dor.

"Como você sabe dessas coisas?" Archibald olhava para Blanche como se achasse que ela tinha superpoderes.

"Qualquer um podia ver que ela não era sã." Blanche distorceu ligeiramente a verdade. "E o condado é pequeno", acrescentou ela, sorrindo. "Não há muitos segredos."

"Por que ela fez isso, Blanche? Por quê?" Mumsfield exigia saber.

"Porque ela é doente, meu bem. Da cabeça. Muito doente", falou sem hesitação. O aperto de Mumsfield diminuiu um pouco.

Blanche estava ciente da atenção de Archibald a sua resposta para Mumsfield. Ela sentiu o velho relaxar. Entendeu o alívio que ele devia ter sentido pelo rapaz ter perguntado a ela. Ela também se deu conta de que a falta de hostilidade que via no rosto de Archibald quando ela agora olhava totalmente para ele estava relacionada a mais do que sua resposta à pergunta de Mumsfield.

Ela e Archibald estavam passando por uma versão bastante acelerada do processo de desbabaquização. Embora ele tivesse defendido pretos no tribunal, não significava que a considerasse mais como uma igual do que seus patrões geralmente faziam. Em geral, levava três a cinco faxinas até que um novo empregador da variedade racista babaca parasse de falar com ela em frases simplistas e em voz alta. Levava um adicional de quinze a cinquenta contatos substanciais antes que fosse reconhecida como membro legítimo da raça humana. E ali estava Archibald, já tendo passado da fase testando-sua-inteligência, consciente e grato de ela ter sido inteligente e rápida o bastante para ajudá-lo a sair de uma situação difícil com Mumsfield, com a qual ele claramente não havia sido preparado para lidar. Aquilo deu uma ideia a Blanche.

Um homem robusto e de rosto vermelho bateu na porta dos fundos e perguntou por Archibald. Blanche foi buscá-lo e ouviu por trás da porta enquanto o homem dizia que "os meninos" haviam procurado em todos os lugares óbvios, como a pedreira e a mata, mas não tinham encontrado nenhum sinal incomum — também conhecido como Everett, pensou Blanche. Archibald disse ao homem para trazer os meninos de volta pela manhã e os alertou para que não falassem com ninguém.

Quando Archibald voltou para a cozinha, Blanche estava à mesa, descansando a cabeça sobre os braços. O dia havia durado demais, e o torpor que a protegera do choque de ter sua vida ameaçada por uma lunática estava se desvanecendo.

"Creio que só haja mais uma questão que precisamos resolver e então pode descansar", disse Archibald, gentil, mas firme, como se tivesse um palpite de que não teria a atenção dela por muito mais tempo.

Apesar do choque e da fadiga, Blanche prestou bastante atenção ao longo e prolongado discurso de Archibald sobre como a família estava grata por seu bom senso em entrar em contato com ele em vez das autoridades. Como se ele não fosse uma autoridade, pensou. Ele foi preparando o terreno até dizer que esperava que ela continuasse como governanta e acompanhante de Mumsfield por um salário que fez seus olhos faiscarem. Blanche agradeceu a ele pela oferta de emprego e se lançou à história de como tinha ido parar na casa.

Archibald pareceu chocado e então deleitado pela história de Blanche. Aparentemente, o sistema judiciário local também não era objeto de seu respeito. Ele garantiu que poderia dar um jeito em suas dificuldades pela manhã, logo cedo, e mais uma vez ofereceu o emprego. Blanche se levantou da mesa e andou até a janela, onde a pedra de Nate repousava em uma toalha de papel. Ela estendeu a mão e a tocou, deixando seus dedos sentirem a textura fria e áspera. Podia ouvir a voz assertiva e seca de Nate lembrando a ela quantas oportunidades de ter segurança uma mulher como ela possivelmente teria na vida.

"Eu tenho filhos", contou a Archibald. "Eles precisam de plano de saúde e boa educação. E quero um contrato de dez anos. Por escrito. E um plano de aposentadoria."

Archibald apenas assentiu.

Mesmo assim, ela não conseguia aceitar.

"Por favor, Blanche", disse Mumsfield.

Blanche encarou a pedra de Nate e se lembrou de como a tinha ganhado. Pensou em como sua vida seria confortável, simples e segura trabalhando para Mumsfield — dias de verão com o canto dos pássaros e a paz do campo, as crianças cavando no jardim de Nate. Mas era o jardim de Nate. Era ele quem deveria estar ali, tirando punhados de terra argilosa, enchendo as narinas com o aroma profundo e terroso, cobrindo suas unhas com ela enquanto o sol torrava sua nuca.

Se Lucille aparecesse, ela também seria paga, assim como Everett — se estivesse vivo. Se estivesse morto, algum acidente conveniente seria inventado para explicar. Mas e quanto a Grace? O que aconteceria quando a soltassem, ou quando a vaca astuta escapasse?

Blanche se virou e olhou para os dois homens brancos esperando sua decisão por servi-los, guardando seus segredos e preservando seu modo de vida, jogando-se como um grande cobertor preto sobre o que tinha acontecido. Mas e quanto a Nate? E até mesmo o xerife? Alguém não deveria fazer algo sobre as mortes deles além de colocar a assassina em um sanatório acolchoado e contratar uma empregada pagando um cala-boca?

"Por favor, Blanche", repetiu Mumsfield.

Blanche pegou a pedra de Nate e a aninhou entre as mãos.

"Me deixe pensar a respeito, meu bem. Me deixe pensar a respeito." Ela enfiou a pedra no bolso e foi se deitar.

EPÍLOGO

Blanche disse a todos que precisava dar uma respirada, então iria visitar alguns amigos na Carolina do Sul. Não era verdade, é claro. Ela estava a caminho de Boston para ficar com sua Prima Charlotte. Ela também não tinha dito às pessoas que esperava não retornar nunca mais a Farleigh, nem mesmo para buscar as crianças. Ardell levaria Taifa e Malik até ela quando chegasse a hora. Não tinha dito toda a verdade porque achou que era melhor estar em um sistema de planos-e-paradeiros-desconhecidos.

Já estaria em Boston na hora em que a história saísse no *Constituição de Atlanta*. A equipe de reportagem havia lhe garantido que seu nome não seria mencionado, mas Archibald saberia. O que será que Archibald pensaria quando se desse conta de que tinha lhe pagado todo aquele dinheiro e ela mal tinha ido embora antes de sair perguntando por algum repórter que fosse minimamente confiável? Claro, ela não tinha prometido ficar de boca fechada e também não era responsável pelas suposições de Archibald. Adicional de risco, não um cala-boca. Ela soube todo o tempo que não conseguiria ficar calada.

Seu maior objetivo havia sido garantir que todos por lá soubessem que Grace era louca, como forma de garantir que ela continuasse trancafiada. Por Nate. Não era muito e podia não funcionar, mas foi a única alternativa que pensou sem que fosse parar na cadeia. Ela se perguntou se Lucille reapareceria quando tudo fosse exposto. Os meninos de Archibald nunca conseguiram encontrar Lucille, mas Dona Minnie sabia onde ela estava. Dona Minnie também tinha descoberto, com a mulher contratada para cuidar de Mumsfield, que Grace havia tentado matar Everett com sua chave de roda favorita. Ele tinha conseguido jogá-la para fora do carro, mas apagou quando o veículo derrapou para uma ravina. Depois de Grace dá-lo como morto, ele conseguiu tirar o carro da ravina e foi nas carreiras para Atlanta, em pânico. Ele então juntou suas roupas e o que mais pudesse pegar. Archibald tinha se negado a lhe dar dinheiro, e Mumsfield tinha se recusado a vê-lo, e nem permitiu que ele passasse a noite na casa. Everett tinha ido embora, ninguém sabia para onde. Blanche não ligava. Estava falido, o que era punição suficiente para ele, e não tinha ferido ninguém com quem ela se importasse. Tirando Mumsfield, ela acrescentou como reflexão posterior. Ela entendia que sua síndrome de Down o tornava notoriamente diferente dos donos e regentes desse mundo, como ela. Era essa similaridade que o tornava perceptível ao seu terceiro olho e qualificado a sua preocupação.

A despedida tinha sido muito triste. Não tinha como ela explicar quanto os últimos seis dias haviam confirmado sua antipatia inerente a ser a mãe-preta de qualquer homem branco, independentemente do que ela achasse do homem em questão, ou quantos títulos chiques e quantias em salários fossem ofertados para aceitar o emprego. Mas apesar de toda a tristeza da despedida, foi diferente do que ela havia esperado. Ela se preparou para as lágrimas e apelos do rapaz, sua patética necessidade por ela. Havia lágrimas nos olhos dele, mas não foram derramadas. Ele também não fez apelos, nem parecia patético.

"Eu entendo, Blanche. Eu entendo." E, por dois segundos, ela imaginou que ele, de algum modo, havia saltado por sobre o abismo entre os dois e soubesse verdadeiramente o que significava ser uma mulher preta tentando controlar a própria vida e resistir com firmeza à palmitagem cerebral. Ela sabia que pensaria nele com frequência, que se perguntaria o que fora feito dele, como tinha envelhecido. Mas esperava nunca mais vê-lo, nem ninguém ligado à família dele.

Do lado de fora da janela do ônibus, árvores, campos e fazendas passavam apressados, como se estivessem correndo dos arranha-céus, metrôs e casas noturnas em cuja direção ela estava indo. Blanche pensou em ir para Boston de avião, mas decidiu usar cada centavo do dinheiro que Archibald lhe dera para a educação de Taifa e Malik.

Ela se recostou em sua poltrona. Sentia-se moída, como se os últimos seis dias tivessem sido uma longa luta de socos que ela não tinha exatamente perdido, mas na qual tinha sido fustigada com tanta violência que o modo como ela agora via e pensava sobre as coisas tinha sido alterado para sempre, embora ainda não soubesse de que modo. Ela sabia que, embora um dia tivesse ansiado pela vida na cidade, agora se aproximava de Boston como se fosse outro território inimigo. Parecia que territórios inimigos era tudo que existia naquele país para alguém com sua aparência. Não tinha nenhum outro lugar para ir — ao menos para ganhar seu sustento — a não ser entre aqueles que desdenhavam dela até a morte.

Ela sabia que voltaria a ter os passos leves, a dançar, brincar, rir. Ela sempre seria uma mulher que chegou perto demais da morte, que sabia o que realmente significava temer por sua vida. Mas, é claro, aquilo não era tudo. Sorriu de novo ante a lembrança de Grace caída desacordada a seus pés. Ela também seria sempre uma mulher que lutou por sua vida e venceu. Essa mulher, não importa quanto tivesse mudado, ainda era capaz de negociar em território inimigo — mesmo sem ter referências de seu último patrão.

AGRADECIMENTOS

Blanche teve mais mamas e parteiras do que todo um país de pequenas proporções e eu agradeço a cada uma delas; especialmente a Jeremiah Cotton, por seu apoio inesgotável; a Kate White, por sua edição incansável; a Halen Crowell, por me explicar o mosaicismo; bem como a Maxine Alexander e a Taifa Bartz, Babs Bigham, Donna Bivens, Dick Cluster, Shelley Evans, Roz Feldberg, Charlene Gilbert, Lucy Marx, Ann, Vanessa e Bryan Neely e a Barbara Taylor, por sua cuidadosa leitura e comentários inestimáveis.

BARBARA NEELY (1941–2020) nasceu em Pittsburgh, nos Estados Unidos. Formada em gestão de negócios e com mestrado em planejamento urbano e escrita criativa, tornou-se amplamente conhecida por seus cativantes romances detetivescos protagonizados por Blanche White. Seus contos foram publicados em antologias, revistas e jornais. Por *Blanche em Apuros*, a autora foi agraciada com prêmios importantes para romancistas de mistério como o Agatha, o Macavity e o Anthony. Neely também foi ativista engajada e combateu a violência contra a mulher, defendeu a legalização do aborto, lutou contra a discriminação de classe e trabalhou para auxiliar mulheres com passagem pela prisão.

DARKSIDE

Definições pertencem aos definidores,
não aos definidos.

— TONI MORRISON —

DARKSIDEBOOKS.COM